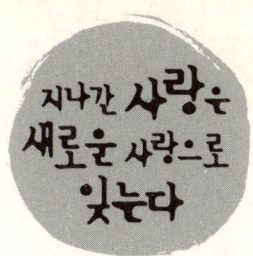

지나간 사랑은
새로운 사랑으로
잊는다

지나간 사랑은 새로운 사랑으로 잊는다
초판 인쇄 | 2007년 1월 20일
초판 발행 | 2007년 1월 25일

지은이 | 송혜련
펴낸이 | 한익수
펴낸곳 | 도서출판 큰나무

등록 | 1993년 11월 30일(제5-396호)
주소 | 120-837 서울시 서대문구 충정로 3가 3-95 2층
전화 | 02) 365-1845 · 1846 팩스 | 02) 365-1847
e-mail | btreepub@chollian.net
홈페이지 | www.bigtreepub.co.kr

값 9,000원

ISBN 89-7891-230-3 03810

프롤로그 : One night stand

"여기 받으십시오. 잔돈은 됐구요. 그럼 수고하십시오."

기사에게 기분 좋게 인사를 하며 택시에서 내린 우민은 친구들과 곧잘 가던 바 앞에 섰다. 학창시절부터 자유로운 분위기 때문에 줄곧 이용하던 학교 앞 바.

오리엔테이션 장소에 늦게 도착해 서먹서먹하게 서 있던 우민에게 서글서글한 웃음을 지으며 먼저 다가와 준 친구들. 처음 만나자마자 금세 친해졌던 친구들로 우민에게 있어 제일 소중하게 손꼽히는 친구들이기도 했다.

지금 바 안에는 학창시절 내내 지구수비대 사총사라며 그 안에 꼭 자신을 끼워서 다니던 친구들이 모여 있을 것이다.

딸랑.

언제 들어도 정겨운 벨소리였다.

바 안에 들어선 우민은 다른 곳은 살펴보지도 않고 구석진 자신들의 지정석으로 갔다. 워낙 오랫동안 들락날락 거린 곳이라 사장도 형이라

부르며 친하게 지내는 터였다.
"어이~, 오늘의 주인공 김우민이 납시었다."
업계 탑세일즈맨답게 제일 말주변이 좋고 넉살좋은 최승수가 먼저 우민을 알아보았다. 테이블 위에 빈 맥주병이 여남은 개 세워져 있는걸 보니 벌써 한두 잔 마시고 있던 모양이었다.
"어라? 이 자식들 봐라. 야. 오늘은 내가 주인공인데 니들부터 시작하는 법이 어딨냐?"
우민은 만면에 웃음을 띠우며 빈자리에 앉았다.
"흐흐흐 어색한 얼굴로 오리엔테이션장 한 구석에 뻘쭘히 서 있던 김우민이가 벌써 이렇게 취업을 할 때가 됐다니... 이 형님들 감회가 새롭다."
느물거리면서 말하는 이는 사진작가로 이름을 날리고 있는 남태정이었다.
"그러게 말이다. 정말 이 자식만은 끝까지 나와 함께 할 줄 알았는데 너도 어쩔 수 없는 인간이구나. 허허... 안타깝다."
과장된 몸짓으로 맥주병 목을 붙잡고 목소리를 높이는 이재중은 얼마 전까지만 해도 우민이 다녔던 대학원에서 같이 공부하던 친구였다. 교수를 목표로 공부하던 우민은 갑자기 진로를 바꿔 현장으로 뛰어들었고, '하는 일 없이 심심하니까'라며 옆에서 공부를 하던 재중이 졸지에 조교수가 되어 교수가 되는 준비를 하고 있었다.
서로 목숨과도 바꿀 수 있는 이 네 친구의 일이라면 어떤 일이 있더라도 또 무슨 수를 써서라도 모임의 자리를 마련해온 차였다. 지난 번 모임은 사진쟁이 남태정의 한국사진전에서의 우수상 입상을 축하하는 자리였고, 오늘은 만년 모범생, 샌님 김우민의 취업을 축하하는 자리였다.
"근데 이번에 니가 입사하는 회사, 요즘 잘 나간다며?"
"두말하면 잔소리. 요즘 물 만난 고기처럼 쌩쌩 잘도 나간다."

재중의 물음에 대답을 한 건 태정이었다. 사진작가인지라 동종업계의 일은 웬만큼 꿰뚫고 있었다. 사실 광고와 사진만큼 밀접한 관계도 없다.

"July D. LG애드나 제일기획처럼 큰 광고회사는 아니지만 나름대로 실속 있고, 감각적인 광고들을 만들어 내는 회사로 유명해. 한 십년 남짓 되었을까? 사장이 수완도 좋고, 무엇보다 디자이너들을 존중해준대. 그게 참 마음에 들어서 지원했어."

맑은 눈빛의 우민이 대답한다. 그의 눈빛이 새 회사에 대한 기대감으로 반짝이고 있었다. 어찌나 반짝이던지 그 눈을 보는 친구들의 기분이 절로 좋아질 정도였다.

"쳇. 서러워서 나도 취직해야겠구만."

조교수라고는 하지만 여전히 대부분의 시간을 도서관에서 보내는 재중이 농담 섞인 말을 뱉었다.

빙긋. 친구의 푸념어린 말에 우민은 웃으며 너스레를 떨었다.

"조신하게 몇 년 만 기다려. 내가 근사하게 회사 차리면 너 부른다. 흐흐흐. 재중이 너뿐만 아니라 태정이 넌 전속 사진작가고, 영업은 승수가 있으니까 걱정 안 해도 되겠네. 하하하."

"뭐??"

"그래. 좋다!! 기꺼이 같이 하지."

"하하하하."

호탕한 사내들의 웃음소리가 바 안을 가득 메웠다.

그리고 그런 그들을 유심히 쳐다보는 한 여자가 있었으니 그 시선을 처음 발견한 사람도 역시 승수였다.

"...야, 근데 저기 바에 앉아 있는 여자 말야. 니들이 아는 여자냐?"

몸을 숙이고 은근하게 물어오는 승수의 말에 나머지 세 남자의 눈이 모두 한 쪽을 향해 갔다. 바텐더가 따라주는 선홍빛 칵테일을 들이키는 여자의 시선은 그들을 향해 있었다.
"아니... 나 모르는 사람인데."
"나두."
"나도 모르겠다. 저렇게 강렬한 인상이면 기억할 텐데 말야."
사진을 찍느라 사람을 기억하는 데는 일가견이 있는 태정마저 고개를 설레설레 거렸다. 모두들 모르는 여자라고 말했지만 쉽게 시선을 떼지 못했다. 우민도 그 여자를 쳐다보았다. 아스라한 백열등 조명 탓도 있겠지만 여자가 왠지 위태위태해 보였다.
어느새 이야기도 멈춘 채 여자보기에 열중하는 네 남자였다.
그 때 여자가 마시던 잔을 살짝 들어올렸다. 건배의 의미였다. 그 건배로 보아하건데 분명 여자는 그들을 주시하는 것이 틀림없었다.
"좋아. 내가 가보겠어."
건장하고 꽤 보기 좋은 외모를 가진 네 남자들의 모임이라 여자들의 유혹은 이미 많이 받아보았지만 이렇게 은근하고 끈적끈적하게 관심을 표하는 여자는 처음이라 사내들의 마음이 들썩이고 있었다. 입 밖으로 내지는 못했지만 여자에게 가까이 가고 싶은 심정이 역력했다. 그 와중에 가장 활달한 성격인 승수가 나섰다.
친구들에게 승리의 브이자를 지어 보이고는 여자가 있는 곳으로 성큼성큼 걸어갔다. 여자에게 가는 친구의 뒷모습을 보고 우민은 피식 웃었다. 예나 지금이나 여자를 좋아하는 성격은 변한 게 없었다. 다른 친구들이 승수와 여자를 주시하는데 넋이 빠진 동안 우민은 자신의 취업을 곱씹으며 술병에 입을 댔다.
내일은 일요일. 그리고 일요일이 지나면 월요일. 그 월요일이 자신의 역사적인 첫 출근 일이었다. 심장이 두근거렸다. 어릴 적 선물로 받은 종합과자 선물세트를 풀어보는 심정 같았다. 달콤하고 맛있는 과자가 잔뜩 들어있는 상자지만 그래도 그 중에서 자기가 가장 좋아하는 과자가 들어 있을까 설레는 마음. 회사로 출근하는 일이 너무 기대됐다.
"어...어... 어랏??"
"이쪽으로 오는데??"
우민이 홀로 취업을 자축하고 있을 때 친구들의 당황한 목소리가 들려왔다. 친구들의 목소리에 고개를 든 우민의 바로 앞에 아까 잔을 들어 건배를 한 여자가 서 있었다. 승수는 뻘쭘한 얼굴로 저만치 걸어오고 있는 중이었다.
우민의 맑은 눈빛과 여자의 보랏빛 눈빛이 얽혔다. 가느다란 거미줄이 우민의 몸을 감싸는 기분이었다. 진한 와인빛 립스틱이 묻어있는 여자의 입술이 탐스러워 보였다. 그 입술이 열리고 하얀 치아가 드러나는 모습이 우민의 눈에는 마치 슬로우 모션처럼 보였다.
"나는 당신이 좋아요."
새빨간 매니큐어가 발라진 긴 손가락으로 여자는 거침없이 우민의 왼쪽 가슴을 찔렀다.
"오오~~."
"뭐야, 김우민?"
"혹시 숨겨 논 여자냐??"
친구들의 짓궂은 환호성이 터져 나왔다. 하지만 우민은 처음 보는 여자였다. 어깨를 살짝 덮은 까만 머리카락이 에어컨의 작은 바람에도 살랑거리고 있었고, 까만 눈동자는 깊이를 알 수 없었다. 그리고 무엇보다 깊게 패여 가슴이 아니라 윗배까지 살짝 보이는 과감한 빨간 드레스가 감싸고 있는 백만 불짜리 몸매까지. 여자는 매력적이었다.
"에.. 저.. 저기."
여자의 시선이 너무도 강렬해 말이 막히는 우민이었다. 여자의 분위기가 너무 섹시해 눈을 어디에 두어야 할 지 난감했다. 얼굴을 마주보자니 그 깊이 없는 눈동자에 끌릴 것 같고, 적당히 시선을 내려 깔자니 가느다란 드레스의 끈이 가로지르는 쇄골을 만져보고 싶을 것 같아서 안 되겠고 더 시선을 내리자니 아래쪽에 과감한 신호를 보내는 백만 불짜리 가슴에 어찔할 바를 몰라 당황됐다.

다행히 어두운 조명이라 벌게지는 얼굴을 친구들이 보지 않아서 다행이었다.

"어때요?"

여자가 은근하게 물었다. 뻔뻔스러운 여자였다. 친구들이 빤히 쳐다보고 있는데 창피스럽지도 않는 모양이었다. 당황스런 마음에 설핏 불쾌함이 스치고 지나갔다.

"글쎄요. 전... 별로."

하체는 여자의 제의를 받아들이라고 종용하고 있었지만 아직 이성은 술에 취하지 않은 상태였다.

"그래요?"

우민의 거절에도 여자는 별로 상처받지 않은 모양이었다. 가녀린 어깨를 한번 으쓱이더니 뒤돌아 본래의 자리로 돌아갔다.

"으이구, 병신!!"

"야. 여자가 와주세요 하면 냉큼 오케이 해야지!!"

"그러게 말이다. 글쎄요가 뭐냐?? 글쎄요가!!"

"됐어. 오늘은 너희랑 술 마시러 왔지 여자 만나려고 온 거 아니잖아."

자기보다 더 아쉬워하는 친구들을 보며 우민은 맥주병을 들었다. 무덤덤한 우민의 반응에 친구들도 곧 체념을 하며 함께 건배를 했다.

여자가 끼어들건 끼어들지 않건 오늘은 그들의 밤이었다.

맥주병이 있던 테이블에 양주병이 굴러다녔다. 한번 술자리를 가지면

끝장을 보는 재중의 고집으로 딱 한 병이라고 외쳤던 발렌타인 병이 두 개, 세 개로 늘어난 터였다.
　다들 벌게진 얼굴을 해가지고선 술잔을 놓을 줄 몰랐다.
　"큭... 이렇게 코가 삐뚤어지게 마셔본 게 얼마만이냐?"
　"그러게 말이다. 지난번엔 태정이 놈이 지 애인이랑 자축한다며 호텔로 도망가는 바람에 못 마셨지 아마?"
　그나마 덜 취한 우민이 그 때의 기억을 풀어놓았다.
　"맞아, 맞아. 친구보다 여자를 택한 놈!!"
　"흡... 부러우면 니들도 여자 만나. 짜식들아."
　태정이 비틀비틀 거리며 일어섰다. 금방이라도 쓰러질 것 같았다.
　"야, 어디가 인마??"
　"크윽... 인영이가 데리러 온다고 했어. 금방 도착한대."
　"에효~ 부럽다. 쩝."
　"크크크. 이제 그만 정리해야겠다. 너무 마셨어."
　"그러게 말이다. 모처럼의 일요일인데 죽은 듯이 누워있겠군."
　태정을 시작으로 나머지 사람들도 슬슬 자리를 정리하고 일어섰다. 계산을 하고 나서면서 우민은 여자가 앉아있던 자리를 쳐다보았다. 여자는 어느새 사라지고 없었다. 여자의 유혹을 거절하고 나서도 계속 뒤통수에 와 닿는 여자의 시선을 느낀 우민이었다.
　한번 뒤돌아보았다간 여자가 마음이 바뀌었다고 생각할까봐 앞만 바라보며 술을 마셨었다.
　우민은 여자의 모습이 보이지 않자 괜히 서운한 마음이 들었다. 여자의 묘한 보랏빛 눈동자가 떠올랐다. 마른 어깨도, 볼륨감 있던 가슴도...
　5분정도 밖에서 기다리니 태정의 여자 친구가 도착했다.
　"어휴~ 술 냄새."

곰 같은 덩치의 태정과는 달리 인영은 매우 자그마한 몸집이었다. 거의 인사불성이 된 태정을 뒷좌석에 구겨 넣고 여자는 친구들을 바라보며 미소를 지었다.

"축하해요. 우민 씨 이번에 좋은데 취직됐다면서요?"

"예에... 운이 좋았습니다."

"운이긴요. 우민 씨가 다 능력이 좋아서 그렇지."

태정의 여자는 스타일리스트였다. 꽤나 쿨한 성격의. 그녀의 머릿속에선 뒷좌석에 뻗어 자고 있는 남자친구의 걱정 따윈 없었다. 태정과 인영은 패션잡지사의 전속 스타일리스트로 작업을 통해 만나 연인으로 발전하게 된 케이스였다.

"July D. 업계에서 소문 좋으니까 우민 씨가 더 큰 회사로 만들어봐요. 하하하."

여자는 호탕하게 웃으며 차를 돌아 운전석으로 갔다. 작은 몸을 차 안에 넣던 여자는 도로 빠져 나오더니 승수를 향해 외쳤다.

"안타고 뭐해요?"

"예?"

"승수 씨 같은 방향이잖아요. 들려서 내려주고 갈게."

"왓, 정말?"

"응. 대신 담에 초밥 사줘요."

"좋아, 좋아."

토요일 새벽 1시. 저마다 택시를 잡는 사람들로 거리는 꽉 메워져 있는 상태였다. 그 대열에 끼지 않아도 된다는 생각에 승수는 폴짝 뛰며 아이처럼 기뻐했다.

"호호호. 그럼 나 먼저 같다."

냉큼 앞좌석에 앉아 창문을 열고 손을 흔들며 승수는 사라졌다.

남은 두 사람은 서로의 얼굴을 마주보며 짧게 웃었다. 만년 어린아이 같은 승수는 모임의 분위기메이커 같은 존재였다.

"자... 이제 우리도 가야지?"

"그래. 우선 너부터 택시 잡자."

"뭘. 그냥 너부터 가."

"나야 가까우니까 좀 기다려도 되지만 넌 일산이잖아. 앗, 저기 택시 온다. 택시!!!"

"어... 그럼. 내일 통화하자."

"그래. 잘 들어가라."

먼저 타기를 사양하는 재중을 억지로 택시에 태워 보내고 우민은 짧은 한숨을 내쉬었다. 용케 택시를 잡아 재중을 보냈지만 자기도 집에 갈 일이 걱정이었다.

서울시민 모두가 모인 것처럼 유난히 사람이 많았다. 술에 취해 비틀거리는 사람들 사이에 혼자 서서 택시를 잡는 게 쉽지 않았다.

"아직도 별로예요?"

택시를 잡느라 낑낑대고 있을 때 우민의 뒤에서 낯익은 목소리가 들렸다. 우민은 획 뒤돌아보았다. 바에서 보았던 여자가 있었다. 사람들이 모두 힐끔대며 그녀를 쳐다보고 있었다. 얇은 검정색 카디건을 걸친 차림이었지만 파격적으로 파인 가슴선은 그대로였다.

"아직도 집에 가지 않았습니까?"

우민은 괜히 무뚝뚝하게 말했지만 사실 지금 그의 심장은 터질 듯 두근거리고 있었다. 여자는 활짝 미소를 지었다.

"그 쪽 생각에 발이 떨어지지 않더라구요. 어때요? 지금도 별로예요?"

여자의 미소에 우민은 머리가 아찔했다. 아무래도 술기운이 올라오는 모양이었다. 실수하기 전에 집에 가봐야 할 것 같았다. 여자는 빙글대며 가로수에 몸을 기댔다. 살짝살짝 들어가는 가슴의 굴곡에 우민은 침을 삼켰다. 지금 우민의 정신이 정상이라면 여자에게 목례를 하고 돌아서 택시를 탔겠지만 우민의 발은 여자를 향해 한발 한발 다가가고 있었다.

우민은 여자가 기댄 가로수에 자신의 팔을 올려놓으며 여자와 똑같이 은근한 목소리로 말했다.

"제가 좋다는 말 하나론 당신이 원하는 게 뭔지 도통 모르겠네요."

여자의 입술이 더욱 크게 벌어졌다.

"후후후. 모르는 여자의 유혹엔 한 가지 이유뿐이지 않겠어요?"

말을 하며 장난하듯 우민의 옷깃을 만지작거리던 여자가 가로수에 기댄 몸을 바로 곧추세우고 뜨거운 입김을 우민의 귀에 속삭였다.

"내가 원하는 건 one night stand."

서로의 입술을 미친 듯 빨아대며 두 사람은 겨우 호텔방에 들어섰다. 택시를 잡아 가까운 호텔로 향한 두 사람은 엘리베이터에서 내려 객실로 오는 동안 서로를 붙잡고 놓아주지 않았다.

털썩.

여자가 우민을 침대 위로 쓰러뜨렸다. 입술에서 예민한 귓가로, 귓가에서 목덜미로 여자의 혀가 어지럽게 돌아다니며 우민의 정신을 혼란하게 만들었다. 너무 급한 게 아닌가 싶다가도 여자의 따뜻한 혀가 귓가에 느껴지면 모든 것이 잊혀졌다. 여자가 주는 쾌감만이 존재할 뿐이었다.

목덜미를 핥고 빨아대던 여자는 그것으로도 부족했는지 셔츠를 풀어내렸다. 탄탄한 가슴이 드러났다. 여자는 손끝으로 가슴을 쓸어내렸다. 흥분으로 예민해진 살갗을 손톱으로 스치고 지나가는 느낌은 정말 쾌감 그 자체였다.

"헉…"

우민은 거친 숨을 토해냈다. 여자는 너무나 유혹적이었다. 여자는 그의 허리춤에 걸터앉아 한쪽 팔은 침대에 기댄 채 계속 손끝으로 그의 가슴을 쓸었다. 가느다란 손톱이 그의 젖꼭지를 스치고 지날 때마다 우민은 움찔움찔 거렸다. 처음 여자를 갖던 때보다 더 다급했다.

그는 손을 놀려 파인 가슴선 밖으로 여자의 가슴을 꺼냈다. 분홍빛 유두가 흥분으로 딱딱해져 있었다. 여자의 가슴은 우민의 손을 채우고도 남을 정도로 풍만했다. 우민은 힘을 줘 여자의 가슴을 쥐었다. 유두가 그의 손바닥을 간질이고 그 느낌은 그의 욕구를 더욱 부채질했다.

우민은 와락 여자를 껴안았다. 여자의 가슴이 탄탄한 우민의 가슴 위로 짓눌러졌다. 여자가 닿는 모든 부분마다 쾌감과 흥분으로 타올랐다. 여자의 입술에 키스하며 여자의 가슴을 만지작거렸다. 우민은 더 이상 참을 수 없었다. 가슴을 움켜쥐고 있던 손을 아래로 내려 여자의 작은 팬티를 벗겨 내렸다. 자신의 바지를 벗어 던진 지는 오래였다.

손을 놀려 여자의 가장 깊숙한 곳을 만지니 여자도 자신과 마찬가지로 흥분한 상태였다. 여자의 그곳은 충분히 촉촉해 있었다. 더 이상 전희는 없어도 될 것 같았다.

우민은 여자의 허리를 잡아 자신의 빳빳하게 선 남성 위에 앉게 했다. 그는 단번에 여자의 몸속으로 들어갔다.

"아악…"

촉촉한 샘물과 달리 여자의 입구는 너무나 좁았다!!

술에 취한 상태에서도 정신이 번쩍 들었다. 우민은 여자를 안은 채로 일어나 앉았다. 괴로워하는 여자의 얼굴이 고스란히 눈에 들어왔다.

"저.. 참…"

우민은 입을 벌렸지만 말을 이을 수 없었다. 여자는 처녀였다.

처녀인, 아니 처녀였던 여자는 남자가 자신의 몸 안에 들어온 것이 불편했는지 연신 몸을 비틀어댔지만 그럴수록 그녀만 아플 뿐이었다. 그녀의 움직임이 우민의 남성을 자극하고 남성이 자극될수록 우민도 점점 참기 힘들어져 갔다.

"가만히 있어요. 가만히."

우민은 움찔대는 여자의 머리를 안았다. 하이힐을 벗은 여자는 생각보다 작았다. 여자는 우민의 품에 폭 안겼다. 여자는 우민의 남성을 감싸고 있었고, 우민은 여자를 감싸 안고 있었다. 그렇게 잠시의 침묵이 흐르고 여자는 아픔이 잦아졌는지 시험 삼아 살짝 허리를 움직여보고 있었다.

"헉.. 그렇게 움직이지 말아요."

우민은 여자의 허리를 단단하게 붙잡으며 말했다. 식은땀이 흐를 정도였다.

"휴... 여기서 멈추고 싶다면 말해요."

우민은 여자의 눈동자를 보며 말했다. 물론 여자가 그만두고 싶다면 딱 죽지 않을 만큼만 괴롭히고 화장실에 들어가 혼자 해결해야 할지도 모를 일이었지만 강요하고 싶진 않았다.

그와 가만히 눈을 맞추던 여자는 대답대신 허리를 움직이기 시작했다.

"아…"

여자의 입에서 나온 것은 신음뿐이었다.

그 신음이 신호였다. 우민은 너무 성급하지 않게 허리를 움직이기 시작했다. 하지만 우민보다 더 적극적인 건 여자였다. 여자는 뭐든지 쉽게 배우는 모양이었다. 아니면 원래 그런 본능이 있었는지 여자는 누가 가르쳐 주지도 않았는데 리드미컬하게 허리를 움직이고 있었다.

자극적인 허리의 움직임과 꽉 조여 오는 처녀지에서 우민은 정신을 잃을 지경이었다. 빠르게 절정을 향해 치닫는 그의 눈앞에 여자의 풍만한 가슴이 있었다. 우민은 주저하지 않고 여자의 가슴을 입에 물었다. 그 가슴이 하늘에서 내려오는 동아줄이라도 되는 듯 매달렸다. 다른 것에 정신을 팔지 않는다면 여자에게 절정을 주기도 전에 사정해 버릴 것 같았다.

여자는 처음 맛보는 육체의 쾌락에 정신을 못 차렸다.

"아아... 학학학.."

신음소리가 점점 빨라지고 허리의 움직임도 빨라졌다. 두 사람의 머릿속엔 절정밖에 남아 있지 않았다.

"아아..."

우민보다 먼저 절정을 맞은 것은 여자였다. 여자는 허리 끝에서 퍼지는 달콤하고 짜릿한 쾌락에 정신을 집중하는 듯 눈을 꼭 감고 있었다. 우민은 그런 여자의 얼굴을 보면서 절정을 향해 치닫기 시작했을 때 여자의 감긴 눈에서 눈물이 흘러나왔다. 당황스러웠지만 움직임을 멈출 수 있는 상황이 아니었다.

"으윽..."

우민은 여자의 몸속에 준비도 없이 사정을 하고 말았다. 우민은 침대에 털썩 누워버렸다. 아직도 그의 위에 걸터앉은 여자는 이제 소리 내어 울기 시작했다.

"흑흑흑... 흑흑흑."

우민은 참담한 마음으로 여자를 보며 이도저도 못하고 있었다. 여자는 자신의 몸속에 우민의 남성을 가둔 채 움직일 생각을 하지 않았다.

"저... 저기..."

우민은 어렵사리 입을 뗐지만 여자는 들은 척도 하지 않고 계속 울어대기만 했다. 우느라 여자의 몸이 작게 움직였고, 그 움직임에 우민의 남성이 다시 긴장하기 시작했지만 여자는 아랑곳하지 않았다. 우민은 정말 죽을 맛이었다.

이대로 가다간 울고 있는 여자를 붙잡고 허리를 움직일 판이었다. 결심을 한 우민은 몸을 일으켜 여자를 안아들었다.

몸이 허공에 둥실 하자 여자가 놀란 눈으로 우민을 쳐다보았다. 우민은 그녀를 안고 성큼성큼 욕실로 향했다. 두 사람이 들어가고도 남을 만큼 커다란 욕조에 그녀를 사뿐히 앉히고는 따뜻한 물을 받기 시작했다. 뜨거운 물이 온 몸을 감싸자 여자는 울음을 멈추었다. 그제야 몸이 피곤한 것을 느끼는 모양이었다.

섹스를 하느라 지친데다 진이 빠지도록 울었으니 기운이 없기도 했다. 여자는 뜨거운 물 안에서 꾸벅꾸벅 졸기 시작했다.

우민은 먼저 간단하게 샤워를 한 후 여자의 몸을 정성스레 닦아주었다. 허벅지에 묻은 혈흔부터 우느라 번진 검은 마스카라 자국까지. 화장을 지우자 여자는 몰라보게 청순해 보였다.

우민은 착잡한 마음이 들었다. 이렇게 순수해 보이는 여자가 왜 그랬을까?

반쯤 잠든 여자를 일으켜 세운 후 커다란 타월로 몸을 감싼 뒤 다시 그녀를 안아들었다. 침대 위엔 첫 관계의 상징인 핏자국이 있었다. 우민은 시트를 벗겨낸 후 여자를 눕혔다. 그리고 자신도 그 옆을 파고들었다. 여자가 그의 몸에 감겨들었다. 우민은 여자에게 팔베개를 해준 후 아침이 되면 꼭 그녀를 붙들고 왜 그랬는지 물어봐야겠다는 생각을 했다.

그리고 그녀의 연락처와 이름도 물어보리라.

욕실에 있는 내내 그녀의 이름을 불러보고 싶었다.

1

  29이라는 나이는 참 애매하다. 30으로 가는 시작점이며 20대 마지막 발악의 시기이다. 이런 복잡 미묘한 시기엔 그저 가만히 있는 것이 최고이다. 아홉수라고 해서 인륜지대사인 결혼도 미루는 시기이지 않은가?
  그 중에서 특히나 여자에게 29살은 인생의 전환점을 맞이하는 시기이다. 이 시기가 지나면 자동적으로 노처녀라는 딱지가 붙게 되며 자신이 아무리 만족하고 당당한 삶을 살지언정 사람들의 시선은 동정적이게 되기 마련이다. 사람들의 시선에 조금 사납게 반응하면 벌써부터 노처녀 히스테리라 말하고, 그저 무심히 넘기면 목석같은 여자라 말하기 일쑤다. 사람들의 그런 시선을 당당하게 마주할 29살의 여자가 몇 명이나 있을까?
  하지만 여자에게 29살은 나이에 걸맞은 지위를 얻게 하는 나이이기도 하다. 착실하게 커리어를 쌓아 사회에서 인정받고 자신의 뜻을 거침없이 펼칠 수 있는 나이. 29살이란 나이는 결혼이란 틀엔 한참 늦은 나이일지 몰라도 일에 관해서는 안정감이 있는 나이이다.

그래서 연애나 결혼보다 일에 매진한 여자들에겐 그 경력과 능력에 맞는 사회적 지위가 생긴다.

신영은 사람들이 오기를 기다리며 담배를 꺼내 물었다. 회의실에서 바라보는 도시의 전경은 탁 트여 마음이 시원하다기보다 우중충한 회색빛 콘크리트 건물들 때문에 더 답답하게 느껴졌다. 깊게 빨아들이는 담배연기도 마찬가지였다. 마음속에 돌덩이처럼 갑갑한 마음을 사라지게 하는 게 아니라 더 맵기만 했다.
"콜록."
신영은 담배를 잘 피우지 못했다. 그래도 그녀는 손에서 담배를 놓지 않았다. 톡 쏘는 담배연기에 눈물이 맺힐 때도 있었지만 신영은 그 느낌이 좋았다. 빨간 불꽃이 담배를 다 태워갈 때쯤 한두 명씩 사람들이 들어오기 시작했다.
"아욱!! 누구야? 회의실에서 창문도 안 열고 담배 핀 인간.... 읍!! 팀장님."
신영보다 세 살 어린 지현이 큰소리를 치며 들어오다 신영을 보고 황급히 말을 끊었다. 그제야 신영은 회의실에 담배연기가 가득 찬 것을 보았다. 매번 창문을 열어놓는 것을 까먹는다.
"미안해요."
짧게 고개를 숙이며 사과한 신영은 회의실 안을 돌아다니며 손수 창문을 열기 시작했다.
"아니... 저희가 열게요. 팀장님."
팀원들이 손사래를 치며 그녀 앞으로 왔지만 신영은 그만두지 않았다.
"아니요. 그건 내 잘못이니까. 그리고 여러분들이 회사에 상사 뒤치다꺼리하러 온 건 아니잖아요."
신영은 똑 부러지게 말했다. 공과 사는 확실하게 구별한다. 그게 신영의 자존심이다. 그녀는 남은 창문을 마저 다 열고나서야 회의탁자에 앉았다. 팀원들이 어정쩡하게 앉아있었다.
"자. 준비는 잘 됐나요?"
신영은 자신의 파일을 꺼내들며 사람들을 훑어보았다. 다른 사람들도 자신들의 파일을 꺼내들며 회의는 본격적으로 시작되었다.
"우선, 재훈 씨."
"런칭될 브랜드의 타깃이 10대 초반에서 중반의 여학생들이므로 스타 마케팅이 가장 큰 효과를 볼 것이라 생각합니다. 인터넷 설문조사를 통해 압도적인 지지를 받고 있는 가수를 전면으로 세운 공격적 마케팅이 기본 플롯입니다. 그리고..."
말을 마친 재훈은 신영의 눈치를 살피기 시작했다. 하지만 무표정한 얼굴에선 아무 것도 읽어낼 수 없었다.
"흠-. 그럼 이번엔 지현 씨."
"네. 저는 브랜드 타깃이 쇼핑에 대부분 그들의 부모가 동석한다는 데에 중점을 두어서 마케팅이 진행되어야 한다고 생각합니다. 아이들의 독립심이 강해지고, 스스로 선택하는 일이 많아 졌다고는 하지만 우리 브랜드의 타깃 연령대는 여전히 부모들의 영향력이 강하기 때문입니다. 그래서 저는 부모가 안심하고 입힐 수 있는 옷이라는 콘셉트를 마케팅 목표로 삼았습니다."
지현도 마찬가지다. 발표를 마치고 신영의 눈치를 살폈지만 그녀도 아무런 반응을 얻지 못했다.
그렇게 새 프로젝트에 관한 발표를 한 사람씩 돌아서 마친 후에 신영은 자리에서 일어났다. 마지막으로 신영이 발표할 차례인 것이다.
항상 신영의 차례가 되면 모든 팀원들은 긴장을 한다. 신영은 팀장이라고 해서 일을 팀원들에게만 맡겨두지 않았다. 자신이 먼저 나서서 더

조사하고 철저하게 분석하는 타입이었다. 그렇다고 해서 자신의 의견만을 고집하지도 않았다. 신영은 일에 관해서만큼은 놀랍도록 너그러웠다. 광고나 디자인계에 있다 보면 다들 한 성격 하는지라 자신의 작품에 대해 프라이드가 강한데 신영에겐 그런 고집이 적었다. 자신의 것이 옳다면 관철시키는 고집은 있지만 아닌 것을 붙잡고 있는 아집은 없었다. 게다가 다른 사람의 의견을 순수하게 받아들여 더 좋은 결과물을 내놓을 수 있는 아량 있는 AD였다.

또각또각.

구두 굽 소리를 내며 신영은 회의실 탁자를 돌아 나왔다. 그녀의 움직임에 사람들의 시선이 쏠렸다. 신영은 회의실 입구로 가 켜져 있는 형광등을 껐다. 회의실이 잠시 어둠에 쌓였다가 큰 스크린에 불이 들어왔다.

"그동안 프로젝트에 대해 조사하고 분석하느라 수고했어요."

어둠 속에서 신영은 말하기 시작했다.

"제가 준비해온 몇 가지 그래프를 볼까요? 메인 타깃의 의식조사와 서브 타깃의 의식조사에 대한 그래프예요. 재훈 씨와 지현 씨의 의견이 틀리지 않았다는 걸 보여주고 있죠? 두 가지 그래프를 보면 겹쳐지는 부분이 있습니다. 그곳이 우리가 공략해야 할 점입니다. 쌍방의 의견을 충분히 반영한, 아이와 부모 모두에게 만족을 주는 브랜드로서의 런칭이 필요합니다. 베이직 라인에 유행 코드를 넣어주는 멀티 라인을 구축해 상품과 광고의 시너지 효과를 낼 수 있도록 해봅시다."

회의로 오전시간을 다 소비했다. 긴 회의가 끝나고 팀원들이 빠져나간 회의실에서 신영은 홀로 담배를 입에 물었다. 이번에는 창문을 여는 것을 잊지 않았다. 신영의 담배는 기호라기보다 습관에 가까웠다.

하얀 담배연기가 시야를 가렸다. 콜록 또 기침이 나왔다. 눈물도 살짝 삐져나왔다. 잠시 멍하니 있던 신영은 자신의 프로파일을 정리해서 회의실을 빠져 나왔다. 혼자 있는 시간은 쓸데없는 생각이 떠올라서 안 좋았다. 지금 신영에게 필요한 것은 미치도록 바쁜 일이었다.

텅 빈 복도에 신영의 구두 소리가 울렸다. 사람들이 점심 식사를 하러 가고 빈 사무실엔 컴퓨터 모터 돌아가는 소리밖에 들리지 않았다. 이런 시간에 혼자 다니는 것은 신영에겐 익숙한 일이었다. 익숙한 일이라고는 하지만 작은 한숨이 새어나오는 것을 매번 막지 못한다. 신영은 조금 쳐진 어깨로 팀장실을 향해 걸어갔다.

그때 신영을 부른 것은 회사에서 가장 친한 선배인 조정한이었다. 정한은 신영보다 세 살 많은 나이였지만 삭막한 신영의 회사생활에서 그나마 기대가 되는 사람이었다. 자신의 속내를 털어놓을 수 있는 사람이자 신영의 아픔을 잘 알고 공유하는 유일한 사람이었다.

"어이, 박 팀장!!"

언제 들어도 유쾌한 그의 목소리에 신영은 살짝 웃으며 뒤돌아섰다. 하지만 이내 신영의 표정이 찡그려졌다. 아니 놀란 기색이 역력한 얼굴이었다.

"오늘부터 신영 씨 팀에 합류시키란 대장의 명령이다. 하하하. 여긴 신입사원 김우민 씨. 우민 씨 여긴 광고 1팀장, 박신영 씨야."

정한이 웃으며 소개시켜준 사람은 김우민. 자신의 처녀를 지웠던 그 하룻밤의 남자였다. 이런...

우민은 자신 앞에 서 있는 여자가 과연 그날 밤의 그녀가 맞는지 헷갈렸다. 우선 지금 눈앞에 있는 여자는 얼굴에 화장기가 거의 없었다. 호텔에서 그녀를 씻기지 않았다면 못 알아봤을 것이다. 그리고 두 번째로 그녀는 힐을 신고 있지 않았다. 키란 사람의 인상에 있어 많은 부분을 차지하니까. 세 번째로 그녀의 옷차림이 너무 평범했다. 베이직한 H라인 남색 스커트에 편안해 보이는 로퍼. 게다가 백만 불짜리 가슴을 멋지게 가려버리는 헐렁한 셔츠. 그리고 마지막으로 우민은 그녀의 이름이 박신영이라는 것을 몰랐기 때문에 그녀가 그녀인지 확신할 수 없었다.

"반가워요. 박신영입니다."

여자가 먼저 손을 내밀었다. 악수를 청하는 여자는 낯설다. 우민은 여자가 내미는 손을 맞잡으며 생각했다.

"앞으로 잘 부탁드립니다. 김우민입니다."

"네."

여자는 짤막하게 대답하고 돌아서려 했다. 그런 여자를 잡은 것은 정한이었다.

"점심 먹으러 가자고. 우민 씨도 처음이니까 신영이랑 같이 가지. 점심 먹고 들어와서 정식으로 팀원들한테 인사하면 되겠네."

정한의 말에 우민은 신영을 곁눈질했다. 곤란한 듯한 표정이었다. 왠지 서글픈 표정인 것도 같았다. 그제야 우민은 신영이 그날 밤의 여자라고 확신했다. 눈빛. 아련한 신영의 눈빛이 그녀와 꼭 닮았다. 바에서도, 호텔에서도 자신의 시선을 잡아끈 것은 그녀의 시선이었다. 앞을 바라보고 있지만 그 너머로 향해 있는 여자의 눈빛.

여자는 마지못해서 정한과 우민을 따라왔다. 우민은 정한을 책망하는 듯한 여자의 시선이 흥미로웠다. 여자도 자신을 기억하고 있는 것이 확실했다. 하긴 자신의 처녀막을 깨뜨린 남자를 어떤 여자가 잊어버리겠는가??

우민은 자신의 심장이 요란하게 뛰고 있음을 인정했다.

호텔 욕실에서 화장기 없는 그녀의 얼굴을 보았을 때부터 움찔거리던 심장이었다.

다음날 홀로 깨어난 호텔에서 그녀의 흔적을 찾으려 무던히도 노력했었다. 하지만 그 넓은 호텔 객실에 남아있는 그녀의 흔적이란 처녀의 표식이 묻은 침대 시트와 허공에 떠다니는 그녀의 향기뿐이었다. 허둥지둥 데스크로 달려 나가봤지만 여자는 우습게도 현금으로 체크아웃을 하고 가버렸다. 그때 느낀 허탈한 심정이란 말로 할 수 없을 정도였다. 순간 자신이 남창이 된 기분이 들어 불쾌하기도 했었다.

 여자와 함께 있었던 욕조에 홀로 몸을 담그면서 우민은 눈을 감고 세세하게 그녀와 함께 있던 순간들을 그렸다. 가녀린 어깨 위로 물방울이 떨어지고, 젖은 머리카락이 가는 어깨를 감싸고 있는 광경이 에로틱하게 눈앞에 펼쳐졌다. 그렇게 은밀한 시간을 함께 보낸 여자가 눈앞에서 사라져 버렸다. 우민은 자신이 꿈을 꾼 게 아닌가 의심할 정도였다.

 이렇게 다시 그녀를 보게 되자 우민은 작게 흥분이 되었다. 온몸의 감각이 예민하게 살아나는 것 같았다. 뒤따라오는 그녀의 기척, 숨소리, 움직임 하나하나가 공기를 타고 우민에게 전해졌다. 그럴수록 우민의 심장은 점점 더 쿵쾅거렸다. 오른손으로 지그시 심장을 눌렀다. 심장의 힘찬 고동이 손바닥까지 전해져 왔다.

 우민은 결심했다. 박신영이라는 여자를 사랑하기로 말이다.

 지금 자신의 뒤를 따라오고 있는 여자의 눈빛을 빛나게 해주겠다고, 아련하게 차 있는 슬픔 따윈 걷어내고 자신의 모습을 새기겠다고 말이다.

 남자의 나이 29살. 자신의 삶을 설계하고 착실히 이루어 나가는 과정. 설익은 풋사과의 향이 사라지고 우직하고 듬직한 나무의 향이 나는 나이다. 누구든 한창 때라고 말하기 주저하지 않는 인생의 절정기. 그 한복판에서 남자는 자신의 나머지 생을 전부 걸어도 좋을만한 여자를 만났다.

 지금 식당에는 우민과 신영 두 사람만 마주보고 있었다. 같이 왔던 정한은 이사의 부름으로 먹는 둥 마는 둥 밥을 먹고 한달음에 뛰어갔다.

마주 앉아 있는 두 사람은 아까부터 계속 한마디 말도 없이 밥만 먹고 있었다. 누가 먼저 선뜻 입을 열지 못하고 있으리라. 하룻밤의 불장난으로 만난 사람을 직장에서 계속 부딪혀야 한다면 누구나 다 당혹스러울 것이다.

우민은 여자를 보는 것이 좋았지만 신영은 불편하기 짝이 없었다. 정한의 저의가 뭔지 의심스러웠다. 정한이라면 이 남자를 한 눈에 알아봤을 것이다.

입안이 텁텁해서 밥이 더 들어가지 않았다. 밥공기를 반 정도 비운 신영은 숟가락을 내려놓았다. 신영의 움직임에 우민도 덩달아 숟가락을 내려놓았다.

"왜요? 더 드세요."

"아닙니다. 다 먹었어요."

"...."

"사무실로 들어가야죠??"

"네..."

묘하게 말끝을 흐리는 신영이 이상했다. 사무실에 들어가기 싫은 듯했다. 우민도 어디 가까운 커피숍에 가서 커피라도 한 잔 마시고 싶은 생각이 강했지만 점심시간이 얼마 남지 않았다. 게다가 오늘은 첫 출근 일인만큼 다른 사람들과 얼른 만나보고 싶었다.

식당을 나온 두 사람은 회사를 향해 걸어가기 시작했다. 두 사람은 함께 걷기 시작했지만 곧 우민이 앞장서서 걷게 되었다. 우민은 우뚝 멈추고 뒤를 돌아보았다. 신영이 머뭇거리는 것 같았다.

"어디 불편하세요??"

"예...예??"

다른 생각에 빠져 있었던 듯 신영이 화들짝 놀라면서 대답했다.

"얼굴이 불편해 보이세요."

"...."

"...."

두 사람은 또 다시 침묵에 빠졌다. 회사는 얼마 남지 않았으나 신영은 선뜻 움직이려 하지 않았다. 그렇다고 해서 우민 홀로 회사로 들어가기도 그런 상황이었다.

서로 시선을 마주치지 않고 길 한복판에 서 있는 어색한 상황이 연출됐다. 우민은 눈앞의 이 작은 여자가 자신을 미치도록 홍분시키던 그 여자가 맞는지 의구심이 들었다. 그날 밤 여자는 거침없이 자신의 모든 것을 내어줬다. 귓가엔 아직도 그녀가 오르가즘을 느끼며 내뱉던 신음이 생생했다.

"저기요..."

"네."

하지만 그날 밤과 달리 오늘 보는 여자는 굉장히 내성적이고 소극적으로 보였다. 화끈했던 토요일 밤은 둘째치고서라도 이런 성격의 여자가 아무리 중소기업이라 해도 팀장이란 직함을 가지고 있다는 것이 우민은 믿겨지지 않았다. 특히나 광고계가 어떤가?? 웬만한 성격으로 이겨내기 힘든 곳이 아니던가?

우민은 계속 발끝을 쳐다보며 우물쭈물하고 있는 여자를 내려다보며 생각했다.

"휴~. 김우민 씨. 잠깐 얘기 좀 할까요?"

크게 한숨을 내쉰 여자는 그의 대답은 듣지도 않고 근처 커피숍을 향해 성큼 성큼 걸어가기 시작했다. 여자가 말하고 싶은 것이 뭔지 우민은 대충 알 것 같았다. 자신도 그것에 대해 이야기를 나누고 싶은 차였다.

직원들이야.... 어차피 팀장이랑 들어가는데 무슨 일이야 나겠는가??

신영은 뒤따라오는 우민을 힐끔 쳐다보다 다시 한숨을 내쉬었다. 어디서부터 어떻게 말해야 할 지 아무리 머리를 굴려봐도 적당한 말이 떠오르지 않았다.

'어디서부터 말을 해야 한담??'

벌레 한 마리가 자신의 머릿속을 야금야금 갉아먹는 기분이었다. 잠시 생각을 정리할 시간도 없이 남자가 긴 다리로 잘도 따라왔.

두 사람은 커피숍에 마주 앉았다. 식당에서 밥을 먹을 때처럼 어색했다.

"저... 내가 말하고 싶은 건..."

여자는 말에 뜸을 들였다. 하지만 우민은 조급해 하지 않고 여자가 천천히 말하길 기다렸다. 사실 이런 상황에서 더 어색한 것은 여자니까.

신영은 계속 머뭇거렸다. 말이 입안을 굴러다니고 있다. 존재하고 있는데 그것을 말이라는 걸로 현실화시키기는 쉽지 않았다.

"저... 그러니까..."

"...."

잠시 두 사람의 시선이 허공에서 부딪혔다. 여자의 눈빛은 하룻밤 불장난 상대를 다시 만나게 된 어색함과 당황스러움이 아니라 절박한 다른 무언가가 있었다. 뭔가 다른 게 있나??

우민이 의아해 할 때 신영은 입술을 깨물었다.

이렇게 고민하고 늦춘다고 해서 달라지는 문제가 아니었다. 어차피 한 번은 겪고 지나갈 문제가 아닌가? 신영이 걱정하는 것은 그 문제에 대해 이야기하다 자신도 모르게 감정을 흘릴지도 모른다는 것이다. 그 일에 대해 모르는 사람에게 굳이 알려주고 싶진 않았다. 뭐, 결국 어떻게 해서든 알게 되겠지만...

"지금 사무실로 들어가면 아마 같은 팀 동료들을 소개받을 거예요. 그리고 우민 씨는 아마도 자료조사와 시장조사에 대한 파트를 맡게 될 거구요.

그 부분에선 선배인 민재훈 씨가 잘 가르쳐 드릴 거예요."

"네."

일단 입을 연 신영은 머뭇거리지 않았다.

"그리고 아마 동료들이 우민 씨를 보면 놀랄지도 모르겠어요. 이유는.... 이유는..."

하지만 역시나 나오기 쉽지 않은 말이었다. 결국 신영은 자신의 입으로 말하는 것을 포기했다. 어차피 자기가 말하지 않아도 사람들이 다 말할 테니까.

"그건 뭐 차차 알기로 하고. 그렇게 알고 있어요."

"네에??"

우민은 예상치 못한 말을 듣고 어안이 벙벙한 상태였다. 여자가 지금 무슨 말을 하는 걸까?

"다시 한 번 말씀해 주시겠습니까?"

"음... 아마도 소개받게 될 동료들이 우민 씨를 보면 좀 놀랄지도 모르겠다는 말이에요. 이유는 동료들한테 알아서 듣구요."

"...."

신영은 여전히 궁금증이 가득한 우민의 눈동자를 가까스로 외면하며 말을 이었다. 신영도 알고 있었다. 저 눈동자는 비단 그것에 관한 것만 궁금한 것이 아니라는 걸. 하지만 신영은 자신의 입으로 먼저 토요일 밤의 일을 얘기할 용기가 나지 않았다.

그냥 아무 일도 아닌 것처럼 그렇게 묻힐 일인 줄 알았다.

하룻밤의 남자가 현실이 되서 자신의 눈앞에 나타날 줄은 정말 꿈에도 몰랐다.

격렬하게 사랑을 나눈 그 다음날 새벽. 신영은 다리 사이 그곳에서 아릿한 통증을 느끼며 잠에서 깼다. 자신을 꽉 품고 있는 남자의 품에서 벗어나 침대 밖으로 발을 내밀어 서는 순간 몸이 휘청해 남자 위로 쓰러질 뻔했다.

성행위라는 것이 이렇게 피곤한 것인 줄 신영은 예전엔 미처 몰랐었다. 신영에겐 잠시 느긋하게 지난밤의 쾌락을 음미할 시간조차 없었다. 남자가 깨지 않도록 조심스럽게 움직여 침대를 벗어났다. 그리고 조심스레 옷을 걸쳤다.

거울 앞에 서서 자신을 보니 달라진 곳은 아무대도 없었다. 하지만 어제까지의 자신은 처녀였고, 지금은 아니었다. 눈에는 보이지 않지만 명백한 사실, 자신은 처녀가 아니라는 것. 신영은 그런 것이 싫었다. 눈에 보이지 않는 것은 질색이었다. 무엇이든 눈에 표시가 나고, 솔직하게 보이는 것이 좋았다. 지금 거울 앞에 선 자신의 모습이 가식적으로 보여 욕지기가 치밀어 올랐다.

신영은 신물을 삼키며 방을 벗어났다. 그리고 우습게도 남자가 자신을 추적할 것도 아닌데 자신의 흔적이 남을까 현금으로 요금을 지불하고 나왔다.

그날 호텔에서 벗어나 보는 하늘은 눈이 시리도록 푸르고 눈부셔서 눈물이 조금 나왔었다.

그런데!! 그런데!!

이렇게 이 남자랑 재회하는 것은 신영은 시나리오에는 없는 일이었다. 머리가 지끈지끈 아파오기 시작했다. 겨우 그 일에서 벗어나 잠잠해지는가 싶었는데 도로 그 혼란스러운 악몽 속으로 걸어 들어가는 기분이었다.

"자, 인사해요. 이쪽은 오늘부터 우리 팀에 합류하게 될 신입사원 김우민 씨. 그리고 이쪽은 우리 팀원들..."

신영은 자신이 우민과 함께 들어온 순간부터 자신에게 쏟아지던 놀라

움과 궁금증의 눈빛들을 무시하며 기계적으로 말했다. 몇몇 여직원들은 경악에 찬 눈빛이었다. 사람들의 그런 눈빛에 익숙해진지 벌써 2년이나 되었다. 여전히 그런 눈빛에 상처를 받기도 하지만 그 상처를 남에게 보이지 않는 지혜 정도는 터득했다.

소개가 끝난 후에도 누구하나 선뜻 우민에게 말을 걸지 못했다. 우민도 자신을 쳐다보는 사람들의 시선을 느꼈다. 자신이 꼭 동물원의 원숭이가 된 기분이었다. 짧은 소개를 끝으로 신영은 더 이상 말하지 않고 있었다. 사람들의 어색함이 역력한 눈길을 느끼며 우민은 인사를 했다.

"앞으로 잘 부탁드립니다. 김우민입니다."

"...아, 전 민재훈이라고 합니다. 반가워요."

재훈이 먼저 아는 척을 했다. 신영은 재훈이 먼저 인사를 한 게 반가웠다.

"아까 말했던 민재훈 씨예요. 김우민 씨는 앞으로 재훈 씨를 도와서 자료조사와 시장조사에 관한 일부터 시작하게 될 겁니다. 자세한 건 재훈 씨가 알려주세요. 그럼... 다들 인사 나누세요."

신영은 자신이 할 일은 다 했다는 생각이 들자 주저 없이 그 자리를 벗어났다. 이제는 덤덤할 때도 되었건만 직원들의 눈빛은 여전히 바늘처럼 따가워 오래 버티기 힘들었다.

신영이 팀장실로 들어가자 그제야 직원들 사이에서 생기가 돌았다. 우민은 신영의 퇴장 하나로 급격히 바뀐 분위기가 낯설었다. 원래 상사와 부하직원의 사이가 친하지는 않지만 그래도 팀장이란 직함은 워낙에 같이 일을 하고 부딪치는 일도 많아 대체로 직원들과 친하게 지내지 않던가? 우민은 쫓겨나듯 팀장실로 들어가는 신영의 뒷모습을 씁쓸하게 쳐다보았다.

하지만 우민은 곧 시선을 옮겨야 했다. 처음에 조금 머뭇거리던 직원들이 이내 우민을 둘러싸고 인사하기 시작했기 때문이었다. 처음에 받았던 이상하다는 인상과는 달리 다들 활달한 성격인 것 같았다. 사람들이 자신을 환대해주니 의욕이 마구 샘솟는 우민이었다.

우민은 팀장실 근처, 재훈의 옆 책상에 자리를 배정 받았다. 자신의 책상이라는 사실이 괜히 뿌듯한 마음을 들게 했다. 첫날이라서 별로 할 것은 없었지만 우민은 자신에게 맞도록 책상을 정리했다. 책상 서랍에는 새 문구류가 구비되어 있었다.

우민이 노란색 접착 메모지를 한 장 떼어내 'I Can Do it!!'이라는 문구를 적어 컴퓨터 모니터 아래 붙였을 때였다. 지현이 쭈뼛대며 그에게 다가왔다.

"자리는 어떠세요?"

"예. 아주 마음에 듭니다."

우민은 싱긋 웃으며 대답했다. 정말 마음에 꼭 들었으니까.

"그래요? 다행이네요. 그런데... 실례가 안 된다면 우민 씨 나이 물어봐도 될까요?"

지현은 자신이 지을 수 있는 최대한으로 예쁜 미소를 지으며 말했다. 훤칠하고 잘생긴 신입사원은 드물다.

"아, 제가 대학원에서 공부를 하다 오는 바람에 나이가 좀 많습니다. 스물아홉이에요."

"어, 저보다 세 살이나 많으시네요. 게다가 우리 팀장님이랑 동갑이시고."

"그렇습니까?"

우민은 뜻밖에 얻게 된 정보에 눈썹을 살짝 올렸다. 그보단 훨씬 어리게 보인다. 팀장이라고 소개받았을 땐 어느 정도 나이가 있겠구나 생각했지만 자신보다는 어릴 줄 알았다. 호텔 욕실에서 보았던 그녀의 맨 얼굴은 굉장히 어려 보였으니까.

"네. 근데, 우민 씨... 저기 팀장님이요..."

"네??"

지현은 우물거리며 꺼내려던 말을 멈췄다. 자신이 할 이야기는 아니었다. 게다가 오늘 처음 보게 된 신입사원에게 할 말은 아니었다. 지현은 화제를 돌리려 환하게 웃으며 말했다.

"참!! 우민 씨. 그거 아세요? 저희 옛날 팀장님이랑 꼭 닮았어요."

"네?"

우민은 지현을 보며 반문했다.

"손진호 팀장님이라고요, 예전에 저희 팀장님이셨던 분이거든요. 지금은 엘지애드에 가셨지만요, 근데 그 분이랑 정말 닮았어요. 형제라고 해도 믿겠는걸요."

"…"

"그래서 저희 모두 깜짝 놀랐잖아요. 지금 팀원들 다 손진호 팀장님이랑 한 번씩 일한 경험이 있거든요. 근데 그 분이 다시 온 줄 알았다니까요."

계속 이어지는 지현의 얘기는 우민의 귀엔 하나도 들리지 않았다. 쿵쿵쿵 머릿속이 시끄럽게 울렸다. 커다란 쇠망치로 머리를 사정없이 쳐댄 느낌이었다.

자신은 누군가를 닮은 사람이었다.

"팀장님도 한 잔 더 받으시죠??"

신영은 우민이 내미는 술잔을 보며 인상을 찌푸렸다. 벌써 여덟 번째 잔이었다. 넘칠 듯 가득 차 찰랑거리는 술을 보며 신영은 이걸 마셔야 할지 말아야 할지 고민 중이었다.

월요일이긴 하지만 새로 온 우민을 위해 간단한 회식자리가 마련되었다. 그동안 프로젝트를 준비하면서 쌓인 피로도 풀 겸 겸사겸사해서 만든 자리였다. 아무래도 계속 부딪히면서 일을 해야 할 사람들이니 하루라도 빨리 친해지는 것이 좋았다. 그리고 신영의 생각대로 우민과 팀원들은 빨리 친해지고 있었다.

하지만 우민은 신영하고도 친해지기로 작정을 했는지 그녀의 옆에 자리를 잡고 연거푸 술을 권했다. 다른 사람들과 마찬가지로 권하는 술을 안 마실 수도 없고 해서 주는 대로 받아먹다 보니 꽤 많은 양의 술을 마시게 됐다. 그런데도 또 술을 권하는 우민의 모습에 다른 팀원들이 흥미진진한 눈빛으로 신영을 쳐다보고 있었다. 자신에게 시선이 집중되자 난감해진 신영은 우민의 손에서 잔을 받아 한 입에 털어 넣었다.

"우와~."

소주를 연거푸 여덟 잔이나 마셨는데도 얼굴 색 하나 변하지 않는 신영을 보면서 다들 감탄사를 내뱉었다. 하지만 그런 소리조차 신영은 불편했다. 다른 때 같으면 식사를 하는 1차에서 적당히 빠져 나왔을 텐데 오늘은 어찌된 일인지 3차 자리에까지 오게 됐다.

여직원들이 자신을 보고 불편해하는 기색이 역력한지라 한시라도 빨리 빠져나가고 싶었는데 자꾸 자신의 옆에 딱 붙어 있는 우민 덕분에 이렇게 자리보전을 하고 있었다.

신영은 술을 들이키며 이젠 정말 빠져나가야겠다는 생각을 했다. 조금만 더 마시면 취할 것 같았다. 신영은 서서히 취하는 게 아니라 일정량을 넘기면 갑자기 취기가 오르는 스타일이었다. 그리고 슬슬 그 한계점에 도달하고 있었다.

"나는 이제 그만 가야겠어요. 술도 많이 마셨고, 또 내일도 출근을 해야 하니까…"

신영은 우민이 잠시 화장실을 간 틈을 타 가방을 들고 일어섰다. 그녀가 일어서자 한결 편안해 하는 표정을 짓는 사람들이 눈에 띄었다. 신영은 아랫입술을 살짝 깨물었다. 사람들은 간혹 자신이 하는 무의식적인 행동이 상대방에게 어떤 영향을 주는지 모를 때가 많다.

"벌써 가시게요?"

재훈이 신영을 따라 엉거주춤 일어나며 말했다.

"벌써라뇨. 제가 빠져도 한참 전에 빠져야 했는데요. 예전처럼. 그럼 좀 더 편하게 즐길 수 있을 텐데요. 뭘. 안 그래요?"

신영은 싸늘한 눈초리로 몇몇 여직원을 내려다보며 말했다. 그녀의 말에 움찔하는 모습들이 보였다. 속으로 픽하니 웃음이 나왔다. 이럴 때 간혹 신영은 신이 자신에게 일에 대한 꽤 괜찮은 능력을 준 것에 감사해 하곤 했다.

여직원들의 적대감을 재훈도 느끼고 있었던 터라 아무 말 하지 못하고 있었다. 이미 지난 일이라고는 하지만 한번 기억 속에 각인된 일은 쉽게 지워지지 않았다. 그래도 일과 사생활은 별개라 생각하지만 여자팀원들은 그렇게 생각지 않았다. 항상 신영을 껄끄러워 했다.

그런 여자팀원들을 알았기 때문에 팀장도 회식자리는 알아서 피했었는데 오늘은 상황이 그렇지 못했고 일방적으로 적대감을 느끼다보니 화가 난 모양이었다. 하긴 나라도 그렇겠지... 재훈은 입맛을 다시며 생각했다.

그렇게 어색한 상황이 잠시 지속되고 신영이 나가려는 터에 우민이 들어와 버렸다.

"어? 이제 끝인가요? 아무래도 내일 또 일이 있으니 일찍 끝내는 모양이네요. 어휴. 다행이다. 안 그래도 취기가 올라오던 참이었거든요. 실수하기 전에 얼른 집으로 가야겠어요."

우민은 신영이 가방을 들고 있는 것을 보고 자신도 잽싸게 가방을 들었다. 얼마 되지 않은 짧은 시간이었지만 신영에 대한 여직원들의 적대감은 눈에 보일 정도였다. 왜 신영이 그런 취급을 당하는지는 알 수 없었지만 기분이 나빠 왔다. 그래서 더 오버하며 그녀를 곁에 붙들어 두었었다. 어차피 그녀와 할 이야기도 있었고 말이다.

의자에 앉아있던 직원들은 우민의 말을 듣고 주섬주섬 일어서기 시작했다. 아직 흥겨운 기분은 가시지 않았지만 내일 또 출근해야 한다는 사실을 인지했기 때문이었다.

"아니. 난 좀 바쁜 일이 있어서 먼저 일어선 거예요. 다들 좀 더 놀다가 가요."

신영이 뒤늦게 상황을 정리하려 했지만 이미 다들 일어선 후였다.

"아닙니다. 내일 일도 있고, 벌써 11시가 다 되어 가는데요, 뭘."

재훈이 우민을 거들며 말했다. 여자 팀원들의 표정에 아쉬움이 묻어났지만 이미 분위기는 파장 분위기였다.

신영은 자신이 한 순간에 화기애애했던 -비록 자신에겐 아니었지만- 분위기를 깬 것 같아 찝찝한 마음이 들었다. 하지만 그녀로서도 어쩔 수 없는 일이었다. 자신은 모임의 중심이 아니니 자기가 나서서 다른 곳으로 가기도 뭣했으니까.

계산을 마치고 나오자 같은 방향에 사는 사람들끼리 무리를 지어 서 있었다. 우민은 재훈과 함께 서 있었다.

"저, 그럼 이제 그만 들어가죠."

신영의 말에 서서 그녀를 기다리고 있던 팀원들이 인사를 하곤 택시에 올랐다. 이제 남아있는 사람은 재훈과 같이 서 있는 무리와 신영뿐이었다. 그때 우민이 신영을 향해 물었다.

"팀장님은 어느 방향이세요?"

"네??"

"팀장님 댁이요."

"아, 난 가까워요."

신영은 대충 대답하고 말았다. 그동안 수많은 회식자리를 갖으면서 이

질문은 받은 건 두 번째였다. 하긴 이렇게 끝까지 남아있는 일이 없었으니까. 왠지 우민의 질문이 씁쓸했다. 하지만 신영은 계속 싱글대며 쳐다보는 우민 때문에 결국 다시 말해야 했다.

"흠. 청담동이요."

"아, 그래요? 저랑 같은 방향이네요."

"네에?"

"같이 가시죠. 저 민 선배님. 그럼 저는 팀장님이랑 같이 가겠습니다."

다짜고짜 택시를 잡고 말하는 우민 때문에 신영은 제대로 말할 틈도 없이 택시 안으로 떠밀렸다. 재훈의 옆에 서서 자신을 뚫어지게 쳐다보는 지현의 시선이 따가웠다. 내려다보는 그녀의 표정엔 불만이 가득했다.

"휴... 청담동 어디 쪽이에요?"

신영이 어쩔 수 없다는 듯 시트에 몸을 털썩 기대며 말했다.

"우선 팀장님 가시는 데로요."

"예?"

"기사도 정신 모르십니까? 팀장님 댁까지 모셔다 드리고 갈려구요."

"그럴 필요없...."

우민의 친절을 마다하려다 신영은 입을 닫았다. 살짝 취기가 오르는 것 같았다. 쓸데없이 체력을 소모했단 한꺼번에 취기가 올라 정신을 잃을 것 같았다. 신영은 흔들리는 정신을 가라앉히려 눈을 감았다.

"...청담역 근처예요."

"기사 아저씨 들으셨죠?"

우민은 넉살좋게 말했다. 꽤 막히는 시간에도 불구하고 택시는 금세 도착했다. 워낙 이동거리가 짧았던 탓도 있었다. 신영의 집은 회사에서 가까웠다.

"그럼 난 여기서 내릴게요. 우민 씨는..."

"아, 저도 내릴 겁니다. 집 앞까지 모셔다 드려야죠."
"아니 괜찮아요. 택시 잡기도 힘드니 그냥 가세요."
"어차피 반대방향에서 타야 돼요."
"네?"
"저 방배동에 살거든요."
"네에??"
"후후후. 팀장님이랑 같이 있고 싶어서 거짓말 했어요."

우민은 표정하나 변하지 않고 생글거리며 말했다. 하지만 신영은 반대였다. 얼굴이 갑자기 굳었다.

사람들은 너무나 자주, 의식하지 않고 거짓말을 한다. 착한 거짓말도 있다고 하지만 거짓말은 여전히 남을 속이는 일이다. 그리고 신영은 거짓말이 끔찍이도 싫었다.

"나 거짓말하는 사람 싫어해요."

신영은 단호히 말하고 택시에서 내렸다. 하지만 그때 갑자기 취기가 올랐다. 갑자기 움직여서 그런지 몸이 휘청했다. 취하지 않기 위해 정신을 차려보았지만 아무래도 마지막으로 받아들은 소주가 문제였던 모양이었다. 눈앞이 흐릿해지고 정신이 멍해지고 있었다. 팽팽하게 당겨진 활시위가 맥없이 툭 끊기듯이 신영은 그렇게 폭 쓰러졌다.

"어... 어랏!!"

신영을 따라 택시에서 내린 우민은 몇 발자국 가지 못하고 픽 쓰러지는 신영을 가까스로 잡았다. 우민은 자신의 품에 있는 신영을 내려다보았다. 펑펑 울던 신영의 얼굴이 오버랩 되었다. 너무나 여리게 보였다.

신영을 흔들어 보았지만 일어나지 않았다. 숨소리를 들어보니 쌕쌕거리는 게 그저 잠이 든 것뿐이었다. 난감한 우민은 우선 택시에 다시 올랐다.

"저, 기사님. 죄송하지만 가까운 호텔로 부탁드립니다."

두 사람의 다툼을 들었던 택시기사는 힐끔 뒷좌석을 쳐다보더니 아무 말 없이 운전을 시작했다.

호텔 객실에 들어선 우민은 축 늘어진 신영을 침대에 눕혔다.
그녀의 신발을 벗겨 한쪽에 가지런히 놓아두고, 핸드백과 겉옷은 의자 위에 잘 올려놓았다. 자면서 답답해 할까봐 셔츠의 단추를 세 개 정도 풀어놓는 것도 잊지 않았다. 어디 그뿐인가? 염치없고, 뻔뻔스럽게도 신영의 스커트 속으로 손을 쑥 넣어 스타킹도 벗겨내었다. 길게 뻗은 다리에서 스타킹을 벗겨내면서 우민은 조금 흥분했다. 이 늘씬한 다리가 자신의 허리를 조이던 밤이 생각났기 때문이었다. 보드라운 여자의 허벅지를 만지작거리던 우민은 힘겹게 손을 뗐다. 눈앞의 여자가 아무리 매력적이라도 취한 상태의 여자를 안는 것은 남자로서의 자존심 문제였다.
하지만 잠시 보는 것은 괜찮겠지.
우민은 신영을 내려다보았다. 머리끝부터 발끝까지 훑어보았다. 지난 밤 미처 보지 못했던 그녀의 모든 곳을 보았다.
하나로 묶은 머리는 제멋대로 삐져나왔고, 삐죽삐죽 선 잔머리가 신영을 더 어려 보이게 했다. 하얀 목은 참을 수 없을 만큼 섹시한 분위기를 띄고 있어 우민은 자신도 모르게 살짝 핥아보았다. 그리고 우민이 정신없이 빠져든 쇄골도 여전히 그대로였다. 풍만한 가슴은 셔츠에 가려져 있었지만 올라간 스커트 아래 각선미 죽이는 다리가 보였다. 거기에다 섬세해 보이는 손가락까지.
여자라면 누구나 다 부러워할 만한 외모를 가지고 있었다. 그리고 남자의 시선을 한눈에 끄는 눈빛과 부드러운 입술도 가지고 있었고, 지나가는 사람이라면 한번쯤 돌아볼 존재감도 있었다. 거기다 29살의 나이에 팀장이란 직함을 가지고 있는 능력 또한 갖춘 팔방미인이었다.

하지만 여자는 혼자였다. 누구 하나 그녀의 깊은 눈빛을 마주하지 않았고, 말을 걸지 않았다. 사람 많던 회식자리에서 그녀는 철저히 혼자였다. 컬러풀한 세상에서 그녀만이 까만 흑백영화처럼 정적이었다.

우민이 처음 보았던, 팔색조같이 화려하던 그 여자와 철저히 혼자인 이 여자가 정말 동일인물일까?

2

'여기가 어디지?'

신영이 눈을 떴을 때 눈앞에 보이는 것은 화려한 꽃무늬가 돋보이는 천장이었다. 집 천장은 그냥 베이지색 스프라이트 무늬인데 말이다. 그리고 새털처럼 가볍고 폭신한 매트리스도 자신의 그것과 달랐다. 지금 누워있는 곳은 집이 아니었다!!

소스라치게 놀란 신영이 벌떡 일어나 앉았다. 어둑어둑해서 사물이 눈에 잘 보이진 않았지만 호텔방인 것 같았다.

"으..."

신음이 절로 터져 나왔다. 어제 택시에서 내린 것까지는 기억이 나는데 그 뒤는 필름이 끊긴 모양이었다. 참담한 심정에 얼굴을 쓸어 내렸다. 화장을 지우지 않아 텁텁했다. 입안도 까칠까칠하고. 신영은 이마를 손으로 집고 핸드백을 찾아 더듬거렸다. 어둠 속에서는 아무 것도 보이지 않았다. 핸드폰의 밝은 빛이 필요했다. 몇 신지 궁금하다. 어찌됐건 출근은

해야 했으니까.

그때 나직한 남자의 목소리가 불쑥 어둠 속을 뚫고 나왔다.

"아직 새벽 다섯 시 밖에 되지 않았으니까 걱정 마."

"!!!"

목소리의 주인공은 역시 우민이었다. 하긴 우민 말고 신영을 이곳에 데리고 올 사람은 없었다. 보이지 않는 우민을 향해 말하는 신영의 말투엔 약간 짜증이 섞여있다. 호텔에 자신을 데려다 준 것은 고맙지만 그냥 두고 가는 게 신영에겐 더 편한 일이다.

"휴, 왜 안 갔어요?"

"술에 취한 여자를 혼자 두고 가는 건 매너가 아니니까."

"…"

"게다가 우리 할 말이 있잖아."

"…"

신영은 우민의 목소리가 들리는 곳을 째려보았다.

"왜? 반말 써서 기분 나빠? 동갑이던데, 우리. 게다가 보통사이가 아니잖아."

우민은 기대고 앉아있던 소파에서 벌떡 일어나 침대로 다가갔다. 흐트러진 차림새에도 신영은 도도해 보였다.

"상관없어. 당신이 반말을 하든 말든."

"후후후. 역시 박신영이란 여자는 쿨하군."

"…."

신영은 우민의 시선을 외면하며 침대에서 일어났다. 발을 바닥에 내려놓는 순간 신영은 자신의 스타킹이 벗겨진 것을 알았다. 고개를 획 들어 자신을 내려다보고 있는 우민을 쏘아보았다.

"너무 그렇게 째려보지 마. 답답해 보였으니까 벗긴 것뿐이라고, 다른 짓은 안 했어."

그녀의 다리가 얼마나 매끈해 보여서, 그 다리가 자신을 감싸고 그녀의 몸속으로 들어가는 상상에 흥분한 몸을 달래려 밤새 차가운 물로 몇 번이나 샤워를 했는지 우민은 그녀에게 말하지 않았다. 그녀의 목덜미를 핥은 것도 비밀로 했다.

신영과 가까이 있다간 자존심이고, 매너고 할 것 없이 그녀의 몸속으로 파고 들까봐 멀찌감치 떨어져 있느라 밤새 고역이었다. 아니 그건 고문 아닌 고문이었다. 단 몇 발자국만 가면 바로 신영이 있었지만 우민에게 그 몇 발자국은 밤새 걸어도 도착하지 않을 먼 거리였다.

신영은 우민을 지나쳐 욕실로 향했다.

남자가 자신의 몸속으로 들어왔는지 안 왔는지는 여자가 더 잘 안다. 그리고 자신이 보기에 우민이 그렇게 무뢰한은 아니었다. 사실... 그는 부드러웠다.

그날 밤 우민이 주었던 쾌감이 다시금 떠올랐다. 첫 경험에 아파하는 신영을 가만히 안아주며 강요하지 않았다. 재촉하지 않는 그의 행동에 신영은 우민이 자신의 몸속에 있는 것이 편안해졌었다. 자신도 모르는 절박함, 뭔가 갈구하는 마음에 자신도 모르게 움직였던 것이 기억났다. 샤워기의 물을 트는 신영의 얼굴이 화끈거렸다. 그때는 정말 절박한 심정이었지만 자신의 몸짓을 생각하면 눈을 감고 싶었다. 자신이 그렇게 음란한 몸짓을 하게 될 줄 꿈에도 몰랐었다. 자신 속에 숨겨져 있던 이중성을 본 느낌이었다.

떨어지는 물줄기 아래서도 신영의 머릿속에 우민은 사라지지 않았다. 아니 털어 내려고 할수록 밖에 있는 우민이 강하게 의식되었다.

물소리 때문에 아무 것도 들리지 않았지만 신영의 귀는 예민하게 바깥의 동정을 살폈다. 샤워를 하다 문득 신영은 자신의 행동을 깨닫고 한숨을 내쉬었다.

누군가를 의식한다는 것이 신영에겐 정말 반갑지 않은 일이었다.

딸칵.

욕실 문이 열리는 소리와 함께 머리에 수건을 두른 신영이 나왔다. 신영은 우민 앞을 지나 화장대로 다가갔다. 향긋한 비누냄새가 우민에겐 그 어떤 페로몬 향수보다 강하게 작용했다. 손을 내밀어 지나가는 신영을 붙잡고 싶을 정도였다.

핸드백을 열어 핸드폰을 꺼낸 신영은 들어와 있는 문자 메시지를 확인하고, 시간도 확인했다. 집에 들렀다 오기에 좀 모자란 듯한 시간이었지만 그렇다고 해서 아예 안 되는 것도 아니었다. 신영이 신발에 발을 넣을 때쯤 침대에 걸터 앉아있는 우민이 느릿느릿 입을 열었다.

"이유가 뭐야?"

"무슨?"

"나하고 잔 이유."

"…"

너무나 직접적인 질문에 신영은 할 말을 잃었다. 우민이 할 얘기란 것이 그것인 줄은 알고 있었지만 신영은 그 이유에 대해 말해줄 어떤 준비도 하지 못했다. 그저 말없이 지나가기를 바라고 또 바랬었다. 하지만 신영이 피하고 싶던 순간이 왔다. 우민은 꼭 대답을 들어야겠다는 결연에 찬 표정이었다. 잠시 뜸을 드리던 신영은 건조하게 내뱉었다.

"닮았으니까."

"…"

이번에는 우민이 입을 다물었다. 사실 일어난 신영을 붙잡고 제일 먼저 묻고 싶은 것도 그거였다. 자신이 누구를 닮았는지, 그게 어떤 의미였는지 알고 싶었다.

하지만 아니길 바랐었다. 누군가의 대체용품으로 사용된다는 것은 끔찍한 일이었다.

"닮았으니까 같이 잔 것뿐이야. 내가 한때나마 사랑했다고 믿었던 사람과 닮아서. 그뿐이야."

"…"

지금 우민의 귀에 신영의 말은 들어오지 않았다. 그의 시선을 붙잡고 놓아주지 않는 건 어둠속보다 더 까맣게 닫혀버린 신영의 눈빛이었다.

초콜릿처럼 부드러웠던 눈빛은 새카맣게 변해 어떤 표정도 짓지 않고 있었다. 처음 신영을 보았을 때의 풍부한 표정은 아무데도 없었다. 마치 목조인형을 보는 듯한 착각이 들었다.

"단지 그것뿐이야?"

우민은 마지막 지푸라기라도 잡고 싶었다. 자신과 신영의 첫날밤이 그렇게 기억되는 것은 싫었다. 사람의 이기심은 자신이 세상에서 특별하다는 생각을 놓지 않으려 할 때가 많았다. 자신이 다른 사람의 대용품으로 전락한 지금 이 순간에도 시작은 그럴지언정 그녀에게 나는 '나'란 존재로 기억되었다고 믿으려 했다.

"그래."

"그럼 나에 대해 추호도 생각하지 않았어? 단 한순간도??"

"…"

"널 안았던 사람은 나야. 너의 처녀를 깨뜨리며 너에게 쾌감을 준 사람이 나란 말이야. 근데 넌 그게 아무런 의미도 없니??"

까맣게 닫힌 눈동자를 뜨게 하고 싶었다. 그녀가 화를 내고, 욕을 하더라도 그 눈동자가 생생하게 살아 움직이는 것을 보고 싶었다. 그리고 상처받은 자신의 자존심을 세우고 싶었다.

박신영이라는 여자한테 첫 남자는 나 김우민이라는 사실을 각인 시키고 싶었다.

순간 신영이 눈을 들어 우민을 지긋이 쳐다보았다. 상처 입은 눈동자였다.

"배신당하고 상처받고 버림받았으면서도 그 사람을 잊지 못하는 바보 같은 나를 지우기 위해서 너랑 잔거야. 나한테 너의 의미는 그 뿐이야. 다른 이유는 없으니까 착각하지 마."

신영은 조용히, 그리고 여전히 냉소적으로 말했지만 우민의 귀엔 그녀의 울음소리가 똑똑하게 들렸다. 눈동자에 눈물이 차오르는 것 같았다. 물론 우민의 생각일 뿐이었지만 말이다.

"울어."

우민은 자신도 모르게 신영을 품으로 끌어당겼다.

"뭐? 뭐야??"

갑작스레 우민의 품에 갇힌 신영이 벗어나려고 몸부림을 쳤지만 우민은 풀어주지 않았다.

"울으라고, 슬프면 울어. 여기 볼 사람이 어디 있다고 참는 거야??"

"내가 왜 울어?"

"몰라? 그 사람 얘기 할 때부터 계속 울고 있었어. 니 눈빛."

"...."

"나한테 더 이상 창피할 게 뭐가 있어? 울고 싶으면 울어. 아무한테도 말 안 할 테니."

"내가 왜... 흑..."

우민의 가슴에 파묻혀 억눌린 흐느낌 소리가 터져 나왔다. 섹스를 한 후, 온 몸을 떨며 울던 때와 마찬가지로 신영은 소리 내어 울었다. 눈물이 넘쳐 우민의 셔츠를 다 적셨지만 그녀의 눈물은 멈추지 않았다.

우민은 그저 말없이 가만히 신영의 머리를 쓰다듬어 주었다. 가슴에 맺힌 응어리가 다 풀릴 때까지 울을 수 있도록 아기를 쓰다듬는 손짓보다 더 조심스레 손을 움직였다.

한바탕 속 시원하게 울고 나자 마음이 진정되는 것 같았다. 신영은 고개를 들어 우민을 올려다보았다. 그렇게 피했던 우민의 눈동자를 이젠 똑바로 쳐다볼 용기가 났다.
"그날 밤 난 너와 잤던 게 아니야. 너와 닮은 다른 사람을 사랑했던 거야."
신영이 눈물로 얼룩진 눈빛으로 말했다. 그녀의 목소리는 과장되지도, 냉정하지도 않았다. 폭풍이 지난 후의 바다처럼 잔잔하고 고요했다.
"그렇다면 이제부턴 나를 사랑해."
우민은 무뚝뚝하게 말했지만 신영의 머리를 쓰다듬는 손은 한없이 부드러웠다.
우민의 말에 신영의 몸이 눈에 띄게 굳었다.
"나... 아직 다른 사람을 생각할 준비가 안됐어. 그럴 마음도 없고."
"... 니가 다른 남자를 생각하면서 내 품에 안겼던 그 순간 난 박신영이란 여자를 내 마음에 담았어. 내가 이 회사에 오지 않았더라도, 난 무슨 일이 있어도 너를 찾아냈을 꺼야. 믿을 수 없다면 믿지 않아도 좋아. 난 지금 박신영이란 여자를 사랑하고 있어."
"..."
신영은 망연자실해져서 우민을 쳐다볼 뿐이었다. 우민은 진심을 말하고 있었다. 믿을 수 없었다. 이제 만난 지 두 번밖에 되지 않았다. 사랑이라는 감정조차 믿기 어려웠다.
그런데 정말 우민이 자신을 사랑하는 걸까?
믿을 수 없다고 단정 짓는 와중에도 신영의 심장이 천천히 두근거리기 시작했다. 그 두근거림이 빨라져서 숨이 가빠왔다.
　신영은 자신의 심장을 진정시키기 위해 크게 숨을 들이쉬었다.
　"너의 얼굴을 보면 그 사람이 생각나. 너와 섹스를 하면서도 그 사람 얼굴이 떠오를 거야. 이런 나라도 좋아?"
　고백처럼 잔잔한 신영의 말이 이어졌다. 신영은 엉뚱하게도 요란한 심장과 달리 말이 고요하게 나와 참 다행이라는 생각을 했다.
　"그 사람이란 존재. 우리 사이엔 없게 만들겠어. 그렇게 할 자신 있어."
　우민은 신영을 꽉 껴안으며 단호하게 말했다. 안긴 몸이 아파 올 정도로 꽉 쥔 우민의 팔이 왠지 믿음직해 신영은 자신도 모르게 중얼거리고 있었다.
　"그래? 후후후. 그럼 너를 보고도 그 사람이 떠오르지 않도록 널 사랑하게 만들어봐."

　우민은 다짜고짜 신영의 입술을 훔쳤다.
　기습 키스에 놀란 신영이 몸을 빼려했지만 우민은 더 힘을 주어 신영을 안았다. 입을 열지 않으려 하자 그녀의 아랫입술을 살짝 깨물어 입술을 벌리고 그녀의 혀를 낚아챘다. 숨이 막힐 정도로 그녀의 혀를 잡고 놓아주지 않았다. 촉촉한 신영의 혀는 우민에겐 묘약처럼 달콤하게 느껴졌다. 아니 에덴동산을 포기하면서도 맛을 보고 싶었던 그 선악과보다 더.
　숨이 찬 신영이 그의 어깨를 마구 쳤을 때야 우민은 입술을 뗐다. 하지만 그게 끝이 아니었다. 우민의 입술은 신영의 가는 목을 따라 내려왔다. 어젯밤 살짝 핥았던 곳에서 이번에는 거침없이 움직였다.
　"아…"
　신영의 신음이 저절로 나오는 곳을 사정없이 빨아댔다.
　우민이 무슨 짓을 하고 있는 지 깨달은 신영은 그를 거세게 밀었다.

서로의 입술이 떨어지고 우민은 신영의 얼굴을 두 손으로 감쌌다. 고개를 들어 자신의 눈과 마주치게 만들었다. 흥분한 눈동자가 거침없이 우민을 쏘아보았다. 하지만 우민도 신영의 눈빛에 지지 않았다.

"내 얼굴을 봐. 지금 니 입술을 훔치고, 너의 목덜미에 흔적을 남긴 사람은 나라는 거 잊지마. 다른 사람이 아니라 이번엔 정말 나 김우민이야. 그리고 이게 우리의 첫키스야. 똑똑히 기억해!!!"

크게 외친 우민은 호텔방문을 세게 닫으며 나가버렸다. 하지만 문을 박차고 나온 기세와 달리 우민은 벽에 기대고 눈을 감았다. 놀라서 동그랗게 떠진 신영의 눈동자가 아른거렸다. 어떤 남자든 누군가의 대용품이 된다는 것은 달갑지 않은 경험이다. 더구나 자신이 호감을 가지고 있는 상대라면 달갑지 않음을 떠나서 비참한 게 당연했다.

다른 사람을 사랑하고, 그 사람을 잊기 위해 자신과 잤을 뿐이라는 신영의 말에 우민이 상처받지 않았다면 거짓말이었다. 하지만 남자의 자존심은 여자 앞에서 초라해지는 것을 허락치 않았다.

모든 것을 이해한다는 듯이 말했지만 자신의 속마음은 꽤나 속상한 모양이었다. 이렇게 유치하게 굴 필요까지는 없었는데…

하지만 이번엔 신영이 키스를 하며 다른 사람을 생각하진 않았을 것이다. 그 사실 하나로 우민은 자신의 착잡한 마음을 달랠 수 있었다.

혼자 남겨진 신영은 마치 지금 이 순간이 영화 속의 한 장면처럼 느껴졌다. 멍하니 바닥에 주저앉아 우민이 탐욕스럽게 빨아대던 입술을 가만히 만져 보았다. 입술은 여전히 뜨거웠다. 신영의 심장이 거세게 뛰었다. 자신을 꽉 잡던 그의 손이, 입술이, 강렬한 눈빛이 자신의 존재를 알리고 있었다. 신영은 김우민이라는 사람이 정말 남자라는 사실을 절실하게 깨달았다.

잠시 멍하니 바닥에 앉아서 키스의 여운과 우민을 생각하던 신영은 일어나 기계적으로 몸을 놀렸다. 침대 옆 테이블에 놓인 시계를 보니 여전히 이르긴 했지만 집에 다녀오기에는 부족한 시간이었다. 한숨을 푹 내쉰 신영은 할 수 없이 거울을 보며 간단하게 메이크업을 했다. 회사에서 밤을 새는 일이 부지기수라 간단한 화장품을 항상 가방에 넣고 다녔다.

사무실 서랍에 넣어두어도 괜찮으련만 신영은 회사에 자신의 개인적인 물건은 거의 놓치 않으려 했다. 그 흔한 거울 같은 것도 서랍에 넣어두지 않았다.

어쨌건 신영의 그런 성격이 이번에는 도움이 되었다.

화장을 마친 신영은 거울 속의 자신을 들여다보았다. 아직 립스틱도 바르지 않았는데 입술이 붉었다. 마치 낙인이 찍힌 것처럼 붉은 입술만 신영의 눈동자에 들어왔다. 그리고 그 뒤에 담담한 표정으로 서 있는 우민이 눈에 띄었다.

그의 출현에 신영은 획 돌아섰다.

"...간 줄 알았는데..."

"입술이 여전히 빨갛네."

우민은 엉뚱한 대답을 했다. 그러더니 어려워하는 기색도 없이 손을 내밀어 단정하게 접힌 셔츠 깃을 풀었다. 신영은 목덜미에 와 닿는 우민의 손길에 움찔했지만 피하지 않았다.

"에고... 자국이 좀 심하게 남았네. 열흘은 가겠는데?"

"보름."

"응?"

"피부가 약해서 멍들면 보름은 지나야 없어져."

"그래? 거참, 미안한 일이네. 뭐, 그래도 그동안 이 키스마크를 보면서 내 생각을 하라고."

"피식."

장난스런 우민의 말투에 신영은 자기도 모르게 피식 웃었다. 딱딱했던 눈매가 부드럽게 쳐지면서 신영의 표정이 한순간 굉장히 부드러워 보였다. 신영의 자그마한 얼굴에서 벌어지는 변화를 멍하니 보고 있던 우민은 신영의 작은 미소에 온 몸이 짜릿했다. 우민은 신영의 가느다란 팔을 쓰다듬으며 말했다.

"당신말야…"

"음?"

"당신이 웃는 모습이 얼마나 매력적인지 모르지?"

"아… 뭐… 그거야…"

갑작스런 우민의 칭찬(?)에 신영은 얼굴이 뜨겁게 달아오르는 것을 느꼈다. 이런 식으로 대놓고 그녀에게 이런 말을 해준 사람은 아무도 없었다.

"그리고, 이렇게 당황하는 모습도 매력적이야. 그러니까 이건 내 잘못이 아니라고."

천천히 우민의 입술이 신영을 향해 내려왔다. 신영은 자신 때문에 키스를 하는 거라는 우민의 말도 안 되는 말에도 불구하고 그의 입술을 거부할 수 없었다.

우민은 파르르 떨리는 신영의 눈동자를 빤히 쳐다보았다. 그 눈동자엔 두려움과 설렘, 이런 저런 감정들이 뒤섞여 미묘한 빛을 발하고 있었다. 우민은 자신도 모르게 손을 들어 신영의 눈을 가렸다. 그리고 놀라 벌어진 그녀의 따뜻한 입술에 다시 한 번 키스했다. 이번엔 부드럽게, 카푸치노 커피 위의 크림을 핥아먹는 듯이 달콤하게 그녀의 입술을 맛보았다.

신영도 이번에는 우민의 키스가 두렵지 않았다. 두 눈에 올려져 있는 그의 커다란 손이 주는 아늑함 때문인지 온 몸이 크림처럼 녹아 내렸다. 우민의 셔츠 앞섶을 잡고 그가 주는 따뜻함에 매달렸다. 그 순간 신영의 머릿속엔 김우민이라는 남자의 이름 석 자와 그의 따뜻한 입술밖에 존재하지 않았다.

"역시, 한 블록 앞에서 내리는 게 좋겠어."
"어휴~, 또야??"
처음 택시를 탄 순간부터 이어진 작은 실랑이였다. 달콤한 키스를 마친 후 서로 간단히 출근 준비를 하고 호텔에서 나온 것까지는 괜찮았는데 각자 택시를 타고 가자는 신영과 어차피 같은 방향인데 그럴 필요가 있느냐는 우민의 의견충돌이 시작이었다. 사실 뻔히 같은 방향인 것을 아는데 둘로 나누어 택시를 타고 가는 것도 우스웠다. 같이 택시를 타고 가자는 우민의 고집에 못 이겨서 차에 오르긴 했지만 그 때부터 신영은 계속 불안해했다.

회사까지 가는 얼마 되지 않는 거리에서 내린다고 말하기를 몇 번. 우민이 기사아저씨를 보는 게 다 민망할 정도였다. 보다 못한 우민이 한마디 했다.

"도대체 왜 그래?"
"아니... 혹시 회사사람들이 보면..."
"아직 일곱 시 반도 안됐어. 이 시간에 누가 출근한단 말야?"
"그렇긴 하지만... 그래도..."
"됐어. 이제 조금만 가면 회산데 그냥 타고 가!"
"그치만..."
신영은 끝내 말을 맺지 못하고 우물거렸다. 그런 신영의 모습을 우민은 의아한 눈길로 쳐다봤다. 정말 신영의 이런 모습이 우민은 낯설었다. 회사에서 있는 신영의 모습은 고작 어제 하루 보았을 뿐인데 이상하게 주저하고 우물쭈물하는 모습이었다. 회의실에서 회의하는 모습을 잠깐 훔쳐보았을 땐 신영을 알아보진 못했지만 여자팀장인데 굉장하구나 라고 생각했었다. 그러나 그 외에 사람들과 지내는 모습을 보니 어딘가 주눅이 들어있는 듯했다. 특히나 회식자리에선 누가 말을 붙이지 않으면 한마디도 하지 않았었다. 자신이 모르는 무언가가 있을 테지만 당장은 그런 신영의 모습이 보기 안쓰러웠다. 우민은 슬그머니 신영의 손을 잡았다.

 신영이 깜짝 놀라 그의 얼굴을 보았을 때 우민은 자신이 지을 수 있는 표정 중에 가장 부드러운 표정을 지어 보였다. 신영이 안심할 수 있도록 말이다. 뜬금없는 우민의 미소에 신영은 불안한 마음이 조금은 누그러지는 듯 했다. 우민의 말이 맞았다. 회사는 코앞이고, 이렇게 이른 시간에 출근하는 사람은 없을 것이다.

 신영이 그런 생각을 하며 불안한 마음을 다잡고 있을 때 택시는 회사 앞에 도착했다. 우민은 먼저 내려 신영을 에스코트했다. 신영이 쉽게 내릴 수 있도록 그녀의 가방을 들어주고 손을 잡아 내리는 것을 도왔다. 두 사람은 서로의 얼굴을 보며 싱긋 웃었다. 역시 우민의 말대로 회사 앞엔 개미 한 마리 지나다니지 않았다. 안도한 신영은 더욱 큰 미소를 지을 수 있었다.

 하지만 그것은 그 둘만의 생각이었다. 회사에서 조금 떨어진 곳에서 그 두 사람을 쳐다보는 한 사람 있었다.

 지난 번 회의를 할 때 미흡하게 준비한 부분이 있어서 그 부분을 채울 요량으로 다른 때보다 한 시간 가량 일찍 출근한 지현이었다. 사생활이야 어떨지 몰라도 일 하나는 똑 부러지게 하는 팀장이니 저번과 똑같은 부분을 지적하게 되면 문제가 이만저만이 아니었다. 팀장의 성격상 회식 한 다음날이라고 해서 어영부영할 리가 없으니 일찍 와서 메우는 것이 최고였다.

그런데... 지현은 자신이 본 것이 잘못 본 게 아닌가 싶어 두 눈을 비벼 보았지만 분명 택시에서 내린 사람은 신영과 우민이 맞았다. 이렇게 이른 시간에 같은 택시라니... 게다가 두 사람의 옷차림은 어제와 똑같았다.

지현의 인상이 팍 일그러졌다. 정말 어쩔 수 없는 여자였다. 같은 여자지만 정말 사생활이 이렇게 문란한 여자는 질색이었다.

아무리 일을 잘 하면 무엇하는가? 실제 자신의 생활은 빵점인 것을... 지현은 혀를 쯧쯧 차며 회사근처 편의점으로 발길을 돌렸다.

좀 깨지면 어떤가? 저런 불쾌한 여자와 같은 사무실에 있다는 것이 끔찍했다.

오전의 간략한 회의가 끝났다. 회의가 끝나자마자 신영은 빠르게 회의실을 벗어났다. 자신을 바라보는 우민의 시선을 느꼈지만 그냥 지나쳤다. 책상 위에 플래너를 보고 별다른 일이 없음을 확인한 신영은 지갑을 들고 밖으로 향했다.

개점시간 직후라 백화점 안은 한산했다. 그럼에도 불구하고 신영은 걸음을 빠르게 했다. 자신이 즐겨 입는 브랜드 매장에 들어선 후에도 서두르는 기색은 줄지 않았다.

어디에나 무난하게 어울릴만한 옷을 골라들었다. 검정 스커트에 흰색 남방과 아이보리색의 가디건을 들었다. 가격이 꽤 비싼 편이지만 세세하게 디자인을 고르고, 가격을 따지고 있을 시간이 없었다. 탈의실로 들어가 재빠르게 옷을 갈아입고 나왔다. 몇 번 들러 안면이 있는 매장 직원이 무슨 급한 일 있냐고 물을 정도였다. 직원의 물음에 신영은 희미하게 웃으며 카드를 내밀 뿐이었다.

새 옷으로 갈아입고 회사로 돌아오는 내내 신영은 골똘히 생각에 빠졌다. 사람들이 바뀐 옷을 보고 또 뭐라고 수군거리지 않을까 하는 생각이 스치고 지나갔다.

'다시 갈아입을까?'

길 한복판에 서서 신영은 크게 한숨을 내쉬었다. 어제 입었던 옷이 들어있는 종이 백이 처량하게 흔들렸다. 그리고 그 종이 백을 보는 신영의 눈빛은 더 처량하게 흔들렸다.

한 시간도 안 되는 짧은 회의 시간동안 신영은 내내 긴장했다. 어제와 같은 옷을 입고 있다는 사실이 신영을 계속 긴장상태로 몰아넣었다.

회사에서 밤을 새는 일이 빈번한 광고계지만 어제는 회식이 있었다. 그리고 집에 간다고 헤어지지 않았던가? 그런 상황에서 어제와 옷차림이 같다는 것은 누구나 다 눈치 챌 일이었다. 특히 신영의 광고 1팀은 여자가 많았다.

신영은 누군가 어젯밤 우민과 함께 있었던 일을 눈치 챌까 두려웠다. 여자들이 제발 우민의 옷도 어제와 같다는 것을 눈치 채지 않기를 바라고 또 바랬다.

더 이상 소문에 휩싸이는 것은 딱 질색이었다. 발 없는 말이 천리를 간다는 사실, 신영은 과거의 일을 통해 똑똑히 알았다. 소문은 한 사람을 굉장히 무기력하게 만드는 일이었다. 자신은 손가락 받을 짓을 추호도 하지 않았지만 다수의 사람들이 그저 입을 놀리는 것만으로 자신은 천하에 둘도 없는 못된 여자가 되어버렸다. 사람들이 자신이 아닌 타인에게 인색하다는 것을 온 몸으로 깨닫게 된 신영은 두 번 다시 그런 경험을 하고 싶지 않았다.

길가에 멍청히 서서 생각에 빠졌던 신영은 지난 일의 망령을 탁탁 털어 내듯 세차게 머리를 흔들었다.

그 때와는 달랐다. 지금은 누가 뭐라 해도 이젠 사생활이니 신경 끄라고 말할 수 있는 용기가 있다. 과거와는 달리 자신은 강해졌다.

능력위주의 사회에서 실력이 있다는 것은 힘이 있다는 것과 마찬가지였다. 자신은 지금 말단사원이 아니라 회사의 오너한테서도 신뢰를 받고 있는 팀장이었다. 이 위치를 만들기 위해 지난 2년 동안 개인적인 생활 하나 없이 모든 시간을 쏟아 부었다. 그리고 지금 자신의 위치가 신영은 마음에 들었다. 사람들이 뒤에서 욕하는 것까진 막을 수 없겠지만 최소한 자신에게 대놓고 욕을 할 수 있는 사람은 없었다.

신영은 회사를 향해 걸음을 옮기기 시작했다. 다시는 소문 따위에 휘둘리지는 않을 작정이었다.

"헛참, 박 팀장 어디 간 거야?"

정한이 신영을 찾으러 광고1팀에 온 것이 이번이 벌써 세 번째였다. 고작 삼십분도 안 되는 시간에 말이다.

"글쎄요, 아직 안 오셨는데요."

지현은 쌩뚱한 목소리로 대답했다. 팀장이 어딜 갔든 자신은 신경 쓰고 싶지 않았다.

정한은 회사의 넘버원 카피라이터였다. 서글서글하고 호탕한 성격에 일도 잘하는 좋은 선배이건만 딱하나 신영과 친하게 지내는 것이 흠이라면 흠이었다.

'보나마나 팀장이 홀렸겠지... 쯧쯧.'

지현은 속으로 혀를 차며 하던 일에 몰두하기 시작했다.

"참나, 도대체 핸드폰은 왜 놓고 간 거야?"

정한은 아예 광고1팀의 회의 탁자에 앉아 신영을 기다리기 시작했다. 연신 안절부절못해 보는 사람이 더 불안할 정도였다. 회의가 끝나자마자 밖으로 나갔으면 거의 한 시간이 다 되가는데 아직도 돌아오지 않고 있다니 벌써 얘기를 들은 거 아닌가 싶었다. 이사가 자신에게 제일 처음 말하는 거라고 했으니 알리 만무했지만 걱정스런 마음은 조바심이 들게 만들었다.

"곧 오시겠죠. 남기실 말씀 있으시면 메모지라도 갖다 드릴까요?"

다리를 덜덜 떨면서 방정맞게 앉아있는 정한의 앞에 누군가 캔 커피를 내려놓으며 말했다.

김우민.

정한은 묘한 기분으로 우민을 바라보았다. 우민이 누구를 닮았는지 정한은 너무나 잘 알고 있었다. 포트폴리오를 들고 면접을 보러온 우민을 처음 봤을 때 자신도 흠칫했을 정도였다. 13년이 넘도록 알고 지냈는데도 언뜻 보면 못 알아차릴 정도로 두 사람은 닮았다.

진호와는 대학교 동기로 만났다. 오리엔테이션 자리에서 자신만만하게 자신을 소개하던 모습이 아직도 눈에 선했다. 그의 밝은 카리스마에 끌린 건 비단 자신만이 아니었다. 진호는 어딜 가나 눈에 띄는 존재였다. 대번에 선배들의 눈에 들어 어딜 가던 선배들이 항상 그를 데리고 다녔고 교수들도 그를 흡족하게 생각했다. 그들이 입학한 지 한 달 정도 지나면서 과(科)는 몇몇 그룹으로 뭉쳐졌다. 그저 우연히 오리엔테이션 자리에서 진호의 옆자리에 앉았다는 이유 하나만으로 정한도 자연스레 그의 그룹에 속하게 되었다.

정한과 진호는 정말 잘 맞았다. 이름도 비슷했을 뿐더러 진호가 앞에 나서서 일을 이끄는 타입이었다면 정한이 뒤에서 받혀주는 스타일이었다. 그래서 죽이 척척 잘 맞았고, 1학기가 끝날 무렵에는 두 사람의 콤비는 교내에서 모를 사람이 없을 정도였다.

그 때의 우정이 현재까지 변함없이 이어지고 있었다.

정한은 진호에게, 진호는 정한에게 한 점 부끄럼 없는 친구였다. 적어도 2년 전에는... 저절로 한숨이 나왔다. 2년 전의 일만 떠올리면 아직도 명치끝이 묵직했다. 그때 자신만 똑바로 처신했다면 그런 일은 벌어지지 않았을지도 몰랐다.
  정한은 담배를 물었다. 연기 너머의 우민이 학창시절의 진호와 겹쳐 보였다. 우민의 까만 눈동자가 눈이 시리도록 맑았다. 세상과 타협하지 않고 자신의 길을 걸어온 사람만이 낼 수 있는 깨끗한 눈빛이었다. 우민이라면 어쩌면 진호가 신영의 가슴에 낸 상처를 아물게 할지도 몰랐다.
  그때 우정을 선택한 죄로 자신은 신영에게 씻을 수 없는 죄를 저질렀다. 자신의 선택에 따라 행동했으니 결과에 책임질 줄 알아야 한다는 그럴듯한 말 뒤에 숨어 여전히 쿨한 선배인척 하고 있는 자신의 양심의 가책을 조금 덜어낼 수 있는 기회였다. 이번엔 무슨 일이 있어도 신영의 편을 들어주리라.
  정한은 결심한 듯 담배를 비벼 껐다.
  "박 팀장 들어오면 나 좀 보자고 전해줘. 자리에서 기다리겠다고."
  "네. 알겠습니다."
  정한은 선한 우민의 웃음을 보고 자리에서 일어섰다. 저 웃음과 눈빛에 한번 승부를 걸어볼 참이었다.

  "어디 다녀오셨어요?"
  신영이 사무실로 돌아오자 우민이 맞이했다. 다른 사람들은 일에 열중하고 있었다. 우민의 얼굴을 보기가 껄끄러웠지만 아무도 그녀를 맞이하지 않았다. 별로 대수로운 일도 아니었다. 이런 일쯤은.
  "왜, 무슨 일 있었어요?"
  "네. 조정한 과장님께서 찾으셨어요. 좀 전까지 저기서 기다리셨는데."
  우민은 회의 탁자를 가리켰다. 우민의 손끝을 따라가 보니 캔 커피와 재떨이가 눈에 보였다. 재떨이엔 서너 개의 담배꽁초가 보였다.

"무슨 일이래요?"

신영은 팀장실로 발걸음을 옮겼다. 신영을 따라 우민도 팀장실로 들어섰다.

"그냥 잠깐 보자고 하셨습니다. 과장님 자리에서 기다리시겠다고, 들어오시자마자 보자고 하셨어요. 근데…"

우민은 정한이 전해달라는 말을 읊다가 말끝을 흐렸다. 그의 눈에 바뀐 신영의 옷차림이 들어왔다. 쇼핑백을 바닥에 내려놓으며 책상 위의 플래너를 다시 한 번 살피던 신영은 우민의 말이 끊기자 고개를 들어 그를 바라보았다.

우민의 얼굴에 야릇한 미소가 떠있었다.

"뭐예요?"

"네?"

"왜 웃냐구요."

"아아~, 팀장님도 꽤 귀여운 면이 있네."

우민의 갑작스런 말에 신영은 움찔했다. 닫힌 문 너머로 우민의 목소리가 다른 사람들한테 들릴 일은 없겠지만 그래도 그의 반말을 다른 사람이 들을까봐 걱정됐다.

"여기는 회사니까 반말은 자제해줘요."

"그럼 사석에서는 괜찮다는 말?"

"이봐요. 김우민 씨!!"

"후후, 알았어요. 그나저나 하루정도 똑같은 옷 입으면 어때서. 어디 갔나 했더니 옷 사서 갈아입고 오는 거였어요?"

"…"

신영은 생글생글 웃으며 말하는 우민에게 아무 말도 할 수 없었다. 그가 고의로 그러는 것이 아니라는 걸 잘 알고 있었지만 자신도 모르게 얼굴이 붉어졌다. 안 그래도 오는 내내 다시 갈아입을까 고민을 했었다.
"흠, 흠. 꺼림칙한 건 못 참는 성격이라..."
신영은 나오지도 않는 헛기침을 해대며 괜스레 부산스럽게 책상 위를 정리하는 척했다. 우민의 눈을 쳐다볼 수가 없었다.
"..."
뭐라고 한마디라도 하면 좋으련만 신영이 티슈로 깨끗한 책상 위를 몇 번씩 쓸어낼 때까지 우민은 입을 다물고 있었다. 신영은 계속되는 그의 침묵에 호기심을 누르지 못하고 우민의 얼굴을 바라보고야 말았다.
우민은 예의 그 햇살 같은 미소로 계속 신영을 쳐다보고 있었다. 그의 미소를 보니 긴장한 자신이 괜히 바보처럼 느껴졌다. 힘이 잔뜩 들어가 어깨가 처졌다.
"휴~, 내가 좀 바보 같지? 솔직히 다른 사람들 시선이..."
긴장을 털어 낸 신영은 의자에 털썩 앉으며 중얼댔다.
"그거까지 예뻐 보이니까 걱정 마."
넉살좋은 우민의 말에 신영은 자기도 모르게 피식 웃었다.
"이제 기분 좀 나아졌어?"
"..."
"회의시간 내내 주눅들어있는 모습에 내가 다 걱정되더라."
"!!, ...내가... 그랬어?"
"응. 그거 보기 안 좋았어. 앞으론 그러지마."
"..."
신영의 얼굴이 다시 굳어졌다. 우민은 자신이 괜한 말을 한 게 아닌가 싶었다. 하지만 오늘 아침에 본 신영의 표정은 정말 보는 사람이 다 안쓰러울 정도였다. 처음 만났을 때의 모습에서 점점 더 멀어지는 신영을 보는 게 가슴 아팠다. 딱딱하게 굳은 표정을 웃게 해주고 싶었다.

"자자~! 팀장님!! 또 비 맞은 참새처럼 앉아있지 말구요, 조 과장님께서 찾으셨다니까요!!"
우민이 손뼉까지 쳐가며 과장된 목소리로 말했다.
"아... 맞다. 조 선배가 찾는다고 했었지."
"네. 급한 일이니까 빨리 가보시라구요!!"
우민은 자신의 미소가 신영에게 힘이 되길 바라며 힘차게 웃었다.

"나 찾았다면서?"
사무실 문이 열리고 고개를 빼꼼히 내밀며 신영이 들어왔다. 의자에 앉아있던 정한이 발딱 일어섰다.
"인마! 너 어디 갔다 온 거야?"
정한은 부장보다 먼저 자신이 신영을 보게 된 것에 감사하며 외쳤다.
"헤헤. 미안... 일이 좀 있어서. 근데 왜?"
"어, 그게 말이다. 우선 좀 앉아. 커피 마실래?"
정한이 권한 의자에 앉으며 신영은 고개를 설레설레 저었다.
"아니, 녹차가 좋겠어. 빈속에 커피는..."
"아침 안 먹었어?"
"응. 근데 뭐야? 빨리 말해봐. 아침부터 나 찾느라 고생했다며."
"어, 우선 목부터 축이자. 잠깐 앉아있어. 음료수 뽑아올 테니까."
정한은 말간 눈으로 자신을 쳐다보는 신영의 시선을 이기지 못하고 괜한 핑계를 대며 밖으로 나오고 말았다. 어떻게 말한단 말인가? 자신이 미리 귀뜸이라도 해줘야 나중에 신영이 받을 충격이 덜할 테지만 어떤 식으로 시작을 해야 할 지 막막했다.
이제 겨우 평정을 찾은 호수에 다시 돌멩이를 내던지려니 손이 떨렸다.
"휴~, 말하긴 말해야 하는데... 미치겠네."

정한은 땅이 꺼져라 한숨을 내쉬며 자판기를 향해 걸음을 옮겼다.

정한의 사무실에 혼자 남은 신영은 자리에서 일어나 책장을 기웃거렸다. 업계 최고의 카피라이터답게 사무실을 꽉 채운 책장에 책이 넘쳐나고 있었다. 종종 그에게 책을 빌려다 읽었던 신영은 뭔가 재미있는 책이 없을까하며 책을 둘러보았다. 세 권 정도 책이름을 훑어보았을 때였다.

끼익.

문이 열리는 소리가 들렸다.

"뭐야? 왜 이렇게 일찍..."

신영은 말을 끝낼 수 없었다. 문을 열고 들어온 사람은 정한이 아니었다.

"!!"

들어오던 사람도 멈칫하기는 마찬가지였다. 시간이 멈춘 듯 두 사람은 꼼짝도 않고 서로를 바라볼 뿐 누가 먼저 나설 엄두도 못 내고 있었다. 초겨울 얇게 얼은 살얼음판이 두 사람 사이에 번져가고 있었다. 신영은 누가 자신의 목을 조르는 듯한 느낌이었다. 숨이 가빠졌다.

살얼음이 자신의 몸을 타고 올라오고 있었다.

창백하게 변하는 그녀의 얼굴을 보며 남자의 표정이 걱정스럽게 변했다. 남자는 큰 걸음으로 훌쩍 훌쩍 걸어와 신영의 앞에 섰다.

파삭! 살얼음판이 깨졌다.

"오랜만이다."

신영은 믿을 수 없었다. 아연한 표정으로 내밀어진 하얀 손을 바라보았다. 길고 매끄러운 손가락, 자신의 손을 폭 감쌀 정도로 컸던 손, 자신이 잡아보았던 그 어떤 손보다 따뜻했던 손이지만 자신이 가장 필요로 할 때 냉정하게 뿌리쳤던 그 손.

그 손이 다시 자신의 앞에 펼쳐지리라곤 꿈에도 생각하지 못했다. 차라리 이게 꿈이기를 바랬다. 끔찍한 악몽이어도 좋았다. 좋은 꿈이건, 악몽이건 깨어나면 그만이었다. 하지만 신영이 악수하기를 기다리지 못하고 먼저 그녀의 손을 잡아 흔드는 그의 손이 여전히 따뜻한 것을 보니 꿈이 아닌 듯 했다.

손진호

2년 전 신영의 생활을 나락으로 밀어 넣은 소문의 남자가 다시 나타났다.

3

"안녕하십니까? 오늘부터 당분간 함께 일하게 된 MGAD의 손진호입니다."
 진호의 카랑카랑한 목소리가 회의실을 메웠다. 좁지 않은 회의실은 신영이 팀장으로 있는 광고 1팀과 정한이 포함된 몇 명의 카피라이터로 채워져 있었다. 사람들은 진호의 등장에 다들 수군거리고 있었다. 2년 전 불미스러운 일로 제 발로 회사를 나가 광고계의 메이저라 할 수 있는 MGAD에 들어가 승승장구하고 있는 그가 무슨 일로 자신들의 회사에 오게 됐는지 궁금했다.
 최대한 자제하려는 기색이 역력했지만 그들도 이는 호기심을 참을 수 없었는지 뒷자리에 앉아있는 신영을 보기 위해 고개가 저절로 돌아갔다. 요 근래 몇 건, 진호의 기획이 신영으로 인해 번번이 물을 먹었던 일이 있어서 자연스럽게 그녀에게 시선이 갔다. 광고계 사람들은 진호와 신영을 일컬어 애증의 라이벌이라고 부르곤 했다. 인상이 깊었던 스캔들이었던 만큼 사람들의 뇌리에선 쉽게 지워지지 않았다.

"이번에 저희 회사에서 SKT의 새 서비스 상품의 프로모션을 진행하게 됐는데 클라이언트 쪽의 요구로 여기 July D와 공동으로 프로모션을 진행하게 됐습니다."

진호는 사람들의 웅성거림에도 신경 쓰지 않고 계속 말했다.

"이번 프로모션 진행 파트너십은 July D와 저희 MGAD 양쪽에게 좋은 결과를 가져올 것이라 생각합니다. July D 광고 1팀이 저희 쪽과 조인해서 작업을 진행하게 될 것이며 이 부분과 관해선 박신영 팀장과 상의 후, 다시 말씀드리겠습니다. 오늘은 그저 인사차 온 것이니 앞으로 잘 부탁드립니다."

진호는 자신이 온 이유에 대해 일사천리로 설명한 후 좌중을 훑어보았다. 그의 등장을 달가워 하지 않는 사람도 몇몇 보였지만 대체로 반기는 사람들이 많은 것 같았다. 2년 전에 자신의 휘하였던 사람들도 보이고, 전혀 새로운 사람들도 보였다. 그리고 잊으려야 잊을 수 없었던 신영의 모습도 보였다. 맨 뒷자리에 앉아 불안한 표정으로 자신을 응시하고 있는 신영을 보자 진호의 한쪽 가슴이 싸해져 왔다.

신영의 저 눈빛이 지난 2년 동안 진호의 기억 속에서 되풀이되며 얼마나 그의 가슴을 아프게 했는지 그녀는 모르리라. 진호는 지난 날 자신의 실수를 떠올리며 입술을 깨물었다. 한순간의 결정이 얼마나 커다란 후회를 가져오는지 톡톡히 알게 해준 실수였다. 2년 내내 진호는 그런 바보 같은 실수를 하지 않기 위해 자신을 채찍질하며 노력했다.

그리고 2년 만에, 정말 꼭 2년 만에 황금 같은 기회를 만들었다. 이 기회가 자신이 신영의 옆자리를 차지할 수 있는 마지막 기회라는 것을 진호는 잘 알고 있었다. 진호는 속으로 다시 한 번 다짐했다. 신영이 그를 거부한다고 해서 쉽게 그녀를 놓아주지 않을 것을.

진호의 눈길이 신영의 옆자리로 흘렀다. 안 그래도 큰 눈을 더 크게

지나간 사랑은 새로운 사랑으로 잊는다 65

부라리며 정한이 신영의 왼편에 앉아 자신을 향해 눈을 부라리고 있었다. 아마도 자신의 출현에 대해 그에게 미리 말해주지 않아 화를 내고 있으리라. 진호의 입술이 살며시 곡선을 그렸다. 2년 전 진호와 신영, 그리고 정한으로 이뤄진 콤비플레이는 막강했었다. 진호는 다시 한 번 그때로 돌아간 것 같아 가볍게 흥분됐다. 그리고 또 다른 옆자리엔... 진호의 눈이 가늘어졌다.

신영의 옆자리를 떡하니 차지하고 앉아있는 남자가 낯설지 않았다. 단정한 헤어스타일을 제외한다면 매일 아침 욕실 거울에서 보는 자신의 얼굴이었다. 맙소사! 저 남자는 자신과 너무나 닮아 있었다. 형제라고 해도 믿을 것 같았다. 생판 남인데 말이다! 진호는 갑자기 속이 울렁거리는 기분이 들었다.

나란히 앉아있는 셋이 너무도 자연스럽게 보여 묘하게 긴장이 되었다. 정한은 그렇다 치고 듣도 보지도 못했던 남자가, 그것도 자신과 꼭 닮은 남자가 신영의 곁에 앉아있는 것이 진호의 불안한 마음을 부채질했다.

진호의 얘기가 끝나고 사람들이 하나둘씩 회의실을 빠져나갔다. 진호의 눈에 다른 사람보다 빨리 회의실을 벗어나는 신영의 뒷모습이 들어왔다. 진호가 그녀를 향해 걸음을 옮기는 찰나 정한이 그의 앞을 가로막고 섰다.

"잠깐 얘기 좀 하자."

"왜? 나 바빠. 신영이랑 얘기해야 돼."

"그러니까 그 전에 잠깐 보자고."

정한은 정신을 몽땅 다 신영에게 빼놓고 있는 진호의 손을 잡고 억지로 자기 사무실로 끌고 갔다. 진호에게 의자를 권하는 것도 없이 대충 근처 의자에 그를 앉히자마자 정한의 입에서 말이 다다다 튀어나왔다.

"뭐야? 너 어떻게 된 거야? 왜 갑자기 나타난 거야? 그리고 조인은 또 뭐고? 이 자식. 이렇게 오너들끼리 얘기 다 될 때까지 나한텐 왜 한마디도 안 한 거야? 그리고 왜 하필 광고 1팀이야? 너 신영이한테 무슨 억하심정이라도 있냐? 2년 전 그렇게 흔들어놨으면 됐지, 왜 또 그러냔 말이야?"
 "참나, 자식. 숨 좀 돌려가면서 말해라."
 진호는 정한의 공격적인 질문에도 아랑곳하지 않고 살짝 웃으며 말했다.
 "..."
 하지만 정한의 표정은 풀어지지 않았다. 아니 오히려 더 딱딱해졌다. 친구의 표정이 가볍게 넘길 게 아니라는 것을 깨달은 진호는 오랫동안 사귀어온 친구 앞에서 솔직해지기로 마음을 먹었다. 어차피 진호가 다시 신영의 앞에 서려면 정한의 도움이 필요했다.
 "나 신영이 되찾을 꺼다."
 "!!"
 "2년 전 바보 같았던 나를 저주해. 지난 2년 동안 박신영이라는 여자 한 번도 잊지 않았어. 아니 잊을 수 없었어. 내 인생에서 신영이처럼 사랑할 여자 없어. 그러니까 나 다시 신영이가 나 사랑하도록 만들꺼다!"
 진호의 말에 정한의 입이 딱 벌어졌다. 그동안 신영이에 대해 일체 말한 것이 없었기 때문에 그녀를 잊었으리라 생각했다. 가끔 만나 술이 떡이 되도록 마셔도 진호의 입에서 박신영의 'ㅂ'자도 나오지 않았기 때문에 당연히 그런 줄로만 알고 있었는데 그게 아닌 모양이었다. 갑자기 가슴에 돌덩이를 얹은 것 같았다.
 "허... 참."
 친구의 단호한 얼굴에 할 말을 잊은 정한은 담배를 꺼내 물었다. 갑갑한 기분이 담배라도 한 대 피우면 사라질 것 같았다.
 "허... 그것 참..."
 진호는 정한이 내뿜는 담배연기 사이로 그의 얼굴을 응시했다. 정한의 표정이 당황스러움에서 안쓰러움 그리고 다시 당혹함으로 바뀌는 것을 말없이 지켜보았다.

"그런데 그동안 왜 말 안 했어?"

담배 한 개비가 다 타들어 가고 나서 정한이 간신히 내뱉을 수 있는 말이었다. 그 한 문장의 단어에 모든 것이 함축되어 있었다. 진호가 정말로 아직도 신영을 사랑하고 있는지, 왜 하필 지금인지, 그리고 자신에게 바라는 건 무엇인지.

"그냥. 준비가 안됐었어."

진호는 어깨를 으쓱이며 대답했다. 하지만 그걸로는 부족했는지 정한의 눈빛은 그 이상의 답을 요구하고 있었다.

"어, 저기, 유선이 문제가 생각보다 쉽지 않아서. 너도 알다시피 개가 좀… 그렇잖냐."

난감한 표정으로 어색하게 말을 잇는 진호를 보며 정한의 머릿속에 2년 전의 일이 파노라마처럼 스쳐 지나갔다.

정한이 진호의 와이프를 처음 본 것은 아니었다. 그동안 몇 번 만나 식사도 같이 하고 가족들끼리 함께 외출도 하는 등 아주 친한 사이라고 말하긴 어려워도 나름대로 잘 지내온 사이었다.

하지만 정한이 유선과 친해지기 어려웠던 것은 그녀가 좀 새침데기였기 때문이었다. 가끔씩 너무 직선적으로 말을 하기도 했고, 자신이 싫어하는 것은 절대로 하지 않았고, 자기가 원하는 것만을 고집했기 때문에 그녀와 오래 있는 게 정한의 가족입장에선 불편했다.

정한은 그런 유선을 두고 부잣집 외동딸로 자라 좀 버릇이 없구나 하고 이해하고 넘어갔었다. 그 후로도 별다르게 친분을 유지하지 않았기 때문에 그냥 그 정도로만 유선을 알고 있었다. 하지만 회사로 찾아왔던 유선의 성격은 그 이상이었다.

그렇게 막무가내인 여자는 처음이었다. 상대방을 깔아뭉개는 듯한 말투에다 자기 편한 식으로 해석하는 아집까지, 어느 하나 빠진 것 없는 안하무인이었다. 자신이 원하는 것을 얻기 위해서라면 협박은 물론 살인까지 불사할 태세였다. 그런 여자의 손아귀에서 갈기갈기 찢겨지던 신영의 모습이 아직도 정한의 머릿속엔 고스란히 살아있었다.

유선은 마치 개선장군이 돌아오듯 거침없는 걸음걸이로 회사에 들어와 모든 사람들이 다 지켜보는 상황에서 신영에게 한마디 말도 없이 그녀의 머리채를 휘어잡았다. 가녀린 신영의 몸이 우악스런 유선의 손길에 이리저리 움직였다. 유선이 너무 사납게 굴어 근처에 있던 남자 직원들조차 손도 대지 못하고 그저 쳐다볼 뿐이었다.

이사와 미팅을 하느라 뒤늦게 소란을 알아챈 정한이 달려들어 신영에게 달려든 미친 고양이 같던 유선을 간신히 떼어냈다. 여전히 유선은 씩씩거렸고, 신영은... 신영은 당황이 가득한 얼굴로 그녀를 바라볼 뿐이었다.

정한이 그때를 회상할 때마다 천추의 한으로 남은 건 신영을 감쌀 것이 아니라 유선을 잡았어야했다는 것이다. 신영에게 달려드는 유선을 떼어내긴 했지만 그녀의 입까지는 막을 수 없었기 때문이었다. 정한이 유선을 잡았더라면 원초적인 욕설을 섞어가며 신영에게 유부남을 유혹한 천하에 둘도 없는 걸레라고 외치는 유선의 입을 막을 수 있었을 것이고, 신영이 그렇게 나락으로 빠지지 않았을 것이다.

그때 유선의 등장으로 아무런 잘못도 하지 않았던 신영은 바닥으로 내동댕이쳐졌고, 정말 지탄을 받아야 마땅했던 진호와 자신의 비난까지 신영이 모조리 감수해야 했다.

"흐..."

정한의 입에서 한숨이 절로 흘러나왔다. 자신이 말려야 했다. 사랑한다고 빛나는 눈빛으로 말하는 친구에게 약해져 그가 바라던 대로 상황이 돌아가도록 놔둔 자신이 크게 잘못한 거였다. 그때는 왜 그렇게 어리석었던가? 바보처럼. 우정처럼 보이는 허울 좋은 천에 가려져 진정한 우정은 그런 게 아니란 것을 놓치고 말았다.

순간의 바보 같은 선택으로 정한은 눈물이 그렁그렁한 눈으로 자신을 바라보며 아니라고, 지금 자신이 들은 말이 거짓말이라고 말해달라며 목메어 외치던 신영의 모습을 평생 가슴에 새겨 넣어야 했다. 아직도 여전히 그때 신영의 눈물이 떠오를 때마다 가슴이 먹먹해져 오는 고통을 겪어야 했다.

그리고 그때 처음 친구에게 실망도 느꼈다. 옆에서 그녀를 지켜주었어야 했을 진호는 그 자리에 없었다. 그게 아직도 정한에겐 목에 걸린 가시처럼 맺혀있었다.

그때를 다시 떠올리는 것만으로도 머리가 지끈거렸다.

"지금은 뭐 별 수 있어? 걔 절대 너 안 놔줘. 아마 혼인신고서 무덤까지 가지고갈 여자야."

유선에게 느끼는 경멸이 고스란히 말투에 묻어났다.

"똑 부러지는 건수 없으면 또 신영이가 상처받아. 걔도 걔지만 걔네 집안도 비정상이라는 거 너도 알거 아냐?"

정한의 냉정한 말을 진호는 묵묵히 듣고만 있었다. 틀린 말이 하나도 없었다. 게다가 이미 오래 전 진호의 마음속에서 부인이라는 존재가 사라진지 오래였기 때문에 그녀의 욕을 듣는다고 해서 새삼스레 기분 나쁠 것도 없었다.

"지금 이혼 준비 중이야. 이번엔 나 붙잡고 못 늘어져. 이번엔 장 회장도 손 못쓸 거야."

진호는 단호하게 말했다. 그의 눈빛은 냉기라도 뿜을 듯 차갑게 가라앉아 있었다. 그런 진호의 눈빛을 보며 정한은 다시 담배 한 개비를 꺼내

무는 것밖에 할 수 없었다.

 진호는 좀 전의 냉랭한 눈빛을 지우고 멋쩍은 표정으로 친구를 바라보았다. 정한이 무슨 생각을 하는지 알 수 없었다. 2년 전 자신이 어리석게 행동할 수밖에 없었던 이유를 듣게 되면 정한도 이해를 해줄 거라 믿었다.
 서로 암묵적으로 그때의 일은 입에 올리지 않았던 지라 다시금 자신의 바보 같은 실수를 떠올린다는 게 조금 쑥스러웠지만 그 이유를 설명하지 않고서는 아무것도 시작되지 않았다.
 "정한아, 너무 늦었지만 나 그때..."
 "난 신영이 편이야."
 "음?"
 "니가 나한테 지금에 와서 어떤 말을 한다 해도 난 신영이가 바라는 대로 해줄 거다. 신영이가 너를 받아들이지 못하겠다면 나 니가 신영이 머리끝 하나 건들이지 못하도록 막을 거라고. 2년 전 내가 할 수 있는 거라곤 고작 이런 결심뿐이었다."
 정한은 기대에 가득 찬 눈으로 자신을 바라보고 있던 진호를 향해 칼처럼 냉정하게 잘라 말했다.

 신영은 지금 삼십분이 넘도록 작은 사무실 안을 빙글빙글 돌고 있었다. 한시도 손을 가만히 두지 못하고 스커트를 만지고, 팔짱을 끼다가, 더도 안 되면 손으로 얼굴을 쓱쓱 문지르는 행동에서 초조함이 묻어났다. 문 밖으로 사람들이 지나가는 소리만 들려도 흠칫흠칫 놀랐다.
 그러다가 신영은 크게 한숨을 쉬며 의자에 털썩 앉았다.
 지금 자신의 꼴을 보라. 고양이 앞에 쥐마냥 쩔쩔 매는 꼴이라니... 손진호가 뭐라도 된다고...
 이미 신영에게 손진호는 지나간 사람이고, 그녀완 전혀 상관없는 사람이었다. 그런 사람인데 그의 출현이 이렇게 신영의 가슴을 떨리게 하고 있었다.

정한의 손에 잡혀 끌려가는 진호의 뒷모습이 마치 그날과도 같았다.

자신에게 어떤 변명도 하지 않고, 무표정한 표정으로 묵묵히 짐을 싸 들고 회사를 떠났던 차가운 어느 가을날.

지금 눈앞에 벌어진 일이 뭔지 설명해 주기 바라고 따져 묻고 싶었지만 다가가지 못하고 서성이기만 했던 자신을 무시하고 그냥 떠나버렸던, 왠지 쓸쓸해 보였던 진호의 그 뒷모습이 지금 어떤 의미로 보면 금의환향한 거나 마찬가지인 오늘 그의 뒷모습과 닮았다는 것은 억측이었지만 왠지 그날이 떠오른 신영이었다.

그리고 빌어먹게도 그날이나 지금이나 진호는 신영에게 커다란 충격과도 같았다.

신영은 적막만 흐르는 사무실에 홀로 앉아 갑작스런 진호의 출현을 곱씹고 있었다. 그동안 일 때문에 간혹 부딪히는 경우는 있었지만 이렇게 진호의 모습을 응시하는 것은 거의 2년 만에 보는 것이었다.

2년... 결코 짧지 않은 시간이건만, 진호를 본 짧은 20여분의 시간은 그 2년이란 공백을 종식시키기에 충분한 시간이었다. 거의 2년 만에 보는 것만으로도 신영의 모든 것을 흔들어놓기 충분했다. 오랜만에 보는 것이니 조금 달라졌을 법도 한데 진호는 하나도 변하지 않았다.

신영이 사랑했던 그 모습 그대로였다.

자신감 넘치는 모습과 뭔가 설명할 때 하는 손짓, 그리고 신영이 사랑해 마지않았던 웃음까지...

질겅질겅.

신영은 자신도 모르게 손톱을 물어뜯고 있었다.

지워내고 잘라냈다고 믿었던 과거인데 그 과거를 다시 마주보려니 피가 바짝바짝 마르는 기분이었다. 머릿속이 어지러웠다.

냉정을 되찾고 진호의 출현에 대해 생각해 보려 해도 잘 되지 않았다. 마치 2년 전처럼 생각하면 생각할수록 혼란스러웠다. 그 때보단 성숙하고 냉정해졌다고 생각했는데 여전히 진호가 끼어있으면 정상적인 사고를 한다는 것이 불가능했다.

업계의 라이벌이라고 불리는 만큼 신영은 진호에 대한 조사를 철저히 해왔었다. 물론 그의 사생활적인 면이 아니라 그에게서 일을 빼앗아 오기 위해서라면 물불을 가리지 않았기에 그의 업무적인 일이라면 손바닥 보듯 훤히 꿰고 있었다. 그리고 그런 모든 것을 종합해 볼 때 진호가 신영의 회사에 조인을 하자고 할 이유가 하나도 없었다. 그런데도 이렇게 급하고 무리하게 진행시키는 이유를 도통 알 수가 없었다.

머릿속이 뒤죽박죽 어지러워진 신영은 눈을 감고 관자놀이를 문질렀다. 지끈거리는 게 머리가 깨질 것만 같았다.

진호가 무슨 일을 벌이는지 모르겠지만 이제 그의 미소에 속지 않으리라 다짐했다.

바보 같은 사랑 놀음에 빠져서 인생을 종치는 것은 한번이면 충분하다. 그 구렁텅이에서 빠져나오는 것이 얼마나 힘들었던가? 아니 아직도 나오는 중이다. 이제 겨우 한발 밖으로 빼놓은 상태다. 그런데 제 발로 다시 그 구렁텅이에 들어가는 것은 어리석은 짓이지.

신영은 감고 있던 눈을 반짝 떴다. 흔들리지 않을 것이다. 진호든... 우...민이든...

진호 때문에 혼란스러웠던 머릿속으로 갑자기 우민이 파고들었다. 우민이 생각나자 단호했던 신영의 눈빛이 순간적으로 흔들렸다.

새벽녘 우민의 품에 안겨 펑펑 눈물을 쏟던 일이 떠올랐다. 아무 말 없이 가만히 머리를 쓰다듬어주던 우민의 손길이 여전히 머리 위에 있는 것만 같았다.

커다랗고 따뜻했던 우민의 손이 생각나자 왼쪽 가슴이 저려왔다.

생각지도 못했던 심장의 반응이었다.

'이게... 뭐야...'

신영은 멍하니 오른손을 올려 저려오는 심장을 가만히 눌렀다. 내려진 블라인드 사이로 우민의 뒷모습이 보였다. 심장박동이 빨라지고 있었다. 그 심장박동 수를 늦추기라도 할 듯 신영은 심장을 더욱 세게 눌렀지만 그럴수록 그녀의 심장은 주인의 의지를 배반한 채 빠르게 움직였다.

우민은 눈앞의 컴퓨터 화면을 노려보았다. 화면엔 브랜드의 소비자 선호도에 대한 그래프가 떠 있었지만 우민의 눈에는 하나도 들어오지 않았다. 그럼에도 불구하고 우민은 고집스럽게 화면을 응시했다.

뭔가에라도 정신을 집중하지 않으면 그의 고개가 뒤로 돌아갈 것 같았다. 벽 하나를 사이에 두고 있지만 우민의 신경은 온통 신영에게 가 있었다.

지금 당장 신영의 사무실로 들어가 따져 묻고 싶은 심정이었다. 하지만 뭘? 어떻게??

왜 가슴이 답답한 지, 왜 먹먹해 오는 지 우민은 사실 잘 알고 있었다. 누가 봐도 명백했다.

한눈에 봐도 알 수 있었다. 자신이 닮은 사람.

단상에 서서 자신 있게 인사를 하던 손진호라는 사람. 자신이 봐도 친형이 아닐까 싶을 정도로 닮았다. 그래서 알 수 있었다. 우민은... 아니 그보다 자신의 옆에 앉아 연신 초조하게 다리를 떨던 신영. 아무 말도 하지 않았지만 신영은 그 행동으로 말한 거나 다름없었다.

신영의 마음속에 다른 남자의 그림자가 있다는 것을 알고 시작했다.

하지만 그 실체를 자신의 눈으로 확인하는 것은 별개의 문제였다. 게다가 자신과 꼭 닮은 모습이라니...

우민은 벌떡 일어섰다. 담배라도 한대 피지 않으면 가슴이 답답해서 터질 것 같았다. 원래는 사무실 내에서도 담배를 피울 수 있었지만 신입사원인데다 아무래도 여사원이 많은 팀이라 밖에 나가 담배를 피우는 것이 암묵적인 룰이었다.

커피 자판기가 있는 휴게실 의자에 앉아 한숨을 쉬며 담배를 꺼내 물었다.

"후, 이런 땐 피기도 하네."

우민은 낮게 읊조리며 담배에 불을 붙였다.

자주 피는 편은 아니지만 가끔 일을 하다보면 간절하게 담배 생각이 날 때가 있어 끊지 않고 지리부리 이어온 담배인생이었다.

한 서너 모금 피웠을까? 그때 우민의 눈에 진호가 들어왔다. 진호는 우민의 사무실 방향으로 가고 있었다. 우민은 자신도 모르게 벌떡 일어났다. 그의 움직임 때문이었는지 진호가 우민이 있는 방향으로 몸을 틀었.

두 사내의 눈빛이 허공에서 얽혀들었다. 처음 보지만 서로에게 아군은 아님을 잘 알고 있는 눈빛이었다. 멀리 떨어진 거리였지만 두 사람 서로의 눈빛을 피하지 않았다. 우민은 냉정하게 자신의 라이벌을 쳐다보았다. 아까 회의실에서 봤을 때부터 느껴왔던 거지만 저 사내에게선 자신감이 묻어났다. 머리끝부터 발끝까지 스스로에 대한 믿음 같은 것이 느껴졌다. 고작해야 서너 살 위일 텐데 완성된 남자 같은 느낌이 들어 우민은 괜히 패배감 같은 것이 느껴졌다. 인정하고 싶지 않았지만 손진호라는 남자는 근사했다.

"오랜만이다."

진호는 떨려오는 목소리를 다듬으며 평상시와 똑같은 목소리를 내려 노력했다. 코앞에서 신영을 보는 게 정말 오랜만이라 심장이 떨렸다.

"네. 오랜만이네요."

신영은 담담하게 진호의 인사를 받았다. 어찌된 일인지 직접 바로 앞에서 진호를 보자 조금 전까지 초조했던 마음이 사라져버렸다.

"앉으세요."

신영은 사무실 한 쪽에 있는 작은 테이블 의자를 손짓으로 가리켰다.

"훔. 팀장인데 벌써 개인 사무실도 있는 거야?"

진호는 작은 의자에 앉으며 무난한 이야깃거리를 찾았다. 프레젠테이션의 황제라는 별명이 붙을 정도로 말하는 거라면 자신 있는 진호였건만 신영 앞에선 그 흔한 이야깃거리도 생각나지 않았다.

"네. 예전의 불미스러웠던 사건 때문에 여직원들이 저랑 같이 있어 하는 걸 불편해해서요. 덕분에 저도 이렇게 작지만 독립적인 공간에서 맘 편히 일하게 되서 서로서로 좋아요."

의도한 것은 아니었지만 신영의 입에서 자기도 모르게 비아냥거리는 말이 나왔다. 순간 혀를 깨물고 싶었지만 뭐, 못할 말도 아니었다.

신영의 입에서 나온 예상치 못한 말에 진호는 움찔했다. 식은땀이 등 줄기를 따라 흘렀다.

지금이었다. 사과를 해야 할 때는...

"저기.. 신영아..."

"저보다 나이도 많으시고, 또 이미 다른 회사로 가셨지만 제겐 입사 선배님이시고 하니까 말씀 편히 놓으시는 건 괜찮은데요, 그래도 호칭은 제대로 붙여주셨으면 좋겠네요. 어쨌거나 지금은 일에 관한 파트너니까요."

진호가 인사할 새도 없이 신영은 냉정하게 그의 말을 잘라냈다.

"어, 그... 그래..."

신영의 얼음처럼 냉정한 말에 사과의 말이 다시 입 속으로 쑥 들어가고 말았다. 잠시 두 사람 사이에 침묵이 맴돌았다.
　"어... 흠, 흠..."
　진호는 첫사랑 소녀 앞에서 말을 더듬는 까까머리 중학생처럼 어수룩하게 헛기침을 해댔다. 무슨 말을 먼저 꺼내야 할지 난감했다. 사과를 하고 좀더 편안한 분위기에서 일을 하면서 신영의 마음을 되찾고 싶었지만 지금 그때의 일을 꺼내는 것은 별로 좋은 생각이 아닌 듯 했다.
　"흠, 조인 프로젝트는 내일 모레 본격적으로 회의를 통해서 시작하게 될 것 같아. 구체적인 방식은 아직 정하지 않았는데, 우리 팀이나 너네 팀이나 각 팀의 장점을 최대한 살릴 수 있는 방식이 정해져야겠지. 우선 우리 팀에서 대충 의견을 모아보고, 내일 모레 너희 팀과 같이 회의를 하면서 결정하는 건 어떻겠니?"
　"일단 그쪽에서 메인으로 진행하는 프로젝트인 만큼 저희야 별 수 있나요? 그래도 저희 팀이랑 같이 일을 하시려면 몇 가지 저희 팀에게 권한을 주셨으면 해요. 그런 것도 다음 회의 때 차차 얘기하면 될 것 같지만요."
　"그... 그래. 내일 모레 시간 괜찮아?"
　"네. 저희가 하고 있던 프로젝트는 광고 2팀에서 맡아서 해주기로 했으니까..."
　신영은 잠시 말을 끊고 진호를 빤히 쳐다봤다. 말간 신영의 눈빛이 자신의 속내를 꿰뚫어 보는 것 같아 진호는 가슴이 뜨끔했다.
　"무슨 이유로 저희에게 조인을 제의했는지 모르겠지만요. 같이 일을 하게 된 이상 서로 일에만 신경을 썼으면 좋겠네요. 제 말 무슨 뜻인지 아시죠?"
　"..."

진호는 신영의 말에 대답하지 않았다. 마음 같아선 일은 지금 너와 함께 있기 위한 핑계에 불과 하다고 다시 시작하면 안 되겠냐고 그의 속마음을 다 털어놓고 싶었지만 신영은 아직 그런 틈을 보여주지 않았다. 진호는 단호한 신영의 눈빛에 그저 미소를 지을 수밖에 없었다.

진호가 가고 신영은 팀원들을 회의 탁자로 불러들였다. 지금 진행되고 있는 프로젝트의 차후 처리와 조인 프로젝트에 대한 몇 가지 사항을 이야기해야 했다.
"어차피 지금 우리가 하고 있는 프로젝트는 광고 2팀에서 맡아서 해주기로 했으니까 각자 프로 파일만 정리해서 넘겨주면 되는 거고, MGAD랑 하는 프로젝트는 내일 모레 손진호 씨가 다시 들어오기로 했으니 그때 시작하면 될 것 같네요."
짧게 브리핑을 마친 신영은 팀원들을 둘러보며 말을 이었다.
"자, 그럼 오늘은 여기까지 하죠? 본의 아니게 이틀정도 여유가 생겼으니 푹 쉬기 바랄게요. 이틀 후면 야근이 매일 이어질 지도 모르니 체력 보강도 하시구요."
"와오~!!"
졸지에 이틀이란 공시간을 갖게 된 팀원들은 신나서 소리를 질렀다. 아직 퇴근시간까지 한 시간 정도 남았지만 그만 퇴근해도 좋다는 신영의 말에 더욱 신난 건 두말 할 것도 없었다. 광고 2팀의 부러운 눈길을 받으며 사람들이 짐을 챙기기 시작했다.
자신도 별다르게 할 일이 없었던 신영은 사무실에 가 가방을 가지고 나왔다. 엘리베이터 안이 광고 1팀 사람들로 꽉 찼다. 다들 갑자기 생긴 시간을 어떻게 보낼지 흥분한 기색이 역력했다.
그런 그들을 보며 신영의 입가에 작은 미소가 맺혔다. 신영 자신에게도 오랜만의 여유였다. 엘리베이터는 금세 1층에 도착했다. 사람들이 우르르 내리고 맨 뒤에 있던 신영도 내리려는 찰나 누군가의 손이 갑자기 신영을 다시 엘리베이터 안으로 끌어당겼다.

놀라서 뒤돌아보니 우민이었다.

"바람 좀 쐬러 가자."

우민이 이 엘리베이터에 타고 있는 줄 몰랐던 신영은 갑자기 심장이 거세게 뛰는 것을 느꼈다.

"…"

"…"

작은 엘리베이터 안에서 두 사람은 아무 말도 하지 않았다. 신영은 괜히 우민의 눈치가 보였다. 입을 한일자로 굳게 다물고 앞으로 향한 시선에는 한치의 흔들림도 없었다. 그저 잡힌 손이 저리도록 힘을 꽉 준 그의 손만이 그가 무슨 생각을 하는 지 알려주는 듯 했다.

엘리베이터는 '땡'하는 소리와 함께 지하 주차장에 도착했음을 알렸다. 여전히 신영의 손을 꽉 잡은 우민은 큰 보폭으로 성큼성큼 걸었다. 그의 걸음을 쫓기 힘든 신영이 종종 걸음을 칠 정도였다.

"어디가 좋겠어?"

우민은 까만 렉서스 앞에 선 후 앞문을 열고 신영이 타기를 기다리며 말했다. 어떤 감정도 느껴지지 않는 단조로운 말투였다.

"아무데나."

먼저 바람 쐬자고 자신을 붙잡은 주제에 너무 평이한 우민의 말투가 괜히 차갑게 느껴져 신영은 퉁명스럽게 답했다.

한강변을 달리는 차안에서도 두 사람은 입을 다물고 있었다. 신영은 뭔가 말하고 싶은 듯 했지만 우민의 표정은 엘리베이터에 탔을 때와 달라지지 않았다. 여전히 무표정한 우민의 표정에 신영도 더 이상 무언가 대화를 해야 한다는 생각을 포기했다. 의자에 편하게 기대고 차가 주는 규칙적인 리듬에 몸을 맡겼다.

의자에 푹 기대고 살짝 눈을 감은 신영을 곁눈질하며 우민은 머릿속에서 끊임없이 불고 있는 회오리를 잡으려 애썼다. 하지만 그러면 그럴수록 아까 신영과 같이 있던 진호의 모습만 떠올랐다.

그래, 그건 질투였다.

처음 보는 사람에 대해 우민은 맹렬한 질투심을 느꼈다.

신영이 다른 남자의 품에 안겨서라도 잊고 싶었던 사람.

신영은 그 남자를 잊기 위해 자신의 품에 안겼다는 생각이 우민의 머릿속을 헤집고 엉망으로 만들고 있었다. 자신은 생각보다 옹졸한 남자였던 모양이었다. 그 남자 따윈 잊게 해주겠다고, 이제부턴 자신을 사랑하라고 큰소리 땅땅 친 게 바로 오늘 새벽이었다. 그런데 정작 그 남자에 연연해하는 꼴이라니...

우스웠다. 자신이 치졸해 보여 우민은 참을 수 없었다.

아니 그보다 우민을 더 괴롭히는 것은 신영이 아직도 진호를 잊지 못했다는 사실이었다. 그런 신영의 앞에 진호가 나타나 다시 두 사람 사이에 무언가 일이 벌어지지 않을까 심장이 걱정으로 오그라드는 것 같았다.

그것만은 참을 수 없을 것 같았다. 다른 사람을 생각하며 자신에게 안기는 것보다 더 불쾌한 일이었다. 이제 시작한 게임인데 누군가 끼어드는 것은 사양하고 싶었다. 게다가 상대방에게 강력한 영향을 끼치는 상대라면 더욱더.

무슨 일로 두 사람이 헤어지게 됐는지는 모르지만 아직 진호는 신영을 사랑하고 있음이 분명했다. 진호가 신영을 바라보는 눈빛은 자신이 그녀를 보는 눈빛과 똑같았기 때문이었다. 그래서 그 불안한 마음이 우민의 심장을 조금씩 갉아먹고 있었다.

이대로 바다까지 달리고 싶다. 아무도 없는 밤바다를 향해 한바탕 소리치고 싶다. 자신의 치졸함과 속 좁음을 그 바다 위로 던져버리고 싶다. 하지만 가장 가까운 바다라 할지라도 2시간 이상을 달려야 했다. 우민은 서울이라는 도시에서 맘 편히 소리 지를 곳이 단 한 곳도 없다는 사실에 통감했다.

하는 수 없이 한강변을 향해 차를 돌렸다. 그나마 차가운 강바람이 이 타는 가슴을 잠재워주겠지.

초저녁이라 인라인을 타는 사람들과 달리며 땀을 흘리는 사람들이 강변에 복작거렸다. 그 사람들 틈 사이로 우민은 차를 세우고 시동을 껐다.

손을 여전히 핸들에 올려놓고 그는 아무 말도 하지 않았다. 머릿속은 말하고 싶은 것과 물어보고 싶은 것들이 아우성을 치고 있는데 막상 한 마디도 물어볼 수가 없었다. 한번 입을 열면 자신도 막지 못할 말들이 튀어나올 것 같아 입을 꾹 다문다.

두 사람 모두 아무 말 하지 않고 시간은 초침을 따라 흐른다.

계속되는 침묵이 신영의 목을 조여 왔다. 침묵의 무게감을 이겨내지 못하고 신영은 가방에서 담배를 꺼내들었다. 담배 한 개비를 꺼내는 신영의 손이 이유도 없이 떨려왔다. 신영은 겨우 담배를 물고 라이터를 찾아 가방을 뒤적거렸다. 하지만 라이터는 손에 쉽게 걸리지 않았다.

찰칵.

눈앞에 작은 불꽃이 아른거렸다. 신영은 담배 끝을 불꽃에 가져가 힘껏 빨아들였다. 담배의 끝으로 불이 옮겨왔다.

"후~."

신영의 눈에 회색 담배 연기가 자동차 안의 침묵을 밀어내는 것 같이 보였다. 신영은 천천히 눈을 감았다. 그리고 다시 한 번 담배를 깊게 빨아들였다. 눈을 감고 담배 연기가 식도로 타고 들어가 폐를 태우는 상상을 한다.

폐가 아니라 기억을 태운다면 좋으련만. 혈관을 타고 두뇌로 기어 들어가 기억을 태우고, 심장으로 들어가 감정을 태워버렸으면 좋겠다.

우는 걸까?

우민은 라이터를 도로 집어넣으며 신영의 행동을 응시했다. 독한 말보로 향기 속에서 저 여자는 어떤 생각을 할까. 그녀의 머릿속에 어떤 생각이 있는지 낱낱이 보고 싶다. 그녀의 마음속에 자신의 자리는 얼마만큼 큰지 알고 싶다. 우민은 신영의 손에서 담배를 빼앗아 입에 물었다. 뿌연 연기사이로 신영의 묘한 눈빛과 시선이 엉켰다.

두 사람은 아무 말 없이 담배만 피웠다. 담배 연기가 차안을 꽉 채우고, 강변에서 밤을 즐기던 사람들도 다 떠났을 때까지 계속 연기를 뿜어댔다. 그리고 사람의 그림자 하나 보이지 않았을 때 두 사람은 차에서 내렸다.

강바람이 매서웠다. 한기를 느낀 신영은 옷깃을 세웠다. 우민은 자신의 겉옷을 벗어 그녀의 어깨 위에 걸쳐 주었다. 우민의 체취와 그의 따뜻한 체온에 신영은 잠시 울고 싶었다. 하지만 그런 나약함은 자신에겐 필요 없는 감정이었다.

세 시간이 넘는 침묵을 먼저 깬 건 신영이었다.

"할 말 없으면 난 돌아가겠어."

"... 할 말은 그 쪽이 있는 것 같은데."

"... 없어, 난. 그런 것."

마지못해 대화가 오가는 것 같다. 상대방의 물음에 한참 후 대답이 돌아온다.

"... 그... 사람이야?"

우민의 목에서 힘겹게 진호를 밀어낸다.

"……"

신영은 대답하지 않았다. 그녀가 대답하지 않아도 우민은 이미 그 답을 알고 있다. 그녀를 재촉해 확인할 필요도 없다. 그 질문에 온 몸을 떨며 반응하는 그녀다.

"같은 광고계에 있는 사람이었어? 코앞에 사람을 두고 왜 날 찾았어? 이렇게 가까이 있으면서 왜!!"

우민의 단조로운 말이 포효로 변해갔다. 질책하는 그의 말에 신영은 움찔거린다. 그의 말 하나하나가 채찍처럼 그녀를 때려댔다. 신영은 아무 말도 할 수가 없었다. 우민을 다시 만나게 된 것도, 진호를 다시 만난 것도, 두 사람이 마주치게 된 것도 모두 신영은 생각조차 하지 못한 일이다.

포효는 멈추고 상처받은 우민이 드러난다.

"나, 너무 비참하다."

낮게 뇌까리는 그 말이 포효보다 더 따갑게 신영의 심장을 때린다. 우민의 우울한 목소리가 계속됐다.

"두 사람 사이에 무슨 일이 있었던 거야?"

"말하고 싶지 않아."

"난! 들을 권리가 있어."

"내 사생활이야."

"이제, 나도 니 사생활이야!"

우민의 짧은 다그침.

신영은 안다. 우민의 마음을. 상처받은 심장을. 상대를 다그치고 때리면서도 놓지 못하는 미련함을. 자신과 꼭 닮은, 어쩔 수 없는 감정을.

신영의 눈가에 기어코 눈물이 맺힌다.

"...제발, ...제발 묻지 말아줘..."

세 번째로 보는 여자의 눈물. 여자는 자신과 있을 때마다 운다. 세 번 다 다른 남자 때문에.

지나간 사랑은 새로운 사랑으로 잊는다 83

우민은 가슴이 막혀 아무 말도 할 수 없다. 우는 여자의 눈동자는 깨진 창문이다. 그 깨진 유리조각 사이로 여자의 감정이 적나라하게 보여 우민은 가슴이 먹먹해진다. 그리고 그녀를 안아 줄 수밖에 없다. 이렇게 여리디 여린 여자를 품에 안고 다독여 줄 수밖에 없다.

우민의 커다란 손이 신영의 머리를 감싼다. 그 손길에 이번만큼은 벗어날 수 없었다. 신영은 안 되는 걸 알면서 우민이 주는 따뜻함에 매달렸다. 이번이 마지막이라고 수없이 되뇌며.

신영의 입술이 다급하게 우민을 찾는다.

"우리 호텔로 가. 안아줘. 나 좀 안아줘."

절박한 목소리가 신영의 입 속에서 울린다.

한기가 신영의 몸을 감싼다. 차갑게 돌아섰던 그 사람의 등이, 더 이상 잡아주지 않는 차가운 손이, 자신을 보지 않는 눈이 신영을 자꾸 춥게 만든다. 심장 저 깊숙한 곳에서 눈보라가 몰아친다. 너무 추워 신영은 우민에게 매달렸다. 따듯한 그의 온기를 느끼고 싶었다. 그를 받아들이고 격렬한 섹스 속에 모든 것을 잊고 싶었다.

하지만 우민은 힘겹게 신영을 떼어냈다.

우민의 손짓에 신영은 더 크게 울며 그에게서 떨어지지 않으려 애썼다.

"흑, 제발, 제발..."

울음소리에, 여자의 애원에 우민의 마음이 약해진다. 그 틈을 타 여자는 우민의 뜨거운 남성으로 손을 옮겼다. 얇은 천위로 신영의 손길이 느껴진다. 급격하게 달아오르는 남성. 남자의 변화를 느끼고 여자는 다급히 손을 놀렸다. 당장 바닥에 누울 태세다. 바지 속으로 손을 집어넣기가 어려워지자 여자는 어린아이처럼 연신 울어댄다.

"흑, 흑, 흑."

우민은 여자의 울음소리에 귀를 막아버리고 싶다. 여자의 울음소리는 아무런 여과장치도 없이 남자의 심장을 찢어버린다. 우민은 자신에게서 여자를 떼어냈다.

눈물로 범벅이 된 얼굴로 자신을 쳐다보고 있는 여자에게서 단호히 등을 돌렸다. 등을 돌려도 여자의 울음소리는 우민의 가슴을 두드린다. 그만, 그만, 그만!! 여자를 붙잡고 흔들어대고 싶다. 그녀에게 소리치고 싶다. 정답이 뭐냐고 묻고 싶었다.

우민은 알 수가 없었다. 지금 여자의 마음속에 자신이 있는지 아니면 그 사람이 있는지 정말 알 수가 없었다. 여자가 안기고 싶은 사람이 자신인지 아니면 그 사람인지…

만약, 후자라면 우민은 견딜 수 없을 것 같았다. 여자에게 상처를 주지 않을 자신이 없었다.

"가자. 더 이상 묻지 않을 테니."

우민은 미동도 않는 신영의 손을 잡아 차안에 앉혔다. 그리고 자신도 차에 올라 거칠게 시동을 걸었다. 신영은 숨죽여 운다. 자신이 울고 있다는 사실을 이미 다 알고 있는데도 소리 내지 않기 위해 입술을 깨물고 입을 막고 운다.

신영의 눈물에 우민의 심장이 따끔따끔하다. 여자를 다그쳐 울게 한 자신이 미웠다. 한없이 감싸주고만 싶은 여자인데 자꾸 눈물만 보게 돼 우민의 가슴도 눈물로 얼룩이 진다.

차가 조용히 신영의 집 앞에 도착했다. 신영의 울음도 그친 지 오래다. 빨간 코와 부은 눈이 신영은 조금 머쓱하다. 울면서 매달리던 기억이 떠올라 얼굴이 달아오르려고 한다. 만약 우민이 그녀의 뜻대로 호텔로 갔다면, 그리고 정말 그의 품에 안겼다면 아마 자신은 더 비참했으리라.

신영은 조용히 가방을 챙겨들고 안전벨트를 풀었다.

"몇 층이야?"

"…"

"걱정 마. 한밤중에 덮치는 일은 없을 테니."

우민의 말에 신영은 피식 웃는다. 장난기 어린 말이 몸의 긴장을 일시에 풀어준다.

"3층."

우민은 10층짜리 원룸 건물을 올려다본다. 붉은 벽돌로 지어진 건물은 조명을 받아 따뜻해 보였다. 다행이다. 이 여자가 고단한 몸을 눕히는 곳이 이렇게 따뜻해 보이는 곳이라.

"들어가. 아무 생각하지 말고 푹 자."

"응."

차에서 내린 신영은 우민의 얼굴을 바라보며 조금 머뭇거리다가 등을 돌려 건물 안으로 들어갔다. 등에 와 닿는 우민의 시선에 묘하게 긴장이 된다. 엘리베이터에 오르지 않고 천천히 계단을 오르는 신영의 머릿속에 마지막으로 본 우민의 눈동자가 선명하게 새겨진다. 음울하고 뭔가 말하려고 하는 눈동자. 비참하다며 뇌까리는 그의 낮은 어조와 이 눈동자가 평생 잊히지 않을 것 같은 불길한 예감이 들었다.

신영은 머릿속의 우민을 몰아내며 집안으로 들어갔다.

딸깍. 환한 형광등이 방안의 어둠을 밀어내고 빛을 채운다. 신영은 침대로 다가가 대자로 누웠다. 역시 우는 일은 피곤하다. 그리고 피곤함은 잠을 몰고 온다. 설핏 잠이 든다.

시간이 얼마나 흘렀을까? 순간 잠에서 깬 신영은 시계를 보고 깜짝 놀랐다. 그냥 눈을 감고 있었던 것 같은데 두 시간이나 지나 있었다. 그녀는 벌떡 일어나 욕실로 향했다. 거울에 비친 자신의 얼굴이 가관이었다. 마스카라가 번져 눈 밑이 까맣게 변해 있었다. 이 얼굴로 우민 앞에 있었다니

창피스러운 일이다. 다시 떠오르는 우민의 기억. 차라리 생각나지 않았으면. 거칠게 비누를 비벼 거품을 만들고 마스카라를 지우듯 우민의 기억도 지우려 애쓴다. 샤워를 마친 후 신영은 머리에 수건을 감고 욕실을 나왔다. 한껏 울고, 푹 자고, 샤워까지 하니 기분이 상쾌하다.

 화장대로 걸어가며 신영은 자신에게 있어 우민의 존재는 어떤 의미일까 생각에 빠졌다. 처음에 바에서 그를 봤을 땐, 심장이 멎는 줄 알았다. 그가 진호가 아니라는 사실을 깨닫고도 한참을 그에게서 시선을 떼지 못했다. 그리고 정신을 차렸을 땐 이미 자신의 발은 그를 향해 걸어가고 있었다. 그리고 거침없이 그를 유혹했다. 어디서 그런 용기가 났을까?

 물론 그날 자신의 신경은 극에 달한 상태였다. 터지기 일보 직전의 활화산과 같았다. 정말이지 밤마다 자신을 짓누르는 진호의 존재를 잊고 싶었다. 그래서 그를 잊으려, 일탈행위를 통해 그를 잊으려 했다. 그 생각이 처음 난 뒤로 꼬박 일주일을 고민하고 나선 길이었다.

 그런데 그 때 진호와 똑같이 생긴 우민을 만나게 된 건 우연일까?

 그의 품에 안기고, 그의 따뜻함에 위로 받으며 차라리 잘된 일이라고 생각했다. 다른 사람이 아니라 우민에게 안긴 것이. 똑같은 얼굴이지만 진호와 확연히 다르다는 것을 깨닫게 됐으니까. 진호는 결코 신영이 필요할 때 옆에 있어주지 않았다. 따뜻하게 잡아주지도 않았고, 밤새 그녀를 위로해주지도 않았다.

 정말이지, 손진호와 김우민은 다른 사람이다. 신영의 입에서 한숨이 새어나왔다. 한 사람을 잊으려다 다른 한 사람의 파편이 가슴에 박힌 꼴이다.

 거울 속의 자신을 노려봤다. 잘 하는 꼴이다. 박신영. 어디까지 무모해질래? 그런 무모했던 행동의 결과로 지금 니 가슴이 다시 아파오잖니. 어떻게 할 거니? 김우민을 어떻게 할 거야?

 힐책하는 눈동자가 무서워 신영은 거울에서 시선을 뗐다. 간혹 자신의 본심과 마주하는 일은 너무 버겁다. 적당한 예의도 상냥함도 없이 직선적으로 부딪혀 오는 마음. 낭떠러지로 몰리는 기분이다. 신영은 자리에서 일어나 침대로 향했다. 그러다가 예감이랄까? 문득 드는 기분에 신영은 창밖을 내다보았다. 우민의 차가 세워져 있던 곳을.

 그리고 신영은 우민을 볼 수 있었다. 차에 기대 담배를 물고 있는 공허한 모습. 초라한 가로등은 그의 발밑에 쌓인 많은 담배를 고스란히 보여준다.

 눈이 마주친 걸까? 우민의 눈빛이 서글프다고 느껴진 건 신영의 착각일까? 바깥을 내다보는 신영의 존재를 알아차린 우민이 그녀를 향해 가볍게 손을 흔들고 차에 올라탔다. 그리고 그는 신영을 더 기다려주지 않고 골목을 빠져나갔다.

 갑자기 신영의 가슴이 참을 수 없을 만큼 아파왔다.

4

출근하자마자 우민은 정한에게 달려갔다. 며칠 사이 지켜본 결과 회사 내에 신영이 믿고 의지하는 사람은 정한밖에 없었다. 게다가 그는 진호의 친구이기도 했다. 정한이라면 분명 알고 있을 것이다. 두 사람 사이에 벌어진 일이 무엇인지, 어떤 일이기에 신영이 일방적으로 이런 대접을 받고 있는지.

우민이 정한의 사무실로 쳐들어갔을 때 정한은 한가로이 커피를 마시며 인터넷을 유유히 둘러보고 있는 중이었다.

쾅!!!

노크도 없이 문이 활짝 열렸다.

"으앗! 뭐야?"

"바쁘시지 않으면 잠깐 말씀 좀 나누고 싶습니다."

정한은 동그랗게 뜬 눈으로 멍청히 우민을 바라봤다. 머리는 여전히 촉촉이 젖은 상태에 양복 재킷 단추는 하나도 채우지 않았고, 넥타이가 나풀거렸다. 급하게 달려왔는지 숨을 몰아쉬고 있었다.
"궁금한 게 있으면 차분히 물으면 되지. 아예 문을 부수지 그래?"
정한은 마우스에서 손을 떼고 일어섰다. 책상을 돌아 나와 작은 테이블로 우민을 이끌었다. 테이블과 한 쌍인 작은 의자는 정한의 무게를 이기기엔 부족해 보였지만 아슬아슬 잘 버텨주었다. 의자에서 삐걱거리는 소리가 들렸지만 정한은 더할 나위 없이 편안한 표정이었다.
반대로 우민은 꽤나 심난하고 복잡한 표정이다.
정한은 분명 두 사람 사이의 일을 알고 있을 테지만 그가 자신에게 그 얘기를 해줄지는 의문이다. 이제 며칠 회사를 다닌 신입이 와서 직장 상사의 일을 묻는다는 게 말이 되는가? 게다가 지극히 개인적인 일을... 하지만 그렇다고 해서 물러설 수도 없다. 두 사람 사이에 무슨 일이 벌어졌는지 모르고서는 한 발자국도 앞으로 나갈 수 없다.
자신이 신영에게 있어서 누군가를 닮은 사람이라는 것을 깨달았을 때부터 각오한 일이었다. 여자를 사랑하는 것이 쉽지 않을 거라고. 하지만 그럼에도 불구하고 여자는 자꾸 우민의 시선을 끌었다. 외롭게 서 있는 그녀를 보면 안아주고 싶고, 그녀를 지켜주고 싶다. 더 이상 포기할 수가 없는 지경에 이른 것이다. 사랑하겠다고 결심했기 때문이 아니다. 이미 사랑하고 있는 중이다.
"알고 계시리라 믿습니다. 신영이와 손진호 팀장 사이에 무슨 일이 있었는지 가르쳐 주십시오."
우민은 돌려 말하지 않고 직접적으로 부딪혔다.
'신영?'
정한은 하마터면 먹고 있던 커피를 쏟아낼 뻔했다. 아니, 입사한지 며칠이나 됐다고 벌써 신영이야? 둘이 뭔가 썸싱이 생겼단 말야? 이렇게나 빨리? 순수한 호기심이 정한의 얼굴 위에 떠올랐다.

"팀장 이름을 그렇게 함부로 불러도 되나?"

"부를 수 있을만한 입장입니다."

우민의 대답에 정한은 기가 막혔다. 그의 맑은 눈빛에 신영을 맡겨보자 생각했었지만 막상 두 사람 사이에 무슨 일이 생기자 신영의 걱정이 앞섰다. 신영은 이제 다시는 상처받지 않아야 한다. 정한의 말투가 삐딱해졌다.

"그 입장이라는 게 뭔데?"

"두 사람 사이에 일어난 일은 뭡니까?"

우민은 정한의 매서운 눈빛에 지지 않았다.

"흠. 나 신영이 참 예뻐하는 후배 그 이상으로 생각해. 이제는 내 가족이나 마찬가지라고. 괜한 호기심에 흔들어놓지 않았으면 좋겠어."

"먼저 흔들어 놓은 건 제가 아니라 신영입니다."

아리송한 우민이 말에 더욱 궁금해진 건 정한이었다. 정한의 얼굴에 우민과 신영 사이에 무슨 일이 있는 건지 알고 싶은 궁금증과 신영을 보호해주고 싶은 마음이 동시에 떠올랐다. 우민은 잠시 말을 멈추고 정한을 응시했다. 빤한 우민의 눈빛을 정한은 초연하게 받아냈다. 탐색하는 눈길을 받는 건 익숙하지 않은 일이지만 남자라면 당연히 그런 눈빛도 지을 줄 알아야 한다. 자기 자신도 중요하지만 그에 못지않게 중요한 게 상대방을 파악하는 것이다. 밀림 같은 사회생활에서 누가 자기편이고 누가 자기의 적인지 구별해 낼 줄 알아야 살아남는다.

웃고 있는 것 같기도 한 정한의 눈빛에 우민은 그를 믿자 했다. 그 눈빛이 나는 신영의 편이라고 말하고 있다. 직장이라는 밀림에서 고고한 퓨마 같이 홀로 떠도는 신영이 믿고 따르는 단 한 사람.

"회사에서 처음 신영이를 만난 건 아닙니다."

우민의 낮은 목소리가 자신과 신영의 이야기를 정한에게 풀어놓기 시작했다.

"친구들이 제 입사를 축하해 주는 자리에서 신영이를 봤어요. 도발적인 드레스 차림으로 거침없이 다가와 저를 유혹했습니다. 그 자리에선 거절했지만 그날 밤 길가에서 다시 만난 그녀를 거부하기 힘들었습니다. 그녀도 술에 취했고, 저도 취했으니까요. 팜므파탈처럼 제 정신과 자제력을 홀딱 뺏었던 신영이는 우습게도 처녀였어요. 성급하게 관계를 맺고 그녀는 제 위에서 엉엉 울었습니다. 그 때의 전 이유를 알 수 없었죠. 그저 처녀상실에 대한 울음이라고 생각했어요. 그리고 다음 날 일어났을 때 그녀는 흔적도 없이 사라졌더군요. 그때까지 전 그녀에 대해 아는 것이 하나도 없었습니다. 이름도, 나이도, 사는 곳이 어딘지도... 솔직히 말해 다시 만날 수 있을 거라는 생각은 못했습니다."

고해성사를 하듯 이어지는 우민의 말에 정한은 입을 다물 수가 없었다.

"그런데 아시다시피 다시 만났습니다. 저는 신이 그녀를 제 앞에 데려다 준 거라고 생각했습니다. 우는 그녀의 얼굴을 보기 시작했을 때부터 저는 그녀를 사랑하기 시작했는지도 모르겠습니다. 그제야 그녀의 이름을 알게 되었죠. 박신영이라는 이름, 29살이라는 나이. 하지만 제가 또 알게 된 게 하나 있었어요. 그게 뭔지 아세요? 저는요, 닮은 사람이라는 겁니다."

우민의 목소리에 물기가 어리기 시작했다. 누구에게도 자신의 마음을 허심탄회하게 털어놓을 기회가 없었다. 친구들에게도 말하지 못했다.

"박신영이라는 여자한테 저는 그냥 누군가의 대용품이었던거죠. 그제야 그날 밤 그녀가 펑펑 울었던 이유를 알 수 있었습니다. 제 기분 이해하시겠어요? 사랑하는 사람에게 자신은 그저 대용품일 뿐이라는 기분을. 설상가상으로 그 사람이 제 눈앞에 나타났을 때의 제 기분을요. 아뇨, 선배님은 평생 이해 못하실 겁니다. 있죠, 전 가끔 멍하니 있는 신영이를 볼 때마다 무서워요. 무슨 생각을 하고 있는지. 제 품에 안기면서 그녀가 어떤 생각을 했는지 무서워서 전 묻지도 못해요."

우민의 평온했던 어조가 점점 빨라졌다. 그는 울지도 못하고, 크게 소리치지도 못하고 자신의 넘치는 감정을 누르려 노력했다. 우민의 얘기를 들으면 들을수록 정한의 얼굴이 일그러져 갔다. 우민에게 어떤 얘기도 해주지 못할 것 같다.

"왜 그랬냐고, 두 사람 사이에 무슨 일이 있었는지 조금만 다그쳐도 세상이 무너진 것처럼 울어버리는 박신영이란 여자 때문에 제 심장도 무너져요. 아세요? 선배님? 박신영이라는 여자는요, 울면은요, 울어버리면요, 눈동자가 깨져버려요. 냉정했던 눈빛이 깨져버려서 그 사이로 처절한 심장이 다 들여다보여요. 그래서 저는 아무 말 못하고 그녀를 안아줄 수밖에 없습니다. 제 상처는 뒤로 숨겨두고요."

정한과 우민의 시선이 맞닿았다. 사내는 모르리라. 지금 자신의 눈동자를 통해 너덜너덜해진 자신의 심장이 다 들여다보인다는 것을. 피가 넘치고 흘러서 자신을 빨갛게 물들이고 있다는 것을.

정한의 심장이 다 아파왔다. 그래도 우민은 미소를 잃지 않았다. 정한의 안타까운 눈빛을 피하지 않고 도리어 그에게 서글픈 미소를 돌려보낸다.

"사랑하고 싶습니다. 선배님. 박신영이라는 여자를 온전히 사랑하고 싶어요. 이렇게 아픈 사랑은 제게나 신영이에게나 좋지 않아요. 그녀가 웃게 만들고 싶어요. 그렇게 할 수 있게 해주세요. 신영이의 지난 사랑이 어땠는지 알지 못한다면 새로운 사랑도 하지 못합니다."

말문이 막혀왔다. 눈앞의 사내에게 어떤 말을 해줘야 할 지 단 한 줄도 떠오르지 않았다. 10년이 넘도록 숱하게 써 온 게 감성적인 말들인데 지금 이 순간에는 하나도 생각나지 않았다. 막힌 말문을 뚫어볼 요량으로 정한은 담배를 입에 물었다.

"담배 좀 피자."

정한은 우민에게 담뱃갑을 내밀었다. 잠시 망설이던 우민은 담배를 꺼내 물었다. 두 남자는 불을 나누고 잠시 말없이 담배를 피웠다. 담배를 끝까지 다 피우고도 누구 하나 먼저 선뜻 입을 여는 사람이 없었다. 우민은 감정적으로 진이 빠진 상태였고, 정한은... 정한은 지난날의 얘기를 하는 것이 쉽지 않았다. 그 때의 얘기를 하는 건 자신의 과오를, 자신의 나약했던 모습을 마주 봐야 했다. 정한은 떨리는 손으로 담배를 하나 더 물었다.

허공을 채우는 뿌연 담배연기와 함께 정한의 회상이 이어졌다.

"안녕하세요! 신입사원 박신영입니다."

신영은 그렇게 발랄한 인사와 함께 정한과 진호의 인생으로 뛰어들었다. 옅은 화장과 핑크빛 입술, 눈동자는 첫 직장에 대한 기대로 반짝거렸다. 후에 말하기를 진호는 신영의 그 생기발랄한 눈빛에 속절없이 끌렸다고 했다. 그 눈빛을 하루도 안보면 심장이 답답해져 왔다고 했다.

"손 팀장이랑 조 팀장이 잘 가르쳐봐. 신입 치고 포트폴리오가 괜찮아."

이사가 신영의 어깨를 두드리며 두 사람에게 그녀를 소개했다. 신영은 미소를 활짝 지으며 두 사람을 쳐다보았다. 그 미소는 왠지 모르게 신뢰감이 느껴졌다. 그 미소가 단아한 그녀의 얼굴과 잘 어울렸다.

정한은 자리에서 일어나 그녀를 반겼다.

"오! 이사님. 직원 뽑아달라는 말에 이렇게 빨리 뽑아주실 줄은 몰랐습니다."

"하하핫. 내가 또 한다 하면 하지. 강 교수한테 추천 받은 학생인데 내가 봐도 감각이 비상해. 몇 년 만 가르치면 제 몫을 톡톡히 할 거야."

"반갑습니다. 조정한입니다. 카피라이터고요."

"안녕하세요? 박신영입니다. 잘 부탁드려요."

신영은 정한의 손을 잡고 힘차게 악수했다.

"에... 그리고 이쪽은... 인마! 인사 안하냐?"

"어? 어..."

진호는 여전히 책상에 앉아 멍하니 신영을 바라보고 있었다. 어리버리한 진호의 모습에 신영은 설핏 웃음을 지었다. 눈꼬리가 살짝 내려가 굉장히 부드러워 보였다. 진호는 엉거주춤 일어나 그녀에게 손을 내밀었다. 자신의 손으로 작고 보드라운 손이 다가왔다. 진호의 호흡이 약간 빨라졌다. 진호는 다른 사람들이 자신의 변화를 눈치 채지 못하기를 마음속으로 빌었다. 이윽고 그녀의 작은 손이 자신의 손안에 들어왔다. 그 장면이 진호에게 슬로우 모션으로 보였다. 아니 처음 신영이 다가와 인사를 건넨 그 순간부터 그녀를 제외한 모든 것이 진호의 눈에 보이지 않았다.

"손... 손진호...입니다."

멍청히 같이 버벅댔다.

"얘가 왜 이래?"

처음 보는 친구의 멍청한 행동에 정한은 그저 유별나다 생각할 뿐이었다.

"이 놈은 AD입니다."

"네에. 저기, 말씀 편하게 놓으세요."

"하하하. 그래, 앞으로 잘 가르쳐. 그럼 나는 일이 있어서 이만... 박신영 씨 앞으로 잘해."

"네!!"

마지막으로 자신의 어깨를 한 번 더 두드리고 돌아서는 이사를 향해 고개를 꾸벅 숙인 신영이 정한과 진호를 향해 몸을 돌렸다. 그녀는 여전히 웃고 있었다.

"제가 앞으로 두 분을 사부로 모시면 되나요?"

처음 만난 자리인데도 신영은 어려워하지 않고 농담을 건넸다. 밝고 발랄한 성격은 신영의 장점 중에 하나였다. 정한은 첫 눈에 신영이가 마음에 들었다. 호랑이 같은 누나들만 있지, 여동생이 없었던 정한에게 서글서글 부딪혀 오는 신영이 퍽 귀여웠다. 나이로 따져도 동생나이였다.

"흐흐흐. 그렇지. 아? 말 놔도 뇌지?"

"물론이죠. 선배님."

"에이, 선배는 무슨... 오빠라고 불러봐라, 애기야."

"네?"

정한의 짓궂은 말에 조금 당황한 신영의 얼굴이 살짝 달아올랐다.

"흐흐흐. 내가 동생이 없거든. 너 오늘부터 내 동생해라."

"예-에??"

"어때. 대신 내가 일대일로 노하우 가르쳐 준다. 손해 보는 장사는 아니다. 너."

정한은 작은 놀림에도 금세 반응을 보이는 신영이 귀여워 자꾸 장난을 쳤다.

"그... 노하우는 땡기지만 호칭은 좀..."

정한이 장난친다는 것을 알아챈 신영은 이번엔 얼굴 빨개지는 것 없이 장난을 잘 받아친다. 정한과 신영은 한참을 호칭으로 옥신각신하다 결국 선배로 합의를 보았다. 신영과 킥킥대며 웃어대던 정한은 문득 진호를 돌아봤다. 원래 이런 지분 질은 자기가 아니라 넉살 좋은 진호의 몫이었다. 근데 오늘따라 진호는 입을 꽉 다물고 아무 말도 하지 않고 있다.

"암마. 오늘따라 왜 이렇게 조용하냐? 점심에 뭐 잘못 먹은 거냐? 너답지 않게 왜 그러냐?"

정한의 말에 진호는 아무 말도 못했다. 가슴이 답답해 왔다. 숨을 쉬려면

이 자리를 벗어나야 할 것 같았다.
"미안, 먼저 간다."
진호는 말을 마치고 그 자리를 벗어났다. 두 사람이 있는 공간을 벗어나고도 진호는 걸음을 멈출 수 없었다. 그는 사람이 아무도 없는 계단으로 달려갔다. 그 공간에 가파른 진호의 숨소리가 메아리쳤다. 한참을 쌕쌕거리고 겨우 숨소리가 제대로 돌아왔다. 진호는 차가운 벽에 등을 기댔다. 그리고 스르르 바닥으로 무너져 내렸다. 숨은 제대로 돌아왔지만 반박자 빠르게 뛰는 심장은 아직 제자리로 돌아오지 않는다.
'안녕하세요. 신입사원 박신영입니다.'
눈을 감은 진호의 머릿속으로 환하게 웃는 신영의 얼굴이 토씨 하나 틀리지 않고 그대로 떠올랐다. 손을 내밀면 잡힐 것처럼 생생하다. 심장이 더 빠르게 뛴다. 주인의 의지를 배반한 심장.
진호는 좌절감에 얼굴을 쓸었다. 머리를 헤집는 그의 왼손 약지에 반지가 끼워져 있었다.

신영에게 첫 번째 일이 주어졌다. 사회생활을 하며 처음 맡게 된 일에 신영은 조금 흥분한 상태였다. 그래서 힘든 줄 모르고 일을 했다. 하나하나 배워 가는 게 재밌었다. 밥을 먹지 않아도 고프지 않았다. 일을 배우는 재미에 시간 가는 줄도 몰랐다. 딱 하나. 그녀의 신경을 자꾸 건드는 한 사람만 빼면.
"어이. 박신영이. 퇴근 안하냐?"
정한이 목에 머플러를 두르며 그녀에게 다가왔다.
"아, 이제 가야죠. 이거 하나만 마치고요."
"흠, 그래? 너무 무리하지는 말아라."
"네. 조심해서 들어가세요. 선배님."

"오냐. 주말 잘 지내라."

정한은 신영에게 손을 흔들고 멀어져갔다. 잠시 정한의 뒷모습을 보며 신영은 방긋 웃음을 지었다. 호탕한 정한은 어느새 사내에서 신영이 제일 좋아하는 선배가 되었다. 장난기 다분한 성격도 좋았고, 시원시원하고 뒷끝 없는 성격도 좋았다. 게다가 정한은 정말 뛰어난 카피라이터였다. 곰같은 덩치로 감성적인 글귀를 잘도 뱉어낸다.

"퇴근 안 해요?"

신영의 생각을 비집고 목소리 하나가 들려온다. 자연스러웠던 신영의 미소가 딱딱하게 굳는다.

"아... 네..."

신영은 힐끔 목소리의 주인공을 쳐다봤다. 프로젝트를 같이 진행한지 두 달이 넘었지만 진호는 여전히 불편했다.

딱딱해진 신영의 표정을 보고 진호는 속으로 혀를 깨물었다. 이런 표정은 보고 싶지 않았다. 하지만 그렇게 만든 건 자신이라는 것을 잘 안다. 자신이 유난히 까다롭게 굴었으니까. 유부남인 자신이 신영을 마음에 담아선 안 되는 거였기 때문에 진호는 지난 두 달간 그녀를 무던히도 밀어냈다. 무뚝뚝한 말투와 찡그린 표정으로 무장하고 자신에게 다가오는 그녀를 쳐냈다. 그럼에도 불구하고 이렇게 사무실에 두 사람만 남아있을 때는 심장이 미치도록 두근거렸다. 너무 뛰어서 피부를 뚫고 나올까 걱정이 될 정도였다.

결국 진호와 신영은 나란히 사무실에서 나왔다. 차가운 초겨울 바람을 얼굴로 느끼며 진호는 신영을 바라보았다. 얇은 옷차림의 신영이 안쓰럽다. 그녀의 가느다란 목 위로 머플러를 둘러주고 싶다.... 하지만 안 되는 일!!

진호는 높게 쌓아올린 방어벽을 뚫고 나가려는 감정들을 억눌렀다.

그 감정들이 난리를 피워댔지만 절대로 풀어줄 수는 없다.

그 결과의 끝이 뭔지 뻔하게 보였다. 안 되는 건 안 되는 거다.

"집이 어디예요?"

진호는 불쑥 물었다. 추위로 빨개진 신영의 얼굴을 보는 게 싫었다.

"네? 청... 청담동인데요."

"차에 타요. 바래다 줄테니."

진호는 신영의 대답도 듣지 않고 차를 향해 걸어갔다. 예상치 않았던 진호의 말에 뒤늦게 정신을 차린 신영이 그를 따라가며 황급히 말했다.

"아니, 저, 그러시지 않아도 되는데, 택시타면 금방이에요."

"요즘 택시가 얼마나 위험한데요. 그냥 타요. 가는 길에 태워다 주는 것뿐이니."

진호는 무뚝뚝하게 말하고 차에 타버렸다. 신영은 당혹스런 표정으로 날렵하게 빠진 은색 BMW를 바라보았다. 그러다가 작게 한숨을 푹 내쉬고는 보조석에 올라탔다.

"청담역 근처예요."

신영은 힘없이 말했다. 십오 분 남짓 하는 거리를 두 사람은 말없이 달렸다. 차가 신영의 집 앞에 멈추고서도 두 사람은 선뜻 말하지 못하고 있었다. 진호가 어색함을 이기지 못하고 입을 떼려는 순간 조용한 차안에 신영의 목소리가 울렸다.

"저기요, 손 팀장님은 왜 그렇게 절 싫어하세요?"

정말 생각지도 못한 말이었다. 진호의 말문이 탁 막혔다. 진호는 크게 심호흡을 한 후에야 말을 이을 수 있었다.

"내가 신영 씨를 싫어하다니요. 무슨..."

틀에 박힌 말 밖에 나오지 않았다.

"사실 그렇잖아요. 같이 지낸 지 두 달이나 넘었는데 아직도 존댓말인데다가 저만 보시면 항상 화난 얼굴이시잖아요. 제가 하는 일 중에 뭐 맘에 안 드시는 일 있으세요? 아님 제 옷차림이나, 머리 스타일, 뭐, 그런 거요..."

아니라고, 니가 좋아서, 사랑하게 될까봐 그런 거라는 말이 목구멍까지 치솟았지만 가까스로 참아냈다. 하지만 그 초인적인 인내심도 잠깐이었다. 이어지는 신영의 말에 진호는 속수무책으로 무너지고 말았다.

"저는 손 팀장님이 좋아요. 친해지고 싶고 많이 배우고 싶어요. 그런데 계속 저 미워하시면.... 속상해요..."

말끝을 흐리는 신영의 눈가에 작은 이슬이 맺혔다. 진호의 인내심이 바닥났다. 말해야 한다. 지금 당장. 너를 사랑한다고, 심장이 떨려서 눈을 마주칠 수가 없었다고. 아무리 노력해도 너를 생각하는 마음이 얼굴에 드러나서 내내 화난 표정밖에 지을 수 없었다고. 지금 당장도 너를 사랑하는 마음에 숨이 막혀온다고.

"너를 좋아해. 아니 사랑해. 너를 처음 봤을 때부터 나는 내가 아니었어. 네 앞에서 숨조차 크게 쉬지 못했어. 너를 사랑하는 마음이 들통날까봐 너를 피할 수밖에 없었어. 아니, 너를 피했어. 네게 화를 냈어. 왜냐구? 너를 사랑하니까!"

막아놓았던 둑이 터지듯 진호의 고백이 터져 나왔다.

여전히 눈도 마주치지 못하고 빨개진 얼굴로 운전대를 붙잡고 앞만 바라보며 열성적으로 고백하는 진호를 신영은 멍하니 쳐다보았다.

진호는 고백을 마치고 100M 달리기를 한 사람처럼 숨을 몰아쉬었다. 조용한 차안을 요란하게 울리던 숨소리가 잦아지고 마침내 정적이 찾아왔을 때 진호는 신영을 바라보았다.

신영은... 신영은...

잘 익은 사과보다 더 빨간 얼굴로 진호를 바라보고 있었다. 새빨간 얼굴을 하고서도 신영의 눈동자는 진호에게서 시선을 떼지 못했다. 진호 외에 다른 것은 보이지 않았다.

　두근. 두근. 두근. 조용한 차안에 신영의 심장 뛰는 소리가 시끄럽게 울리기 시작했다.

　그리고 두 사람은... 너무나 당연하게도 사랑에 빠졌다.

　정한은 참지 못하고 다른 담배를 집어 불을 붙였다.

　"그때 나는 정말 진호가 신영이에게 말한 줄 알았어. 두 사람의 문제이기 때문에 내가 이래라 저래라 할 수 없다고 생각했어. 하지만 내가 행복해 보이는 두 사람을 보며 내내 느꼈던 이질감이 현실화 된 건, 어느 날 진호의 손가락에서 반지가 없어졌다는 사실을 깨달았을 때야."

　정한의 고해성사가 이어졌다. 우민이 그에게 아무에게도 말할 수 없었던 두려움의 속내를 고백했듯 이번엔 정한이 지난 2년 내내 자신을 짓눌렀던 죄책감을 풀어냈다.

　"그 사실을 알자마자 진호의 멱살을 잡았어야 했을까? 생전 처음 보는 표정으로 신영이를 사랑한다고 말하는 친구의 얼굴에 속물이라고 침을 뱉어야 했을까? 아무 것도 모른 체 사랑에 빠진 신영이에게 정신 빠진 계집애라고 말해줘야 했을까?"

　아직도 혼돈이 가득 찬 눈으로 정한이 우민을 바라보았다. 우민은 죄책감에 빠져 허우적거리는 정한을 안타까운 눈길로 바라보았다.

　양심과 우정사이에서 정한은 아직도 고민 중이었다. 타들어가는 그의 눈동자를 보니 그가 지난 2년 동안 그 사이에서 얼마나 고된 방황을 했는지 다 보였다.

　"나 아무 것도 못했다. 두 사람에게 아무 말도 안 했어. 둘 다 성인이니 자신이 선택한 길은 자신이 책임을 져야 한다고 꼴 같지도 않은 말 뒤에 숨어버렸다. 그렇게 나약하고 소심했던 게 나였어."
　정한의 한숨소리는 하늘도 무너지게 할 것 같이 무거웠다.
　"그 싸구려 3류 영화 같은 사랑의 끝이 어떻겠어? 진호 와이프가 회사에 찾아와서 신영이 머리채를 잡았다. 아무 것도 모르는 신영이 눈에서 피눈물 나게 했고, 자랑스런 내 친구는 그 날로 다시 신영이를 보지 않았어. 다시 걔 앞에 나타난 어제까지 2년 동안."
　긴 정한의 얘기가 끝을 맺었다.
　담배 연기로 시작한 정한의 얘기가 한숨으로 끝난다.
　두 사람 다 아연함에 말을 할 수가 없었다.
　정한은 다시 자신을 괴로움 속으로 끌고 가는 기억에서 허우적거렸고 우민은 절망의 신음이 새어나지 않도록 입술을 깨물어야 했다.
　분노로 머리가 터질 것 같았다. 신영을 기만한 진호와 정한이 못 견디게 미웠다. 그 여린 여자의 마음에 지워지지 않는 상처를 낸 두 사람의 목을 조르고 싶었다.
　우민은 분노를 이기지 못하고 자리에서 벌떡 일어났다. 분노의 감정은 날카로운 창이 되어 우민의 가슴을 찌르고 다시 정한에게 그 끝을 겨누었다.
　"선배님은!! 선배님은 다 알고 계셨으면서 그냥 두셨다고요? 친구라는 사람이 아무 것도 모르는 여자를 불륜으로 끌고 들어가는데도 가만히 보고 계셨다고요? 정말 나쁜 사람이군요. 생전 처음 보는 눈빛이었다구요? 당연하겠죠. 손진호라는 사람한테 불륜이 처음일 테니까요!! 선배님의 우정은 그런 겁니까? 저는 이해가 안 됩니다. 좋아한다는 감정 하나로 가정을 내팽개치는 손진호라는 사람이나 우정이랍시고 친구를 두둔하는 선배님이나요!!"
　정한에게 악담을 쏟아 붓고 퍼부어도 우민의 기분은 나아지지 않았다.

퍼부으면 퍼부을수록 기분이 더 더러워졌다. 우민은 더 말하지 못하고 도로 털썩 의자위로 무너져 내렸다. 새하얗게 질린 정한의 얼굴을 보니 신물이 넘어왔다. 지난 2년이 신영에게 지옥과 같았듯 정한에게도 못지 않았다. 두 남자는 진이 빠져 장시간 그렇게 말없이 서로를 외면했다.

한참이 지나서 정한은 지독히 낮은 목소리로 말문을 열었다.

"진호는 아직도 신영이 사랑해."

"!!"

"다시 찾으려고 여기에 온 거야. 나도 2년 전 진호가 신영이의 손을 놓은 이유는 몰라. 하지만 다시 앞에 나타난 거 보면, 거기다 자기 말로 준비하는데 오래 걸렸다고 말하는 거 보면 그 녀석 분명 진심이야."

"말이 된다고 생각하십니까?"

"세상사 항상 말 되는 일만 있는 건 아니니까."

"저는 용납할 수 없습니다."

우민은 주먹을 꽉 쥐었다. 부들부들 떨리는 그의 주먹은 탁자 위의 유리를 깨지 않기 위해 안간힘을 쓰고 있다. 정한은 하얗게 쥔 우민의 주먹을 바라보다 그의 얼굴로 시선을 옮겼다. 우민의 눈동자에 연적에 대한 경계심과 신영에 대한 보호본능이 고스란히 비쳤다.

우민의 날카로운 비난은 정한을 아프게 했다. 하지만 한번쯤 누군가 자기의 잘못을 꾸짖어주기를 바랬다. 정한은 쓴웃음을 지었다. 세 살이나 어린 후배에게 꾸짖음을 들을 거라고는 생각하지 못했다. 게다가 친구의 연적이 될 놈한테. 진호에게 우민은 만만치 않은 적이다. 진호에게 미안한 말이지만 정한은 우민이 마음에 들었다. 문을 박차고 사무실로 들어와 다짜고짜 물을 때부터. 눈에 다 보였던 신영에 대한 보호욕이. 우민이라면 정말 신영이 다시 옛날의 웃음을 찾을 수 있으리라.

이제 와서 신영을 되찾겠다는 진호의 마음이 이해가 되지 않는 것은 아니지만 너무 늦은 일이다. 사람과 사람의 사이엔 적재적소라는 것이 있다. 정확한 시간에 그곳에 있어야 하는 것이다. 진호가 있었어야 할 시간은 2년 전 그 순간이다.

"내가 굳이 진호의 마음을 네게 말해준 건, 너를 위해서가 아니야."

"…"

"진호에게 했던 충고를 너에게도 똑같이 하마. 신영이 눈에서 눈물 나게 하지마. 글썽이게도 하지마. 눈물의 'ㄴ'자도 나오게 하지마. 이런 말 하는 내가 가식적으로 보일지 몰라도 이제 나는 무조건 신영이 편이야."

"네."

우민은 우직하게 고개를 끄덕였다. 더 이상 그녀의 눈물을 보고 싶지 않은 건 정한만이 아니다. 자신도 그녀의 눈물을 보는 것이 힘들었다. 그녀를 항상 웃게 하고 싶다. 작은 얼굴에서 피어나는 풍부한 표정들을 다시 한 번 보고 싶다.

우민은 정한을 향해 정중히 고개를 숙이고 사무실을 빠져 나왔다. 이미 충분할 만큼 담배를 피웠는데도 담배생각이 간절했다. 한 갑을 다 피워도 갑갑한 마음은 나아지지 않으리라. 속이 까맣게 타들어간다. 박신영이라는 여자에 대한 연민 때문에. 사랑 때문에 우민의 마음이 까매진다.

우민이 사무실에 도착했을 때 다시 한 번 그의 속을 뒤집어 놓는 광경이 벌어지고 있었다. 임시사무실로 사용되는 넓은 회의실에 신영이를 제외한 모든 사람이 한 곳에 모여 수다를 떨고 있었다. 신영은 회의탁자 끝에 앉아 노트북 모니터만 바라보고 있었고 다른 사람들은 신영의 반대편에서 진호를 둘러싸고 얘기하느라 정신없었다.

저 여자는! 저 여자는 언제까지나 저런 대접을 참아내고 있을 건가? 욕을 먹어야 마땅한 사람은 그녀가 아닌데 왜 그녀가 십자가를 짊어지고 있는 것인가?

우민은 딱딱한 표정으로 회의실 안으로 들어섰다. 우민의 눈동자엔 오직 신영만 보일 뿐이다. 마치 자석에 이끌리듯 우민의 발걸음이 자연스럽게 그녀를 향해 움직이는데 지현이 그를 불러 세웠다.

"아! 우민 씨. 이리와 봐요."

우뚝 선 우민은 지현을 향해 돌아섰다. 짜증스런 기색이 역력했지만 눈치 채지 못한 지현은 손짓을 하며 우민을 불러댔다. 우민은 할 수 없이 그 무리를 향해 걸어갔다. 움직이기 전 우민의 눈동자가 신영을 찾았다. 날 본 걸까? 잠시 신영의 시선이 우민의 것과 마주친 것 같았다. 하지만 신영의 시선은 여전히 모니터를 향해있다.

"우민 씨! 지난번에 말했던 팀장님. 우민 씨랑 되게 닮았다고 그랬었잖아요."

진호는 우민의 공격적인 시선을 받았다. 우민이 정한에게 2년 전 사건에 대해 들었으리라고 생각 못한 진호는 그의 눈동자에 새겨진 강한 분노에 다소 놀랬다.

"반갑습니다. 김우민입니다."

우민은 진호를 향해 손을 내밀었다. 진호는 내밀어진 우민의 손을 오도카니 바라보았다. 연장자가 먼저 손을 내밀기 전까지는 가만히 있는 법이다. 그런데 예의를 깡그리 무시하고 우민이 먼저 손을 내밀었다. 우민의 행동에 숨겨진 뜻이 무엇인지 파악하려 했지만 두 사람을 보고 있는 눈이 너무 많아 진호는 순순히 그의 손을 잡았다. 꽉 쥐는 손아귀에서 자신에 대한 분노를 다시 읽은 진호는 우민을 얇게 째려보았다. 자신의 시선을 우습다는 눈빛으로 되받아 치는 우민에게 슬슬 화가 나기 시작했다. 그렇지 않아도 자신과 닮았다는 사실 하나만으로도 불쾌했다. 신영과 정환과 우민이 함께 있는 모습이 너무 자연스러워 경계심이 드는 차였다.

"손진호입니다."

"말씀 많이 들었습니다. 굉장한 실력가시라구요."

"아... 열심히 할뿐이죠."

우민은 진호의 대답에 가볍게 고개를 끄덕이고 악수한 손을 놓았다. 한시라도 빨리 신영의 곁으로 가 그녀의 외로움을 덜어주고 싶다. 우민의 시선이 해바라기처럼 신영에게 가 닿는다. 그리고 우민의 시선을 따라 움직이던 지현의 시선도 신영에게 간다. 며칠 전 이른 아침 우민과 신영이 같은 택시에서 내리던 일이 생각나 지현의 이마가 찌푸려진다.

"우리 박신영 팀장님은 아무래도 일 중독자이신 것 같아요."

뜬금없는 지현의 말에 시선이 그녀에게 모아진다.

"아니, 아직 프로젝트는 시작도 하지 않았는데 뭘 그렇게 자판을 두드리신대요? 같이 오셔서 얘기나 나누면 좋잖아요. 아! 아참. 좀 찔리는 게 있어서 같이 하시긴 좀 그런가? 그래도 벌써 몇 년 전 일을... 털어 버릴 때도 됐지 않나? 호호호. 그래서 죄짓고는 못 산다는 말이 있는 건가봐."

지현의 악의적인 말에 신영의 몸이 움찔한다. 멀지 않은 거리여서 그녀에게도 지현의 비아냥거림이 똑똑히 들렸다. 신영은 동요하지 않으려 이를 악물었다. 손진호 앞에서 무너지는 꼴은 절대 못 보인다. 신영은 아무 것도 들리지 않은 것 마냥 무심한 표정으로 계속해서 모니터만 주시했다. 눈도 깜빡이지 않았다. 이런 일에 일일이 반응한다는 것이 자존심까지 상하게 한다.

하지만 화를 억누르는 신영과 반대로 우민은 분노로 눈앞까지 흐려졌다. 정한의 얘기를 들을 때부터 내부에서 치솟은 분노가 차곡차곡 쌓여 포화상태에 이르렀다. 우민은 낮고 깊은 숨을 내쉬며 화를 자제하려고 애썼다. 당사자인 신영은 아직 우민이 2년 전 일을 안다는 것을 모른다. 그녀가 펑펑 울면서도 말해주지 않은 과거다. 죽는 한이 있어도 숨기고 싶은 과거란 말이겠지. 우민은 신영을 위해 분노를 참아낸다.

지현의 말은 여직원들의 수다에 불을 붙였다. 그녀들은 남자 직원들이 옆에 있어 직접적으로 사건을 꺼내진 않았지만 더 잔인하고 효과적으로 신영을 폄하했다. 살짝 돌리고 빗대어 은유적으로 말하지만 그 속뜻은 노골적이고 적나라했다. 세 치 혀에서 나온 말은 날카로운 비수가 되어 신영의 심장을 찔러댔다.

신영은 점점 참아내기 힘들었다. 지금 이 자리에서 일어나 나가버리면 자신이 하지도 않은 일을 인정하는 꼴밖에 되지 않지만 못들은 척 넘어가는 것은 더 이상 불가능한 일이었다.

"근데, 나 같으면 회사 못 다니지. 창피한 것도 한 거지만 나 때문에 다른 사람이 피해를 받았는데 양심상 뻔뻔스럽게 회사 못 다니지. 안 그래요? 손 팀장님?"

진호를 향한 지현의 말에 신영은 벌떡 일어나고 말았다. 진호의 입에서 나오는 그 어떤 말도 듣고 싶지 않았다. 신영의 움직임에 모두 그녀를 쳐다보았다. 사람들의 시선이 목을 졸라왔다. 신영은 가까스로 무표정의 가면을 만들어 얼굴에 씌우고 문을 향해 걸어갔다. 사람들이 모여 있는 곳 바로 옆에 있는 문을 향해.

또각또각.

신영의 구두소리가 기묘하게 조용한 회의실에 울린다. 멈춰진 영화필름 같다. 그 화면 속에 홀로 움직이는 신영. 신영은 마치 자신이 흑백 무성 영화의 주인공이 된 느낌이었다. 그리고 그녀의 손이 문손잡이를 잡으려는 찰나 멈춰있던 화면이 깨지고 불쑥 손 하나가 튀어나와 그녀의 손목을 잡았다. 세상에서 이렇게 강인하게 자기를 잡아주는 손은 딱 하나밖에 없다. 김우민.

우민은 화가 난 눈으로 신영을 바라보았다. 그리고 신영은 그 눈동자가 무얼 말하는 지도 알 수 있었다. 우민의 정직한 눈동자는 그녀에게 화를 내고 있었다. 왜 이렇게 바보 같냐고. 왜 이렇게 등신처럼 당하고만 있냐고. 그 말은 그도 이미 자신의 일을 알고 있다는 얘기다. 그만은 알지 않았으면 했는데. 갑자기 밀려드는 부끄러움에 신영의 눈가가 약간 붉게 달아오른다.

그 모습이 우민을 자극했다. 원초적인 분노와 파괴 욕구가 저 깊은 곳에서 치솟는다.

우민은 신영의 손목을 놓지 않고 지현에게 다가갔다.

철썩.

매서운 소리가 공기를 가른다.

사람들 모두 갑자기 눈앞에 벌어진 상황에 깜짝 놀라 입을 다물지 못했고, 지현은 빨간 손자국이 남은 볼에 손을 올리고 멍하니 우민을 올려다보았다. 그리고 여전히 우민의 손아귀에 손목이 잡힌 신영도 놀라 두 사람을 번갈아 쳐다보았다. 너무 놀라 눈물도 쏙 들어가 버렸다.

"아무 것도 모르면서 그렇게 함부로 말하는 거 아닙니다. 더더군다나 확실한 사실이 아닌 일로 그렇게 노골적으로 비방해서도 안 되는 거구요. 왜 빙빙 돌려서 말합니까? 입사한지 며칠 안 되는 저도 다 알아듣겠더군요. 왜 대놓고 박신영 팀장이라고 하지 않는 거죠? 그녀에게 직접 말할 용기가 없는 겁니까? 그렇다면 김지현 씨는 이런 얘기를 할 자격도 없는 겁니다. 언제부터 인간이 다른 인간을 판단하기 시작한 거죠? 김지현 씨는 막달라 마리아를 향해 돌을 던질 수 있습니까? 자신이 그렇게 할 수 있다고 자신합니까? 도대체 이게 뭡니까? 우린 일을 하러 회사에 온 겁니다. 여기가 무슨 여고 교실바닥도 아니고 지성인이라고 자부하는 사람들이.... 한심합니다. 한심해요. 그리고 무엇보다 제일 한심한 건!! 자신의 양심을 팔아먹고도 자신이 원하는 것을 가질 수 있다고 믿는 사람이 이 세상에는 너무 많다는 겁니다."

　우민은 지현을 포함한 모든 여직원들을 둘러보았다. 그 차가운 눈길에 여직원들 모두 움찔했다. 지현이 아니라 자신이 맞았어도 할 말이 없는 상황이다. 자신들은 그저 지현보다 조금 더 운이 좋았을 뿐이다.

　우민의 시선은 여직원들을 지나 진호에게 가 꽂혔다. 마지막 말은 지현이 아니라 진호를 향한 말이다. 그리고 그 사실은 진호도 잘 알았다. 그제야 진호는 깨달았다. 초면임에도 불구하고 자신을 향한 우민의 날카로운 분노를. 진호는 입을 꽉 다물었다. 자신이 지금 이 순간 말할 수 있는 것은 아무 것도 없다. 진호는 애써 우민의 시선을 피했다. 인정하고 싶지 않지만 지금은 자신의 패배다.

　진호가 우민의 시선을 피하자 신영은 알 수 없는 실망감에 휩싸였다. 진호에게 바라는 것은 없다. 이제 와서 그가 자신을 옹호해줄 거라곤 생각하지 않았다. 순수하게 그런 바람을 갖기에는 자신은 이미 너무 커버렸다. 그런데도 이렇게 무기력한 기분이 드는 것은... 인정하고 싶진 않지만 아직 신영의 마음속에 진호의 자리가 큰 탓이리라. 미련이라는 놈이 그녀의 심장을 잡고 놓아주지 않기 때문이리라.

　신영의 눈가가 빨개진다. 그걸 본 우민은 왈칵 솟는 짜증을 참을 수 없었다. 신영의 손목을 잡고 막무가내로 나갔다.

　'다른 남자 때문에 우는 꼴을 내가 또 볼까봐? 절대 안 봐. 이제 그런 모습은 사양하겠어. 박신영.'

　두 사람이 도착한 곳은 아무도 없는 옥상이다. 앉을 수 있게 달랑 몇 개 놓여있는 벤치와 다 말라비틀어진 화분이 을씨년스럽다.

　"여자를 때리면 어떻게 해..."

　신영은 힘없는 목소리로 말했다. 정작 따귀를 맞은 지현보다 더 놀란 신영이다. 신영의 말에 우민이 휙 돌아 그녀를 쳐다보았다. 뚫어지듯 쳐다보는 우민의 시선을 신영은 외면할 수가 없었다. 우민의 강렬한 시선이 그녀의 눈동자를 붙잡고 놓아주지 않는다.

"네가 바보야? 남들이 네 욕하는데 왜 한마디도 못해줘?"

거칠게 따지고 드는 우민의 눈빛엔 진실을 왜 말하지 않느냐는 책망이 담겨져 있었다. 역시... 이미 우민도 사실을 알고 있다. 신영의 왜소한 어깨가 힘없이 쳐진다. 신영은 손목을 비틀어 우민의 손아귀를 벗어나 벤치 위에 앉았다. 늦가을이 내려앉은 벤치가 차갑다.

"정한 선배구나."

"그래. 내가 가서 물어봤어. 내가 아무리 물어봐도 넌 대답해주지 않을 테니까. 그런데 너 왜 그런 대접받고 살아? 니가 잘못한 게 뭐가 있다고."

"이미 지난 일이야."

"지나긴 뭐가 지나? 왜 너 혼자 다 뒤집어 쓰냔 말야? 정작 손가락질 받아 마땅한 사람들은 저렇게 떵떵거리면서 다니는데 피해자인 너는 왜 죄인처럼 살아? 네가 뭘 잘못했다고!"

우민은 바보 같은 여자에게 소리쳤다. 여자의 이런 눈빛이 우민은 가장 싫었다. 모든 것을 체념한 듯한 눈빛. 생기라곤 한 조각도 찾아볼 수 없는 죽은 눈동자. 처음 만났던 날 생글생글 살아 움직이던 눈동자가 보고 싶었다. 그래서 자꾸 신영을 자극했다. 신영에게 소리쳤다. 그녀를 흔들어댔다. 이만 좀 깨어나라고.

"바보야? 바보냐구? 너 정말 내가 알고 있는 그 사람 맞아? 거침없이 유혹하던 그날 밤 그 여자가 맞냐고."

"내 마음이!!"

신영의 외침이 우민의 말을 막아섰다.

"내 마음이, 그랬어. 더했으면 더했지. 덜한 건 아니었어."

"그게 왜 니 잘못이야?"

"사랑했단 말이야. 몸만 섞지 않았으면 불륜이 아니니? 마음으로 좋아하고 사랑한 건 불륜 아니야? 나는, 적어도 나는 내 스스로 그렇게 생각해. 남한테 비난받아야 마땅하다고. 머리채가 아니라 더한걸 잡혔어도 난 할 말 없어. 아니 입이 열 개라도 말 못해."

신영의 울부짖음이 옥상을 울린다. 아, 바보 같은 여자. 여자의 백치 같은 순수함이 우민의 화를 돋군다. 이 순진한 여자에게 그들이 한 짓이 다시 한 번 치가 떨리게 한다.

"그런데 왜 너만 이렇게 비난을 받냔 말야. 손진호라는 사람은? 그 사람이 한 짓은 왜 잊혀져야 하는데? 왜 저리도 뻔뻔스럽게 돌아다닐 수 있냐구."

"…"

"왜 감싸줘? 왜 그 사람 편을 들어줘? 도대체 왜?"

"아냐! 그 사람 편든 적 없어. 그냥… 그냥… 내가 잘못했으니까…"

우민의 말을 거부하는 신영의 말은 아까처럼 강하지 못하다.

"아직도 사랑하니까! 넌 아직도 그 사람을 사랑해. 미련이 넘쳐나. 그러니까 너 혼자 이러지. 그 사람이 널 다시 봐주기를 기다리는 거야? 이 바보 멍충아!!"

우민을 한껏 째려보았던 신영의 눈에 눈물이 차오른다. 반박하지 못함은 그녀의 마음을 인정하는 꼴이 되는데도 신영은 말하지 못한다. 눈물로 긍정을 하고 만다.

"울지마!!"

우민의 목소리가 쩌렁쩌렁 울린다. 우민은 신영의 어깨를 붙잡고 그녀를 흔들어댔다.

"울지마. 내 앞에서 다른 남자 때문에 울지마!"

"그럼, 나 좀 내버려둬!! 나한테 신경꺼. 날 그냥 가만히 두란 말야."

신영은 악다구니로 자신의 들킨 마음을 덮으러 애쓴다. 배신 받은 상처는 쉽게 아물지 못하고 사소한 일로 더 크게 벌어진다.
　"널 어떻게 그냥 둬? 이렇게 위태위태한데. 널 안보면 내 마음이 이렇게 찢어지는데. 사랑하는 사람을 어떻게 안 봐?"
　"누가 너보고 나 사랑해 달래? 사랑이라면 지긋지긋해. 지겨워. 지겨워. 지겨워!! 그런 거 난 필요 없단 말야!!"
　신영은 우민 앞에서만 이렇게 철저히 무너질 수 있었다. 다른 사람 앞에서라면 절대 못할 일들이 우민의 앞에서라면 가능하다. 큰 소리로 울고, 떼쓰고, 악다구니를 부린다. 정작 이렇게 쏘아붙이고 싶은 사람은 다른 사람인데 우민에게 대신 마음속의 분노를 터뜨리고 만다. 이상하게 우민에게만 자신의 가장 숨기고 싶은 모습을 보이게 된다.
　우민은 거칠게 반항하는 신영을 품으로 끌어당긴다.
　우민의 품에서 벗어나려고 신영은 몸부림친다. 그의 어깨를 치고, 가슴팍을 주먹으로 두들긴다. 하지만 우민은 꿈쩍도 않는다. 도리어 꼼짝달싹 못하게 그녀를 꽉 안았다. 우민의 따뜻한 체온에 신영은 또 속수무책으로 약해진다. 그녀의 움직임이 잠잠해지자 우민은 그녀의 귓가에 대고 조그맣게 속삭였다.
　"나, 되돌아가기엔 이미 너무 많이 사랑해버렸어. 신영아."
　화려한 수식어 하나 없는 고백이 신영의 가슴을 울린다. 다시 사랑하지 않겠노라며 꽁꽁 묶어둔 심장을 두드린다.

5

 신영의 손목을 잡고 나갔던 우민이 홀로 회의실에 돌아왔다. 그가 들어오자 회의실의 공기가 싸늘해졌다. 박신영은 매일 이런 분위기 속에서 살았다는 거군. 겨우 가라앉힌 마음이 다시 들썽거리려 한다. 우민은 숨을 고르고 지현을 향해 걸어갔다.
 그녀는 몇몇 동료들에게 둘러싸여 위로를 받고 있었다. 우민이 다가가자 지현이 움찔거렸다. 그녀의 눈동자는 뉘우침과 후회 같은 건 찾아볼 수 없었다. 분노와 증오로 활활 타오르고 있었다.
 "아직도 때리실 게 남았나요?"
 쏘아붙이는 말투에는 이유 없이 맞았다는 분노와 사람들 앞에서 맞았다는 창피함이 섞여 있었다.
 "사과하지 않겠습니다. 잘못했다고 느끼지 않기 때문입니다."
 우민은 지현을 고집스럽게 쳐다보며 말했다. 그의 눈빛은 마치 철없는 여동생을 꾸짖는 큰 오빠 같았다. 한심스럽다는 우민의 눈빛에 지현은 입술을 깨물었다. 우민에게 그런 식으로 비쳐지기는 싫었다.

사실 지현은 처음 우민을 봤을 때부터 그에게 호감을 가지고 있었다. 훤칠한 키에 잘생긴 얼굴. 그리고 싹싹한 성격까지 모두 다 마음에 들었다. 그런데 마음에 들었던 남자가 다른 여자를 보고 있었다. 바로 자신이 끔찍이도 싫어하는 팀장. 예쁘장한 얼굴로 남자를 유혹이나 해대는 여자. 새벽에 같이 오는 두 사람을 보고 자기 것을 뺏긴 듯한 기분에 지현이 오늘 유난히 더 공격적으로 굴었는지도 모른다. 하지만 자신이 맞을 짓을 했다고는 생각하지 않는다. 잘못한 것은 신영이다. 지현은 자신의 마음을 알아주지 못하는 우민에게 시위하듯 더 못되게 군다.

"흥. 그런 게 아니겠죠. 뭔가 있으니까 편을 들어준 거 아니에요?"

말끝을 올리며 비아냥거리는 지현의 말투에 사람들이 서로 눈빛을 교환했다. 지현이 알고 있는 것에 대한 기대감이 사람들을 들쑤셨다. 그리고 회의실에 모인 사람들, 그 누구보다 지현의 이야기에 촉각을 세우는 사람이 있었으니, 진호다.

지현의 수다와 무례함에 질린 것은 진호도 마찬가지였다.

지현이 신영을 노리고 내뱉는 말 하나하나가 가시갑옷이 되어 자신을 찔러댔다. 하얗게 질린 얼굴로 애써 태연한 척하는 신영에게 달려가 그녀를 안아주고 싶었다. 괜찮다며 긴장된 어깨를 토닥여주고 싶었다.

한편으론 당당하게 나서서 자신의 잘못을 말하지 못하는 스스로가 부끄러웠다. 자신의 이런 비겁함 때문에 신영이 부당하게 받는 비난임을 알면서도 그녀에게 다가갈 수 없었다. 자신이 그녀를 옹호할수록 사태가 더 악화될 뿐이라고 되뇌며 말이다.

그런데 자신의 그런 생각을 비웃듯 우민은 기꺼이 그녀의 기사가 되었다. 진실을 알지도 못하면서 일방적으로 그녀를 비난하는 상대에게 거침없이 따귀를 날렸다.

철썩하는 소리에 움찔한 건 자신의 양심이다.

표현하지 않는 신영 대신 우민은 분노를 표시했다. 사람들에게 일침을 놔주었다. 자신이 2년 동안 못했던 일을 우민은 한순간에 해버렸다. 차가운 눈으로 자신을 쳐다보며 한 말에 뜨끔했다. 양심을 콕콕 찔러댔다. 그와 동시에 맹렬하게 진호를 괴롭힌 것은 도대체 우민과 신영의 관계가 무엇인가라는 물음이다. 신영은 우민에게 손목을 잡혀 끌려 나가면서도 그 손을 뿌리치지 않았다.

무슨 사이인가? 당장 그들의 뒤를 쫓아가 물어보고 싶은 마음을 억누르느라 진호는 주머니 속의 주먹을 아프도록 쥐어야 했다. 진호에겐 영겁과도 같은 시간이 흐르고, 우민 홀로 회의실에 나타났다.

신영은? 신영이는?

진호는 자신이 묻지 못함을 알고 씁쓸한 미소를 지어야 했다. 비겁한 놈. 그리고 우민은 지현에게 사과하지 않았다. 그녀에게 손찌검한 것을 후회하지 않는다며. 잘못한 것이 없기 때문에 사과하지 않는다고.

진호는 우민이 미웠다. 저리도 반듯한 그가. 자신의 잘못을 고스란히 비추는 거울 같아서 적개심이 들었다. 대쪽같이 곧은 우민이 신영의 곁에 있는 게 너무 잘 어울려서.

질투심으로 눈이 멀었다.

진호는 우민의 멱살을 붙잡고 신영이와 무슨 관계냐고 물을 판이었다. 그리고 정말 행동으로 옮기기 직전 지현이 대신 나서주었다. 진호는 우민과 지현의 대화에 귀를 세웠다.

"우리 회식한 다음날 두 사람 같이 출근했잖아요. 전날과 똑같은 옷이었구요. 다들 수근댄다구요."

지현의 거침없는 말에 사람들의 표정이 한결 밝아졌다. 아니 묵은 체증이 쑥 내려가 시원한 표정들이라고나 할까? 누구하나 선뜻 묻지 못했던 것을 지현이 콕콕 집어냈다.

지현의 말에 진호의 안색이 새파랗게 변한다. 진호는 마음의 동요를 내색하지 않기 위해 가까스로 의자에 앉는다.

"나 원 참. 이 회사는 원래 그렇게 남의 사생활에 이러쿵저러쿵 합니까? 그 전날과 똑같은 옷을 입었건 아니건 그게 왜 이슈가 되어야 합니까?"

"사회생활은 혼자 하는 게 아니잖아요. 게다가 우민 씨는 이제 막 입사한 상태인데 직장 상사랑 그렇게 얽혀도 되는 건가요?"

"'그렇게'가 정확히 어떤 겁니까?"

지현을 쳐다보는 우민의 눈매가 매섭다. 차가운 그의 눈빛에 겁이 나면서도 지현은 쉽게 말을 그치지 않았다. 오히려 오기가 생긴다.

"남녀사이 뻔한 거 아니에요? 처음 본 사인데 그.렇.게 엮이는 거 더.러.워.요."

과도한 지현의 말에 순간 정적이 돈다. 지현도 너무했다 싶은지 약간 상기된 얼굴이다.

분노로 우민의 몸이 떨린다. 정말 말도 안 되는 상황이다. 이건. 그리고 묘하게도 분노 사이로 비틀린 쾌감 같은 게 느껴진다. 신영과 자신이 하나로 묶인다는 사실에서 오는 쾌감이다. 그 불쌍한 여자 곁에 자신이 있다는 것을 사람들이 다 알게 되리라는 사실에서 오는 쾌감.

그리고 일에 대한 자신의 큰 기대가 쓰러지면서 생기는 허탈감이 우민의 몸을 감싼다.

"입사하기 전부터 아는 사이라면 면죄부가 생기는 겁니까? 그래요. 박신영 팀장이랑 저, 입사하기 전부터 아는 사이였습니다."

그제야 지현의 입이 다물어진다.

"어떻게 알게 됐는지도 세세하게 말해야 하는 겁니까?"

좌중을 훑어보는 우민의 눈빛에 사람들은 애써 호기심을 숨겼다.

"회사라는 곳이 이리 말 많은 곳인 줄은 몰랐습니다."
 말을 마친 우민은 회의실을 빠져나갔다.
 넌더리가 났다. 고작 일주일밖에 다니지 않은 회사지만 자신이 배움을 중단한 게 잘한 일인지 후회가 됐다. 29년을 반듯하게 살아온 우민으로선 일방적으로 한 사람을 매도하는 분위기가 이해되지 않았다. 우민의 성격으론 회사 사람들을 용납할 수 없었다.
 "이까짓 회사!!"
 우민은 거칠게 넥타이를 풀어헤치며 혼자 있을 곳을 찾았다. 지금 이 순간, 이 순간만은 신영마저 없는 곳에 있고 싶었다.

 우민이 나가가고 회의실에 정적이 감돈다. 사람들 모두 지현을 책망하는 눈치다. 너무했다는 말만 하지 않을 뿐 눈빛이 역력했다. 매도당하는 기분에 지현은 발끈했다. 조금 전까지 맞장구 칠 때는 언제고.
 "왜 그런 눈으로 보세요!!"
 재훈이 서류를 탁탁 정리하며 일어났다.
 "지현 씨가 너무했어. 김우민 씨가 때린 건 잘못이지만 사실 팀장님에 대한 태도, 안 좋았어."
 "그치만!!"
 "이제 알 거 아냐! 지금 지현 씨가 느끼는 기분, 팀장님은 매일 느끼셔."
 "!!"
 재훈은 다른 여자 직원들도 쭉 둘러본 후, 회의실을 빠져나갔다. 재훈마저 나간 회의실에서 아무도 선뜻 입을 열지 못했다.
 졸지에 싸움 아닌 싸움에 말려든 MGAD 직원들은 숨을 죽이고 있었다. 신영과 진호의 스캔들을 아는 몇몇 직원들은 남몰래 진호의 눈치를 살폈다. July D에는 일방적으로 신영이 유부남인 진호를 유혹했다고 소문이

났지만 다른 회사들은 그렇지 않았다. 제3자의 눈으로 보는 건 시야가 좀 더 넓어지고 객관적으로 상황을 판단할 수 있게 된다. 당연히 MGAD에도 신영이 진호를 유혹했다는 소문과 정반대의 소문 두 개가 공존했다. 게다가 업계에서 애증의 라이벌이라고 불릴 만큼 신영이 번번이 진호를 물먹이지 않았던가. 그런 일을 당하고도 진호는 인상한 번 찌푸리지 않고 2년을 지내왔다. 그 일은 후자의 주장에 힘을 실어 주고도 남았다.

지난 2년 동안 항상 느긋한 미소가 맴돌던 진호의 표정이 일그러졌다. 그의 이마에는 내 천 자가 그려져 있다. 뭔가 고심하는 듯한 표정이 역력하다. 지긋이 입술을 깨무는 것은 깊은 생각에 빠졌을 때 하는 진호의 버릇이다.

의자에 깊숙이 눌러 앉아 팔짱을 끼고 한 손으로 이마를 톡톡 쳐대며 아무 말 없던 진호가 벌떡 일어났다. 진호는 좌중을 둘러보았다. 사람들의 시선이 부담으로 다가왔다. 지표를 잃고 표류하는 직원들은 진호가 자신들이 가야할 길을 말해주길 기다렸다. 하지만 사람들이 가야할 길보다 자신이 갈 길이 먼저다.

"오늘은 이만 마칩시다."

진호는 더 이상의 설명도 없이 말을 마치자마자 밖으로 뛰쳐나갔다. 남아있는 사람들은 어리둥절해 서로의 얼굴을 바라볼 뿐이었다.

밖으로 나간 진호는 두리번거리며 신영을 찾았다. 더 이상 느긋하게 기다릴 시간이 없다. 갑자기 불쑥 나타난 우민이 자신에게서 신영을 빼앗아가려 하고 있다. 초조함이 진호를 몰아 부친다. 날카롭게 선 진호의 본능이 신영을 찾아낸다. 신영은 터덜거리며 옥상에서 내려오고 있었다. 진호는 그녀를 발견하고 그녀의 곁으로 뛰어간다.

"얘기 좀 하자, 신영아!"

"난 할 말 없어요."

신영은 진호를 지나치려 한다. 진호는 자신을 지나치는 신영의 어깨를 잡아 자신에게 돌린다. 바로 코앞에 신영의 눈동자가 있다. 울어서 빨개진 눈동자. 그 눈동자가 놀라서 커다래진다.

"안 돼! 내가 할 말 있어. 너, 내 말 들어줘야 해!!"

진호는 막무가내로 신영을 잡아끈다.

"싫어요. 손진호 씨. 나 당신이랑 얘기하고 싶지 않아요. 더 이상 엮이고 싶지 않다구요."

"안 돼. 너 나한테 이러면 안 돼. 신영아."

진호의 목소리가 애처롭다. 그의 표정은 세상을 다 산 사람 같다. 금방이라도 하늘이 무너질 것 같다. 항상 당당할 것 같았던 남자의 예기치 않은 모습에 신영의 마음이 약해진다. 신영은 무너지려는 마음을 다잡는다. 이 사람 때문에 지난 2년이 어땠는지를 생각해. 차라리 지옥이 나았어. 죽지 못해 산 거야. 그런데 이렇게 금방 약해져? 속도 없는 계집애. 박신영 바보 멍청이!!

하지만 마음과 달리 신영은 속수무책으로 끌려가고 만다.

진호는 신영의 마음이 바뀔까 얼른 그녀를 차에 태우고 시동을 건다. 그리고 두 사람이 자주 갔던 예술의 전당 근처 카페로 차를 몰았다. 예술의 전당은 두 사람의 단골 데이트 장소였다. 다양하게 열리는 디자인 전시회를 하나도 빠짐없이 다녔고, 오페라와 뮤지컬도 자주 보러왔다. 그리고 서로의 마음을 확인하고 처음 첫 눈을 맞이한 곳도 이 곳이다.

신영은 잠시 회상에 빠져든다. 마냥 행복했던 스물여섯의 겨울. 하지만 곧 이어진 스물일곱의 봄은 겨울보다 더 혹독했다. 머리를 흔들어 상념을 털어낸다. 그리고 행복했던 그 때의 마음도 털어낸다.

"나한테 말하고 싶은 게 뭔가요?"

맞은편에 앉은 진호를 냉담하게 바라본다. 그녀의 차가운 눈동자에서 감정의 조각을 찾아내는 건 불가능해 보인다.

입안이 말라온다. 바짝 말라 말하기도 어렵다. 하지만 진호는 있는 힘을 다해 자신의 마음을 전하려 노력한다.

"우, 우선 미안하다는 말부터 할게. 그... 그때, 2년 전에..."
"됐어요. 2년이나 지난 일 사과 받고 싶은 마음 없어요."
"신영아."
"너무 늦었다고 생각하지 않아요? 정말 미안했다면 그 때 사과를 했어야 했어요."
"그땐... 정말이지 입이 열 개라도 할 말이 없어. 하지만..."
"손진호 씨 사과 따위 받고 싶은 마음 추호도 없어요. 고작 그런 말이나 하려고 사람을 여기까지 데려온 거예요? 피차 바쁜 사람인데 그 까짓 것 신경 쓰지 말자구요. 어차피 이번 일 끝나면 다시 얼굴 볼 일 없을 것 같으니까."
"..."
"왜요? 그래도 꼭 사과를 해야겠어요? 그 알팍한 양심이 사과를 받아야 마음이 편하겠대요? 그럼 그거 사과 받아주죠. 받아주면 다시 이렇게 귀찮게 안 할 건가요?"

다행이다. 그동안 연습하고 또 연습했던 대로 말할 수 있어서. 진호가 등을 돌린 그 순간부터 그가 다시 돌아와 사과하는 상상을 수백 번, 수천 번 해왔다. 그런 상황이 오면 내가 받은 상처를 고스란히 돌려줘야지. 더 아프게, 더 상처 주는 말만 해야지. 다짐해왔다.

하지만 상상했던 대로 자신의 말로 인해 하얗게 질린 진호의 얼굴을 보자 마음이 불편해왔다. 생각했던 것처럼 통쾌하지 않다. 신영은 살짝 입술을 깨문다.

생각보다 냉정한 신영의 말에 진호는 뭐라고 말해야 할지, 어떻게 말을 시작해야 할지 몰랐다. 그냥 내가 저 여자한테 참 잘못했구나 하는 생각만이 머릿속에 맴돈다. 남한테 싫은 소리 하나 못하던 여자인데. 자기가 차갑게 말하면 상대가 아파할까봐 차라리 자기가 아프고 말던 여자인데... 무던히도 아픈 상처를 줬나 보다. 내가 저 여자한테. 진호는 신영의 말에 상처 입기보다 그런 말을 하게 만든 자신이 너무나 밉다.

진호는 가만히 신영과 시선을 맞췄다. 불안하게 떨리는 신영의 눈동자에 마음이 아프다. 진호는 피하려는 신영의 시선을 붙잡고 조용히 말한다. 어렵지 않았다. 그녀를 처음 만났을 때부터 지금까지 한결같이 같은 마음이었으니 그녀에게 자신의 마음을 말하는 것은 숨 쉬는 것처럼 당연하고 쉬운 일이다.

"사랑해. 신영아... 저기, 니가 날 미워하는 것도 알고 있어. 하지만 어쩌니. 나 아직도 널 사랑한다."

"!!"

신영의 까만 눈동자가 충격으로 커다래진다. 태연한 표정을 짓기란 불가능하다. 경악에 찬 표정으로 진호를 바라본다. 기가 막히다.

"장난치지 말아요."

놀라움도 한순간, 싸늘하게 식은 목소리로 대답한다. 모질게 떠나갔던 남자. 아니, 뻔뻔스럽게 날 속였던 남자. 다시 상처받고 싶지 않다.

"장난이 아니라서 미안해."

"믿을 수 없어요."

"잠깐 내 얘기 좀 들어줄래?"

"..."

애처로운 진호의 눈빛에 신영은 또 말문이 막힌다.

"너를 지금도 사랑하지만, 그때도 사랑했어. 그래서 내가... 내가... 결...

결혼한 몸이라는 걸 말하지 않았어. 너... 너를 놓치기 싫었어."
 처음이다. 진호의 입으로 그때의 이야기를 듣는 것은 처음이다. 신영의 마음이 긴장된다. 그때의 상처가 다시 벌어지는 것을 경계한다.
 "그렇다고 해서 손진호 씨의 행동이 정당화 되는 건 아니에요."
 "알아. 하지만 너를 사랑한 거 후회하지 않아. 내가 후회하는 건 단 한 가지야. 왜 그때 너의 손을 놓았을까. 어떻게 너를 잊을 수 있을 거라고 자신했던 걸까? 그것뿐이야. 난 나를 너무 과대평가했어. 난 이렇게 작은 사람인데. 훗."
 자조적인 진호의 웃음에 신영이 안타깝다.
 "난 처음부터 와이프를 사랑하지 않았어. 그냥 그녀가 안타까워서 결혼을 했던 거지. 여러모로 안쓰러운 면이 많았던 여자였어. 그리고 그때까지 사랑하는 감정 같은 거 몰랐어. 그래서 사랑 없이도 결혼할 수 있었어. 적어도 괜찮다고 생각했어. 니가 내 앞에 나타날 때까지는. 그리고 너를 만나고 사랑이라는 것을 알게 되면서 나는 날마다 괴로움으로 죽어갔어. 사랑하는데, 이렇게 사랑하고 있는데 너를 갖지 못하니까. 처음에는 안 된다고 너를 밀어냈어. 그런데... 너한테 사랑한다고 고백했던 날, 도저히 내 마음을 숨길 수가 없었어. 사랑한다고 고백한 후, 빨갛게 달아오르는 네 얼굴을 보면서 나는 본능적으로 반지를 숨겼어. 잘못된 거라는 걸 알면서도 눈앞의 행복을 놓치기 싫었어. 네게 사랑을 고백한 그 순간부터 이혼을 결심했으니까. 그 때까지 들키지만 않으면 된다고 생각했어."
 장황하게 이어지는 진호의 고백에 신영의 말문은 좀처럼 터지지 않았다. 멍한 상태다. 두뇌는 이미 복잡한 실타래 풀기를 포기한 상태다.
 "그리고 정말 와이프한테 이혼서류를 넘겼다. 근데 정말 예기치 않게 그녀가 회사로 찾아 간 거야. 나... 난 정말 모르는 일이었어."
 "그런데 왜 그때는 나타나지 않았나요? 왜 나한테는 아무 말도 안하고 회사를 그만 뒀나요? 지금 말대로 정말 날 사랑했다면 뭐라고 한마디쯤 설명을 해줘야 하는 거 아닌가요?"

"…"

"나는 철저하게 버림받았어요. 그 뒤로 2년이나 지났구요. 그동안 연락 한번 안 하던 사람이 왜 이제 와서 그런 거죠?"

그때 진호에게 묻고 싶었던 말이 이제야 터져 나온다. 2년 동안 신영을 붙잡고 흔들어댔던 의문. 하지만 진호는 그녀의 궁금증을 풀어줄 수 없었다. 가족 때문에, 좀더 원초적으로 말하자면 돈 때문에 그럴 수밖에 없다는 것을, 자신은 돈에 넘어간 속물이라는 것을 신영에게 어떻게 말한단 말인가?

"…"

진호의 망설임에 신영은 자리에서 일어섰다. 지금 말할 수 없다면 다시 2년이 흘러도 말할 수 없다. 진호는 일어서는 신영의 손을 잡았다. 멀어져 가는 사랑에 대한 안타까움과 진실을 말하지 못하는 답답함이 눈동자에 역력하다. 진호는 지푸라기라도 잡는 심정으로 말한다.

"조금만, 조금만 날 기다려줘."

"아니요. 달라지는 건 없어요. 이미 2년이나 흘렀어요. 변심한 애인을 기다리기엔 좀 긴 시간이에요."

신영은 단호히 말하고 진호에게서 멀어져 갔다.

진호에게서 벗어나 집으로 돌아오는 신영의 발걸음엔 그녀의 혼란스러움이 역력하게 묻어난다. 정확한 목적지를 잃고 정처 없이 헤맨다. 진호 앞에서는 냉정하게 그를 거부했지만 신영의 마음은 혼란의 도가니다. 호기 있는 말은 거짓임이 판명됐다. 여전히 신영은 진호의 숨결하나, 말 하나에 갈대처럼 흔들린다. 그래서 그가 밉고 자신이 밉다. 자신은 2년 전 그에게서 내쳐진 뒤로 하나도 움직이지 못했다. 여전히 그 자리에 망부석처럼 서 있었다.

"정말 짜증나. 박신영."

큰 소리로 자신을 탓해보지만 혼란스러운 마음은 사라지지 않는다. 자신이 한 말이 뇌리에서 사라지지 않는다. 되새기면 되새길수록 또렷하게 그의 얼굴이 떠올랐다.

'아직도 사랑해.'

'조금만, 조금만 날 기다려줘.'

머리가 아프다. 왜 이렇게 2년이나 지나서 다시 나타나 사랑한다고 말하는 걸까? 이기적인 남자! 정말로 내가 필요로 할 때는 코빼기도 보이지 않더니. 잊으려고 마음을 먹은 순간, 왜 나타난 걸까. 사랑한다는 진호의 말을 들은 순간부터 머리 한 쪽이 쿡쿡 쑤셔오더니 집에 도착할 즈음엔 정신을 차릴 수 없을 만큼 아파왔다.

"!!"

신영은 집 앞에 서 있는 그림자에 흠칫 놀랐다. 까맣게 흔들리는 진호의 그림자. 아직도 사랑한다는 고백이 혼란스러운데 집 앞까지 찾아오다니. 이렇게 자신을 뒤쫓는 진호의 모습이 낯설다. 뒤쫓아 와주길 바랄 땐 냉정히 돌아서더니 이젠 싫다고 말해도 자신을 쫓아오는 사람. 무슨 말을 해야 할지 머릿속이 하얗게 빈다. 심장이 미친 듯 두근거린다.

그러다가 털썩. 바닥으로 떨어지는 심장. 약한 가로등 불빛에 비치는 저 우울한 눈빛은 진호가 아니다. 우울하지만 자신을 바라볼 땐 한없는 사랑이 엿보이는 눈동자. 우민이다. 바보! 바닥으로 떨어졌던 신영의 심장이 천천히 다시 울리기 시작한다.

마주선 두 사람은 머뭇거린다. 신영은 진호를 만나고 온 사실이, 또 그를 진호로 착각한 사실이 우민에게 미안하다.

우민은 씁쓸하게 웃었다. 자신을 보고 놀라는 신영의 눈동자는 자신이 아니라 진호를 보고 있었다. 그러다가 진호가 아니라 자신임을 깨닫는 순간, 그녀의 얼굴에 안도감과 실망, 허탈함이 섞인 묘한 표정이 가득했다. 그래서 우민은 웃었다. 상처받은 자신의 마음을 숨기고. 보나마나 자신에게 미안한 마음으로 불편한 표정을 지을 여자를 위해. 그녀의 망설임과 착각을 못 본 척 한다.

"무슨 일 있었냐고 물으면 이번에도 울 거야? 엉,엉?"

장난기 섞인 말에 신영은 웃고 만다. 그의 마음 씀씀이가 고맙다.

"아니. 그치만 무슨 일 있었는지는 말하지 않을래."

신영은 우민의 곁에 선다. 그리고 그와 똑같이 벽에 등을 붙인다. 우민이 곁에 있는 것만으로도 신영의 마음이 편해진다. 누군가의 곁에서 이렇게 마음이 편해지는 게 얼마만이지 모른다. 그래서 신영이 자꾸 우민에게 기대는 건지도 모른다. 원래 사람들과 지내는 것을 좋아하는 활달한 성격이었다. 진호와의 사건으로 인해 사람 사귀는 것이 무서워져 먼저 다가가지 못했었다. 아니 자신이 안 다가가는 거라고 생각했다. 하지만 역시 누군가 곁에 있는 것이 훨씬 낫다.

불쑥 우민이 말했다.

"키스해도 될까?"

우민은 신영의 허락을 기다리지 않고 그녀에게 가볍게 입맞춤한다. 금방 떨어지는 입술이 안타깝다. 신영은 혼란스런 눈빛을 숨기지 않는다. 갑자기 죄책감이 양심을 죄어온다. 진호는 아직도 자신을 사랑한다고 한다. 그리고 우민도 이미 되돌아가기는 늦었다고 한다. 하지만 자신은 두 사람에게 어떤 말도 해줄 수가 없다. 그런데 왜 이렇게 우민에게만 미안한 마음이 드는 걸까?

"저기... 나..."

"됐어. 춥다. 들어가."

우민은 신영의 옷깃을 세워주며 그녀의 말을 막는다. 그녀의 말을 듣고자 키스를 한 건 아니다. 억지로 재촉해서 듣고 싶지는 않다. 이렇게 동정심이 섞인 눈빛을 받고 싶은 건 더더욱 아니다.

우민은 신영의 입술을 다시 한 번 가볍게 훔치고 차에 올라탔다. 그리고 이번엔 뒤돌아보지 않고 바로 시동을 걸고 떠나버렸다.

멀어져 가는 그의 차를 보는 신영의 심장이 다시 아파 왔다. 쥐어짜듯이. 이상하다. 우민의 뒷모습만 보면 이렇게 가슴이 아파 오는 게.

진호를 생각하면 머리가 아파 오지만 우민을 생각하면 심장이 아파 온다.

진호는 참담한 마음으로 집에 도착했다. 높은 아파트가 오늘은 감옥처럼 느껴진다. 하긴 지난 2년 동안 자신을 가둬놓았으니 감옥이긴 감옥이다. 숨이 막힌다. 오늘도 여지없이 이 감옥 안으로 기어 들어가야 한다. 진호는 차에서 내려 애써 숨을 내쉰다. 얼마 남지 않았다. 이 감옥을 탈출해 자유를 되찾을 날이.

힘겹게 걸음을 옮겨 집으로 들어갔을 때 유선은 거실에 앉아 네일 케어를 받고 있었다. 꽤 늦은 시간이었지만 유선은 그런 것을 상관하지 않고 자기가 내키는 시간에 사람을 불러들였다. 그 대가로 어마어마한 돈을 내기 때문에 관리사도 싫은 내색은 아니었지만 진호로서는 볼 때마다 짜증이 났다. 유선의 이런 면이 진호를 가장 지치게 했다.

유선은 어린 시절 계모에게서 학대를 받았던 심리 상태에 머물러 있다. 학대받았던 괴로움과 자신을 무시하는 아버지에 대한 반발심, 그리고 사랑 받지 못했다는 자괴감이 그녀의 정신을 갉아먹고 있었다. 유선이 계모에게 학대를 받는다는 사실을 뒤늦게야 알게 된 그녀의 아버지가 계모를 쫓아내고 지극정성을 들였지만 어린 시절의 트라우마는 아직도 그대로다.

트라우마와 그녀의 아버지가 애지중지하며 키운 유선은 제멋대로인 성격으로 자랐다. 마치 계모에게서 학대를 받았던 3년간의 시간을 보상이라도 하려는 듯 그 상처를 돈으로 메우려 했다. 갖고 싶은 건 갖고 하고 싶은 건 하고 부시고 싶은 건 부시고, 소리 지르고 싶으면 고래고래 소리를 질러댔다. 유선이 무슨 일을 하건 뒤를 봐주는 그녀의 아버지 덕분에 유선은 점점 안하무인이 되어갔다.

유선을 만난 지 4년이란 시간이 흘렀지만 그녀는 하나도 변하지 않았다. 처음엔 그녀의 그런 성격이 안타까워 보이고 자신이 보듬어줘야 할 것 같았지만 이젠 지긋지긋하다.

"왔어요?"

유선의 나른한 말투.

"…"

"내일 저녁 시간 좀 비워 놔요. 아버지가 저녁 사주신대요."

유선의 말에 진호는 우뚝 서버렸다. 그녀의 아버지란 사람은 진호가 제일 만나고 싶지 않은 사람 중 하나다. 하지만…

"…"

"당신 뭐 먹고 싶은 것 있어요?"

"…"

진호는 끝내 대답하지 않고 서재를 향해 걸었다. 두 사람이 살기엔 터무니없이 넓은 80평의 아파트에서 진호가 마음껏 숨을 쉴 수 있는 곳은 서재밖에 없다. 진호는 재킷도 벗지 않고 육중한 의자에 기대 눈을 감았다.

거머리처럼 머릿속에 달라붙은 유선은 좀처럼 떨어지려고 하지 않는다. 2년 전 이혼서류를 줬을 때부터 그녀에게 따뜻한 말 한마디, 포옹 한 번, 키스 한 번 하지 않았는데도 유선은 아무렇지도 않았다. 지긋지긋하다는 눈길, 경멸에 찬 눈길을 보내도 꿈쩍하지 않았다. 다만 그를 잡고 놓아주지 않는다. 그의 모든 비행은 참아내면서도 절대 이혼서류에 도장만은 찍어주지 않았다.

진호의 기억이 처음 유선을 만났던 그 순간을 더듬었다. 신영을 만나기 딱 1년 전이었던 그날.

"우욱, 우욱."

정한과 포장마차형 술집에서 간단히 한잔하고 지하철역을 향해 빠른 걸음으로 걸어가던 진호는 사람 신음소리 같은 희미한 소리에 걸음을 멈췄다. 그는 잠시 서서 귀를 기울이며 주위를 살폈지만 별 다른 것을 발견할 수 없었다. 잘못 들었다 생각하고 다시 걸음을 떼는 데 그 소리가 다시 들려왔다.

"우욱, 우욱."

이번에는 좀더 또렷하게 들렸다. 진호는 소리를 향해 걸음을 옮겼다. 압구정 한복판에 있으리라곤 생각되지 않는 좁은 골목. 쓰레기가 쌓여있고, 악취가 코를 찌르는 그곳에서 확실히 소리가 들려왔다.

"우욱, 우욱."

진호는 취기에 주먹다툼을 한 사람들인가 싶어 조심스레 다가갔다. 하지만 진호의 눈에 뜨인 것은 종이뭉치처럼 구겨진 채 구토를 하고 있는 여자였다. 여전히 한낮에 찌는 듯이 덥지만 초가을에 들어서 밤에는 꽤 쌀쌀한데 여자는 탱크톱에 짧은 미니스커트 차림이었다. 그것도 치마는 허리까지 말아 올라가 속옷이 훤히 다 보였다.

진호는 화들짝 놀라 흰 티에 겹쳐 입고 있던 남방을 벗었다.

"이봐요, 괜찮아요?"

속에 있는 것을 다 게워냈는지 여자는 쓰레기더미에 기대 씩씩대고 있었다. 진호는 여자를 쓰레기더미에서 일으켜 세웠다. 그리고 재빠르게 치마를 정리하고 벗어든 남방을 그녀의 어깨 위에 걸쳐주었다. 진호의 남방은 여자의 무릎까지 내려왔다. 여자는 정신이 있는지 없는지 몽롱한 눈빛으로 진호를 바라보고 있었다.

"정신이 들어요? 집이 어디예요? 핸드폰은 어딨어요?"

진호의 물음에도 여자는 대답이 없었다. 눈을 뜨고는 있지만 현실감각이라곤 하나도 보이지 않았다. 진호는 취한 여자를 그녀의 집까지 모셔다 드릴만큼 착한 남자가 아니었다. 그렇다고 해서 여자를 길거리에 던져두고 갈 만큼 나쁜 남자도 아니었다. 아예 무시하고 지나갔으면 모를까 이렇게 손을 댄 이상 그냥 버려두고 갈 수도 없는 일이었다. 진호가 이러지도 저러지도 못하고 말을 동동 구를 때 갑자기 그의 어깨를 붙잡는 손이 있었다.

"당신 뭐요?"

지독히도 낮은 목소리와 어깨를 아프도록 붙잡는 손에 진호는 뒤돌아보았다. 그 뒤엔 TV에서나 볼 수 있는 까만 양복에 까만 선글라스를 쓴 남자들 셋이 서 있었다. 위험한 분위기가 물씬 풍기는 남자들이었다.

'이 여자, 혹시 술집에서 도망쳐 온 건가?'

짧은 시간에 진호의 머릿속에 온갖 상상이 다 일어났다. 어쩐지 옷차림이 야하더니... 괜히 이거 뭐 밟은 거 아냐? 진호는 여자와 사내들을 번갈아 쳐다보았다. 심난한 마음을 주체할 수가 없었다. 술집에서 도망쳐 온 여자라면 저 사내들에게 그녀를 넘겨주면 안 되는데 그렇다고 해서 생판 모르는 사람을 돕다가 자신이 맞아죽을 수도 있는 일이었다.

양심과 이성이 격렬하게 부딪친다. 으아아아~~ 머리 아파!!

진호는 순간 양심의 소리를 따르기로 결심했다. 골치 아픈 일이라고 피한다면 평생 목 안의 가시로 남을 것이다. 속마음은 사시나무처럼 떨렸지만 표 내지 않으려 안간힘을 썼다.

"그러는 당신들이야말로 뭐야!"

호기 있는 말투에 셋 중에 두목쯤 되보이는 사내가 진호를 뚫어지게 쳐다보았다. 까만 선글라스에 가려졌지만 사내가 자신을 쳐다본다는 것쯤은 알아채고도 남았다. 진호는 지지 않고 쳐다보았다. 선글라스의 사내는 위험한 분위기를 풍기면서도 왠지 안전하다는 느낌을 주었다. 두 남자가 서로를 탐색하고 있을 때 다른 사내가 쓰러진 여자를 향해 걸음을 옮겼다. 진호는 그 사내를 향해 사납게 돌아섰다.

"여자한테서 손 떼."

"뭐야? 이 자식은?"

진호의 거친 말투에 사내들의 인상이 찌푸려졌다. 그들은 금방이라도 진호에게 달려들 태세였지만 선글라스 사내가 그 두 사람을 막아 세웠다. 그리고는 진호를 향해 간단히 물었다.

"두 사람 무슨 사이야?"

"내 여자야!!"

생각할 겨를도 없이 진호의 입에서 튀어나온 말이었다.

"뭐?!"

덩치들이 험악한 인상을 지으며 앞으로 나왔다.

"가만히 있어."

선글라스 사내는 다시 한 번 그들을 저지시키고 진호를 향해 말했다.

"당신 여자라고 그랬나? 내가 알기로 우리 아가씨는 만나는 사람이 없는데."

"있어. 당신들이 몰랐던 것뿐이지."

"아니 없어. 우리 아가씨 누구도 곁에 두신 적 없어. 그건 누구보다 내가 잘 알아."

'두신 적?'

진호는 일이 요상하게 돌아간다고 생각했다. 가만히 보니 사내들의 슈트는 싸구려가 아니라 은은한 광택이 흐르는 고급 슈트였고, 험악하긴 해도 행동거지나 말투는 천박하지 않았다. 게다가 술집 여자한테 '우리 아가씨'라거나 '두신 적'이라는 존댓말을 쓰지는 않는다.

"...당신들... 누구요?"

처음 보자마자 물었어야 했을 질문을 진호는 이제야 한다.

"그 질문은 내가 먼저 한 것 같은데?"

선글라스 뒤에 엷은 웃음이 느껴진다. 순간 진호는 자신이 바보가 된 듯한 기분을 느꼈다. 이 사내들은 건달들이 아니다. 엉망으로 쓰러져 있는 여자도 술집 여자가 아니고. 쳇! 보디가든가? 텔레비전에서만 보던? 곧추선 어깨에서 긴장이 빠져나갔다.

"지나가다 여자가 쓰러져 있길래 도와주려고 했던 것뿐입니다."

진호의 설명에 선글라스 사내가 한쪽 눈썹을 치켜 올린다.

"누군지도 모르고?"

"흥. 꼭 아는 사람만 도와주면 사는 게 너무 척박하지 않습니까?"

진호는 바닥에 떨어뜨렸던 가방을 들고 툭툭 털었다. 그리고는 어깨에 메고 그 자리를 벗어날 준비를 했다. 역시 사람은 팔자에 맞게 살아야 한다. 어울리지 않게 정의의 사자 노릇이라니. 진호의 입가에 약간 메마른 미소가 걸린다.

"자네 옷인 것 같은데..."

선글라스 사내가 여자의 몸을 감싼 옷을 가리켰다.

"됐습니다. 비싼 것도 아니고요."

진호는 여자에게 시선을 돌렸다. 어느새 다른 사내들에게 일으켜 세워진 여자는 조심스레 부축을 받으며 차안으로 들어가고 있었다. 아니 정확히 말하면 정신을 못 차린 그녀를 사내들이 차안으로 옮겨다 놓고 있었다. 자신의 옷이 그녀에게 너무 커 보인다는 생각이 들었다.

"당신네 아가씨가 정신을 차리면 전해주쇼. 여자가 술 먹고 아무데서나 쓰러지는 거 아니라고."

진호는 마지막으로 어깨를 으쓱이고 뒤돌아서 지하철역으로 향했다.

남규는 선글라스를 벗어 손에 쥐고, 잠시 진호의 뒷모습을 쳐다보다 차에 올랐다. 그가 차에 오르자마자 까만 세단은 부드러운 엔진 음을 내며 굴러가기 시작했다. 차는 진호가 간 방향과 반대방향으로 나아갔다. 남규는 백미러를 통해 진호를 다시 한 번 주시했다.

잠깐 사이에 놓치고만 아가씨를 돌보던 사내. 처음 보는 여자지만 자신의 겉옷을 벗어주는 사내.

왠지 다시 보게 될 것 같은 예감이 들었다.

"으음... 누군지 알아봐줘요."

자고 있는 줄 알았던 여자의 입에서 작은 목소리가 흘러나왔다. 여자의 말에 옆자리에 앉은 남규의 눈썹이 다시 올라갔다. 하지만 그는 아무 말도 하지 않았다. 여자의 말은 절대적이었다.

여자는 다시금 깊은 잠에 빠져들면서 들리지 않게 작게 웅얼거렸다. 그녀의 작은 손이 자신의 몸을 감싼 진호의 남방을 놓치지 않고 꽉 쥐었다.

"이봐요, 손진호 씨!!"

경쾌한 여자의 목소리에 진호는 소리가 난 쪽으로 고개를 돌렸다. 길한 쪽에 세워둔 빨강 페라리에 마치 레이싱걸처럼 기대 서 있는 여자가 그의 눈에 띄었다. 하얀 정장 바지에 까만 반소매 니트 상의, 그 위에 멋들어지게 늘어진 여러 개의 목걸이가 잘 어울렸다. 브라운색의 커다란 G&D 선글라스가 여자의 얼굴 반을 가려 누군지 알아볼 수 없었다.

진호는 손가락으로 자신을 가리키며 눈썹을 치켜올렸다.

'나?'

"손진호 씨 맞죠?"

여자의 되물음이 자신을 부르는 게 확실했다. 진호는 엉거주춤 그녀에게 다가갔다. 자기가 알고 있는 사람 중에 이렇게 화려한 사람은 없었다.

"누구?"

진호는 경계심을 풀지 않고 물었다. 진호가 자신을 알아보지 못하자 여자는 약간 미간을 찌푸리며 선글라스를 벗었다. 그리고는 작고 매끈한 손을 그에게 내밀었다.

"장유선이예요. 지난번에 감사했어요."

"장... 유선...이요?"

진호는 여자가 내민 손을 잡으며 멍청히 그녀의 이름을 되풀이했다. 장유선. 그의 기억에 없는 이름이었다. 남자의 난처하고 당혹한 표정에 유선은 함박웃음을 터뜨렸다. 당황하는 남자의 모습은 퍽 귀여웠다.

"하하하. 그 때 이름을 말할 상황은 아니었죠. 압구정 골목에서 술 취해서요, 기억 안나요? 왜 덩치 큰 세 사람 상대하느라 꽤 고생하셨을 텐데요."

"아..."

여자의 짧은 설명을 듣고 나서야 진호는 눈앞의 여자가 누군지 깨달았다. 술에 취해 몸을 가누지 못했던 여자. 그래서 얼굴도 제대로 보지 못했던 그 여자.

진호가 비로소 자신을 알아보자 유선은 방긋 웃음을 지었다. 작고 예쁘장한 얼굴에 미소가 보태지니 정말 눈부시도록 아름다운 얼굴이었다.

여자의 변신은 무죄라고 했던가. 지난번과 완전히 다른 여자의 모습에 진호는 자신도 모르게 심장이 살짝 빠르게 뛰는 것을 느꼈다. 여자의 환한 미소가 오후 햇살보다 더 따뜻하게 느껴졌다.

부질없는 상념이 이어지자 진호는 거칠게 얼굴을 쓸었다. 다 옛날 일이다. 확실히 그 때 자신은 유선에게 호감을 느꼈었다. 빈번하게 회사 앞으로 찾아오는 그녀가 싫지 않았다. 가볍게 술을 나누며 쓸쓸한 목소리로 자신의 얘기를 하는 유선이 안쓰럽다는 생각과 안아주고 싶다는 생각이 들기도 했었다. 얼핏 보면 사랑 같았지만 결코 사랑이 아니었던 감정. 유선과의 만남이 길어지면 길어질수록 그녀가 안타깝게 보이기만 했다. 작고 여린 동생같이 느껴졌다. 그래서 그녀의 어리광 섞인 투정도, 자신에 대한 집착도 웃어넘길 수 있었다.

만난 시간이 얼마 되지 않아서 유선이 자신과 결혼을 하고 싶다고 말했을 때도 진호는 심각하게 생각하지 않았다. 아니 당연한 일이라고 생각했다. 작고 안쓰러운 유선을 자신이 지켜주어야 한다고 생각했다. 비록 열정이 넘치는 사랑은 아니었지만 이 감정도 어쩌면 사랑의 다른 모습일지도 모른다고 생각했다.

이 세상엔 다양한 모습의 사랑들이 존재한다. 처음 만나 마냥 좋기만 한 사랑, 불같이 타오르는 사랑을 하고, 그 후 서로에 대해 익숙해지려 노력하다 좌절하고 화내고 집착하다 헤어지는 위기를 맞이하기도 하다가 돌쩌귀가 어귀를 맞추듯 그렇게 서로에게 맞추어져 간다. 그리고 마지막 사랑은 겨울철 화롯불의 불씨처럼 은근히 이어진다. 고즈넉한 시골의 초가집, 마주앉은 두 할아버지와 할머니가 화롯불의 온기를 벗 삼아 도란도란 이야기하는 모습. 그 때쯤 되면 사랑은 사랑이라는 말 자체가 무색해진다. 살아온 긴긴 인생에 사랑이라는 감정이 녹아들기 때문에 굳이 사랑이라는 말을 하지 않아도 서로를 알게 된다.

어차피 사랑의 마지막 모습이 그런 거라면 중간의 과정은 거치지 않아도 될 것 같았다. 커다란 감정의 기복 없이 은은히, 지금처럼 서로에 대해 편안히 익숙해진 상태가 더 좋을 수도 있다.

하지만 정확히 딱 1년후 자신의 그런 생각이 와르르 무너질 줄은 진호 자신도 까마득하게 몰랐던 일이었다. 아니 그렇게 될 조금의 기미라도 알아차렸다면 결혼 같은 건 추호도 생각하지 않았을 것이다.

진호는 벌떡 일어나 거칠게 자켓을 벗었다. 옷이 풀썩거리자 신영의 향기가 살짝 코끝에 감돈다. 진호는 다시 의자에 몸을 기대고 천천히 그녀의 모습을 허공에 그려본다. 굳은 얼굴로 자신을 바라보던 신영. 그녀가 내뱉는 독설마저 사랑스럽게 느끼게 하는 여자. 이제 그 여자의 곁에 당당히 설 수 있는 날이 얼마 남지 않았다.

신영의 집 앞에서 속절없이 그녀를 기다린 시간은 3시간. 하지만 그녀의 얼굴을 본 것은 불과 몇 분. 그리고 집에 돌아오는 데 걸린 시간은 30분.

우민의 하루 24시간 중에서 신영이 존재하지 않는 순간은 단 한순간도 없었다. 눈앞에 보이지 않는다 해도 우민의 머릿속은 온통 신영 생각뿐이다. 신영이 진호와 사라진 지 꼭 세 시간만에 다시 그녀를 보았다. 뭐라 딱 잡아 설명할 수 없는 그녀의 표정은 말하지 않아도 많은 것을 보여준다.

몸이 물에 젖은 솜덩이 같다. 축 늘어져 기운이 도통 나지 않는다.

두 사람은 뭘 했을까? 어떤 얘기를 했을까? 신영이는 지금 무슨 생각을 할까?

무거운 몸을 뜨거운 물속에 구겨 넣으면서도 우민은 오직 신영의 생각뿐이다.

바보 같다. 자신이 이렇게 누군가에게 휘둘리는 일이 낯설지만 자기 마음대로 되는 일이 아니었기에 더욱 답답하다. 처음 하는 풋사랑은 아니지만 그래서 더 끈적거리고 치명적이게 자신을 옭아맨다. 우민은 자신이 마치 거미줄에 걸린 날파리 같다는 생각이 들었다. 움직이면 움직일수록 더 칭칭 몸을 감는 거미줄. 하지만 자신과 날파리가 다른 점이 있다면 그건 날파리는 거미의 지대한 관심을 받지만 자신은 도로 밖으로 내쳐진다는 것이다.

바보 같은 여자, 한번 끝났던 사랑을 다시 시작하는 게 가능할 거라고 생각하는 걸까? 그렇게나 오랫동안 가슴에 상처를 담고 있었으면서? 한번 가슴에 새겨진 상처는 쉽게 사라지지 않고, 그 아픔은 영원히 기억 속에 남는다. 바보! 바보! 박신영!!

우민은 머리끝까지 물속으로 들어가 버렸다. 시간이 얼마나 흐른 지도 모른 채 생각에 열중하던 우민은 어깨 위로 한기가 느껴지자 비로소 오랜 시간이 흘렀음을 깨달았다. 욕조 안의 물은 애저녁에 차가워졌다. 우민은 허리춤에 수건을 두르고 거울 앞에 섰다.

오랫동안 뜨거운 물 안에 있었지만 피로는 조금도 가시지 않았다. 그만큼 신영과 진호의 존재는 우민의 어깨를 무겁게 내리 눌렀다.

우민은 큰 한숨을 쉬며 얼굴을 쓸어 내렸다. 신영을 만난 후로 한숨을 쉴 일이 참 많다. 그렇게 힘든 사랑 그만해버리면 될 것을... 그는 자조적인 미소를 지으며 거울을 쳐다보았다. 그리고 이내 우민의 인상이 찡그려졌다.

거울 속에서 빤히 쳐다보는 저 얼굴이 싫다.

박신영이라는 여자가 사랑하는 얼굴. 하지만 김우민이 아닌 다른 사람의 얼굴.

비릿한 신물이 넘어온다. 갑자기 구토가 인다. 우민은 변기에 얼굴을 쳐 박고 웩웩거렸다. 하루종일 아무 것도 받지 못했던 위는 내놓을 것이 없어 꾸역꾸역 위액만 뱉어낸다.

"헉헉."

변기를 붙잡고 한바탕 눈물, 콧물, 위액을 쏟아낸 우민이 고개를 들었다. 다시 쳐다본 거울 속 사내의 눈가도 빨갛게 달아올라있다.

거울 속 사내가, 자신의 얼굴이 마음에 들지 않는다. 젠장!!

쾅!!

우민은 참지 못하고 거울을 향해 주먹을 날렸다. 커다란 욕실 거울은 주먹의 힘을 이기지 못하고 몇 개의 조각으로 힘없이 깨지고 말았다. 깨어진 거울 조각의 수만큼 우민의 모습도 나누어졌다.

꽉 쥔 주먹 위로 피가 흥건하게 묻어났다. 피가 바닥으로 뚝뚝 떨어질 만큼 많이 다쳤지만 우민은 아픔을 느낄 수 없었다. 무력한 감각 속에서 우민이 느낄 수 있었던 유일한 것은 심장을 갉아먹는 질투라는 불쾌한 감정뿐이었다.

6

청담동의 높은 담벼락 사이에 숨겨져 있어 단골이 아니라면 잘 찾지도 못하는, 언뜻 보면 2층 단독 주택처럼 생긴 아담한 프렌치 레스토랑. 아기자기하게 꾸며진 앞마당이 훤히 보이는 2층 창가 자리에 진호와 유선 그리고 유선의 아버지인 장 회장이 앉아 있었다.

지나온 세월의 흔적이 엿보이는 멋진 주름이 성성한 얼굴의 노인과 훤칠하고 반듯하게 생긴 남자와 꽃같이 화사한 여자. 프로방스 풍으로 꾸며진 실내 인테리어와 꼭 맞는 화목한 모습이었지만 사실 그 세 사람 사이엔 팽팽한 긴장감이 흐르고 있었다.

"오랜만에 세 사람이 하는 식사니까 맛있는 거 사주셔야 해요, 아빠!!"

"…"

"…"

"이이가 요즘 일이 힘든지 얼굴색이 안 좋아요. 한약이라도 먹이고 싶은데 그건 싫다고 하니까…"

"…"
"…"
"이 사람 부르게스타 잘 먹는데 바질 소스 맛 괜찮아요?"
"…"
"…"

애써 쾌활한 척하는 유선의 말은 장 회장과 진호의 침묵에 가로막혀 갈 곳이 없다. 장 회장과 진호는 서로에게서 시선을 떼지 않았다. 마치 기선 제압을 하는 무림의 고수들같이 팽팽한 눈빛이다. 그 기에 눌려 유선마저 입을 다물고 세 사람이 앉은자리에 무거운 침묵만이 흐른다. 한겨울 꽝꽝 얼은 얼음처럼 침묵의 두께는 한없이 두꺼워만 졌다. 하지만 누구하나 선뜻 입을 여는 사람이 없었다. 조용한 테이블 위에 달그락 거리는 식기 소리만 조용히 울렸.

조용한 시간 속에 불쑥 진호의 말이 터져 나왔다.

"저희 이혼하겠습니다."

"!!"

갑작스런 그의 말에 장 회장의 얼굴이 굳었다.

"여보!!"

깜짝 놀란 유선이 그를 쳐다보는데도 진호는 꿈쩍도 하지 않았다.

"제 마음 2년 전과 하나도 변함없습니다."

진호는 테이블 위로 하얀 봉투하나를 올려놓았다. 장 회장이 진호와 봉투를 번갈아 보았다. 살짝 눈썹이 찌푸려지는 건 봉투 안에 무엇이 들었는지 장 회장이 대강 짐작하고 있다는 뜻이다. 하지만 장 회장은 내색하지 않았다.

"이게 뭔가?"

"제 족쇄를 푸는 열쇠입니다."

"열쇠?"

"네. 이번엔 안 됩니다. 회장님. 저희 부부 비정상이에요. 유선이나 저나 이대로 가다간 완전 미쳐버릴 거예요."

"안 그래, 안 그래요. 여보!!"

유선이 소리 높였지만 진호는 그녀를 거들떠보지도 않았다.

"이제 회장님 마음대로 되지 않을 겁니다. 저희 가족 단속은 잘하겠습니다. 그 때 신세졌던 것 돌려드리겠습니다."

"끄응."

장 회장은 신음소리를 내며 고개를 돌렸다. 인상을 써 이마 위의 주름이 도드라져 보였다. 유선이 진호의 팔을 잡았다. 그녀의 표정엔 여전히 놀란 기색이 지워지지 않았다.

"여보, 이게 뭐하는 거예요."

"짐작했던 일 아니야? 지난 2년 동안 겪고도 몰라?"

진호는 유선을 향해 톡 쏘아붙였다. 지긋지긋했다. 유선은 여전히 자기 안에 갇혀 밖으로 나오려고 하지 않는다. 자신이 원하는 대로만 상황을 받아들인다. 그리고 자신의 고집을 굽히지 않는다.

"이혼해."

"나는 이혼 못한다고 했어요."

"하게 될 거야."

"그렇지 않아요."

진호와 유선은 날카로운 눈빛으로 서로를 쳐다보았다. 그 눈빛의 날은 서로의 심장을 찔러 피를 흐르게 만든다. 두 사람은 마치 서로에게서 시선을 떼면 지는 것처럼 죽일 듯이 노려보았다.

그렇게 하기를 몇 분. 숨 막힐 듯한 정적이 흐르고, 그 정적을 이기지 못하고 먼저 시선을 뗀 것은 유선이다. 흔들림 없는 진호의 눈빛이 순간 그녀의 등골을 오싹하게 만들었기 때문이었다. 그의 무표정한 눈동자에 자신의 추함이 그대로 비춰지는 것 같아 두려웠다. 항상 진호를 보면 자신이 부족한 것만 같고, 한없이 작아진다는 것을 유선은 너무나 잘 알고 있었다. 진호를 노려본다고 해서 그를 이길 수 없다는 것쯤은 너무도 잘 알았다. 하지만...

유선의 체념한 눈빛에 진호는 일순 미안하다는 감정이 들었다. 하지만... 하지만 신영을 생각하면 정말이지 유선의 머리카락 하나 건들고 싶지 않아진다.

'미안해. 하지만 난...'

진호는 마음속으로 유선을 향해 작게 속삭였다. 자신이 유선을 사랑하지 않는 것이 그녀의 잘못은 아니다. 정말 어쩔 수 없는 일이다. 이것은. 자신이 신영을 사랑하는 마음을 접을 수 없었던 것처럼 유선에게서 벗어나고만 싶은 것은 진호의 손을 떠난 문제이다. 마음을 다잡고, 아니고의 문제가 아닌 것이다. 이미 진호가 컨트롤할 수 있는 감정이 아닌 것이다.

진호는 마음 한 켠에 드는 안쓰러움을 억지로 구겨 넣으면서 시선을 장 회장에게 옮겼다. 장인어른, 장 회장은 시선을 테이블 위에 두고 입술을 한일자로 꽉 다문 채 아무 말 없었다.

"오늘 이 자리에 나온 것은 이 말씀을 드리고 싶어서입니다. 유선이, 회장님께서 설득해주십시오. 그럼 이만 먼저 일어나겠습니다."

자신과는 시선도 맞추려 하지 않는 장 회장에게 일방적으로 말을 한 진호는 자리에서 일어났다. 유선보다 더 견디기 힘든 것이 장 회장이다.

바닥에 밀리는 의자 소리가 이질적이다. 멈춰있던 공간을 찢어내는 것만 같다. 진호는 이 모든 게 비정상적이라고 생각했다. 그 자리를 벗어나며 진호는 아드레날린이 솟구치는 기분이 들었다. 억지로 꾸며진, 그림처럼 보이는 다정한 풍경을 찢고 그 안을 탈출하는 짜릿함이 진호의 혈관을 타고 달렸다. 왠지 비틀어진 쾌감 같은 게 느껴진다. 그리고 2년 만에 비로소 해방감을 느꼈다.

진호는 너무나 가벼운 발걸음으로 뒤도 돌아보지 않고 걸어 나왔다.

날아갈 듯 가벼운 진호의 마음을 아는지 모르는지 그가 나가고 유선은 서둘러 따라 나갔다. 그리고 넓은 룸에 장 회장만 덜렁 남아있다. 장 회장은 잔뜩 찡그린 얼굴로 하얀 봉투를 응시하다 느릿느릿 집어 들었다. 하얀 서류 봉투는 생각보다 무거웠다.

그 안엔 낯익은 통장 한 개와 서른 장은 족히 넘어 보이는 서류뭉치가 있었다. 타고난 장사꾼이라 통장에 먼저 눈이 가는 건 어쩔 수 없었다. 통장 안엔 결코 적지 않은 액수가 들어있었다. 처음 들어있던 액수보다 훨씬 많은.

돈 계산이라면 여전히 녹슬지 않은 장 회장의 두뇌가 돌아갔다. 장 회장이 주로 거래하는 은행의 연이자율에 맞춰 착실히 계산되어 있는 이자. 꼭 2년 치의 이자였다.

'허허, 이놈 봐라?'

장 회장의 한쪽 눈썹이 슬쩍 올라갔다. 맨 처음 딸 유선이 결혼하고 싶은 남자라고 진호를 데려왔을 때 진호의 눈빛에서 보았던 강단과 고집이 그대로 느껴졌다. 바로 그 점이 장 회장의 마음을 끌었었다. 일개 광고회사의 평직원이, 현금이라면 대한민국에서 지지 않는 장 회장 앞에서 주눅 들지 않았다.

그 단단한 눈빛이 유약한 딸을 잘 지켜줄 것만 같았다. 그래서 다소 기대에 못 차는 점이 있어도 지나쳤다. 진호의 집안이 자신의 집안과 비교하면 한참 떨어진다는 것도 괘념치 않았다. 어차피 장 회장 자신도 자수성가하지 않았는가. 무릇 남자란 현재보다 미래를 보아야 한다.

그래서 장 회장은 딸과 진호의 결혼을 승낙했다. 흔들리지 않는 진호의 그 눈빛과 그의 성격에.

물론 결혼한 지 일 년 만에 진호가 이혼하겠다고 나선 것은 장 회장의 계산 밖이었다. 그래도 하나밖에 없는 딸이 울며불며 매달리는 바람에 하는 수 없이 부족한 사돈네 살림을 돈으로 엮어 여태껏 묶어 놓았는데 이제 그것도 안 될 판이다.

"쯧쯧쯧."

장 회장의 입에서 혀 차는 소리가 흘러나왔다. 어찌도 그리 못난 딸인지... 장 회장은 통장을 한쪽으로 휙 던져놓고 서류봉투를 끌어당겼다.

'족쇄를 푸는 열쇠라...'

날카롭게 빛나던 사위의 눈빛이 눈앞을 스친다. 봉투에서 묵직한 서류를 꺼내 살펴보던 장 회장의 얼굴이 시간이 흐름에 따라 더욱 딱딱하게 굳었다. 종내는 서류를 테이블 위로 던져버렸다.

"이런, 건방진...!!"

이마에 깊게 패인 내 천(川)자의 주름이 음산하게 느껴진다. 앞에 놓인 컵을 들고 물을 벌컥벌컥 들이마신 장 회장은 큰 한숨을 내쉰 뒤, 다시 서류를 끌어당겼다. 서류를 한 장 한 장 넘길 때마다 장 회장의 표정이 더욱 어두워져갔고 마지막 서류를 읽을 땐 아예 흙빛으로 변했다.

장 회장은 떨리는 손으로 양복 주머니에서 담배를 찾았다. 몇 번 손짓을 한 후에 겨우 담배에 불을 붙인 그는 크게 담배를 빨아들였다.

"허... 참..."

그의 입에선 탄식만 흘러나올 뿐이었다. 사위가 이렇게까지 나올 줄은 몰랐다.

진호가 단호하게 이혼을 하겠다며 장 회장 앞으로 내민 서류에는 장 회장이 그동안 무리하게 키워온 몇몇 사업체에 대한 비리들이었다. 어떻게 알아냈는지 국가사업에 관한 몇 가지 일을 따내기 위해 벌렸던 로비들과 정계로 들어간 자금들의 출처. 그리고 자금을 받아간 국회의원의 이름까지 일목요연하게 정리되어 있었다. 만약 이 서류가 그대로 언론사에 들어가면 기껏 세워놓은 사업들은 물론 주요 공직자 몇몇도 아예 바닥으로 내팽개치는 꼴이 될 것이다. 그렇게 되면 재기는 꿈도 못 꾼다.

진호는 아예 장 회장이 빼도 박도 못하게 완벽하게 자료를 준비해놓았다. 고작 이혼의 대가로 말이다. 이런 엄청난 정보를 쥐고도 원하는 것이 이혼뿐이라니… 장 회장은 문득 처음으로 자신의 사위가 소름끼쳤다.

필터까지 다 타들어간 담배는 재를 테이블 위로 떨어뜨리지만 장 회장은 그것도 느낄 수 없었다. 배신감과 허탈감에 빠져 꼼짝도 못했다.

"아빠!!!"

결국 진호를 말리지 못했는지 유선이 다시 뛰어 들어왔다. 그녀의 얼굴은 눈물로 화장이 범벅되어 있었다. 빨개진 눈에선 눈물이 멈추지 않고 흘렀다. 유선은 흘러내린 눈물을 닦을 생각도 하지 않고 아버지 무릎에 얼굴을 묻었다.

고이 키운 자식의 눈물에 장 회장의 마음이 애잔해진다. 하지만 어쩌랴. 이번만은 자신도 어쩔 수 없었다. 장 회장은 답답한 마음에 딸이 진정하기를 바라며 가만히 딸의 머리를 쓰다듬어주었다. 그렇게 한참을 울고 난 유선은 고개를 들어 장 회장을 바라보았다.

"안돼요, 아빠! 안 돼!! 나 진호 씨랑 헤어지기 싫어요."

"못난 것! 이미 마음 떠난 사내 붙잡아서 뭐해?"

"싫어! 그 사람 내꺼란 말야."

"이번엔 안 돼!"

"아빠!!"

"이 애비 쓰러지는 꼴 보고 싶어서 그래? 그 놈이 그리 허술하더냐? 한 번은 되도 두 번은 못해. 이 서류가 뭔지나 알고 어깃장을 부르는 거야!"

딸의 고집에 장 회장은 자신도 모르게 크게 소리를 질렀다. 유선에게 큰 소리 한번 치지 않았던 장 회장이다. 그런데 그의 노성을 들으니 유선도 찔끔해 입을 다물었다.

"이제 안 잡혀. 그놈."

욱하는 성격에 딸에게 큰소리를 쳤지만 움츠리는 딸의 모습에 이내 마음이 약해진 장 회장은 다정한 목소리로 딸을 달랬다.

"돌아선 사내 마음 아무리 해도 되돌릴 수 없는 법이야. 네가 단념해."

"아버지."

"단념해. 단념해라, 유선아."

장 회장은 딸의 손을 붙잡고 쓰다듬으며 타일렀다.

"이번에는 이 애비가 아무리 해도 안 된다. 아니 예전이랑 반대야. 저 놈 손에 이 애비 목숨이 달렸단 말이다. 내가 헛살았어."

장 회장은 씁쓸히 말했다.

"이거 먹어봐. 맛있다."

젓가락으로 오이소박이를 들어 자신에게 내미는 우민을 보고 신영은 크게 한숨을 내쉬었다.

"어휴-."

"사람 앞에 두고 한숨은 뭐야?"

퉁명스러운 내용이지만 말투에는 웃음기가 실려있다. 우민은 신영의 밥그릇에 오이소박이를 올려놓고 자신의 식사에 집중했다.

MGAD와의 프로젝트가 시작한 지 3일 째. 그리고 우민과 단 둘이서 점심을 먹는 것도 3일 째다. 신영은 어쩌다가 이런 상황까지 오게 됐나 매일, 매순간 생각했지만… 역시 혼자 있는 것보다는 나았다. 최소한 손진호 그 사람 앞에 자신의 초라한 모습을 보이지 않아도 된다는 생각에 솔직히 기뻤다. 하지만 우민의 얼굴을 볼 때마다 한숨이 밀려오는 일은 어쩔 수 없었다. 손진호를 보는 것도 갑갑한 일이지만 우민을 보는 것도 못지않았다.

한참을 물끄러미 우민의 밥 먹는 모습을 바라보던 신영이 불쑥 물었다.
"저기, 나랑만 있는 거 기분 나쁘지 않아?"
"응??"
"솔직히 말해. 나 회사 내에서 왕따잖아. 사람들이 나랑 있는 거 보고 수군대는 데 불쾌하지 않아?"
"인마! 니가 왜 왕따야. 내가 있는데. 그런 걱정 붙들어 매셔. 사랑하는 사람이랑 있는데 기분 나쁜 사람이 세상에 어디 있냐?"

우민은 별 걸 다 묻는다는 투다. 그의 말투에 신영은 왠지 모르게 마음이 따뜻해졌다. 그러다가 신영은 문득 우민과 진호가 참 다르다는 생각이 들었다. 언뜻 보면 형제처럼 느껴지는 닮은 외모지만, 두 사람의 성격은 판이하게 달랐다. 진호가 앞에 나서서 사람을 끌어당기는 타입이라면 우민은 한 발 물러서서 묵묵히 바라보기만 한다. 나서지도 않고, 그의 의견을 크게 주장하지도 않는다. 하지만 우민에겐 왠지 무시 못 할 분위기가 있다. 그에게는 조용한 카리스마가 있다. 나서지 않아도 모두에게 믿음을 준다. 아무리 어려운 상황이라도 우민이 괜찮다고 말하면 모든 것이 잘 풀릴 것만 같다.

그리고 눈동자가... 진호의 투명한 갈색 눈동자가 자신을 바라보면 신영은 왠지 시선을 맞출 수 없었다. 하지만 진호보다 더욱 진한 우민의 초콜릿색의 눈동자가 자신을 바라보면 홀린 듯 그에게 시선을 떼기가 어렵다. 그 초콜릿색 암연에 빠져 허우적거리는 기분이다. 그 늪에서 벗어나고 싶지만 한편으로는 한없이 든든한 눈빛에 기대고만 싶어진다. 그의 눈동자라면 왠지 모든 것을 다 이해해 줄 것만 같다.

"흠흠. 이봐요. 박신영 씨. 내가 아무리 잘생겼다고 해도 그렇게 뚫어지게 쳐다보면 밥 먹는데 지장 있어."

우민의 말에 신영은 번뜩 정신이 든다. 자기도 모르게 꽤 오랫동안 그의 얼굴을 쳐다본 모양이다.

"아... 안 봤어."

"안보기는."

우민은 신영을 바라보며 얄밉게 웃었다.

"정말 안 봤다니까."

우민의 미소에 약이 오른 신영은 눈에 보이는 거짓말을 고집한다. 마치 열일곱 계집아이 같다.

"그래. 안 봤다 치자."

"안 봤다 치자가 아니라..."

신영은 구차하게 변명을 하려다 입을 꽉 다물었다. 자신을 바라보는 우민의 시선에 왠지 부끄럽다는 생각이 들었기 때문이다. 우민은 그런 신영을 보며 빙그레 웃었다. 점점 신영의 표정이 풍부해져 간다. 처음 만났을 때처럼 모든 것을 다 털어버린 것은 아니지만 최소한 얼음인형 같던 무표정한 모습이 많이 사라져갔다.

사랑하는 여자가 자신의 품안에서 조금씩 긍정적으로 변화되는 모습을 보고, 그녀가 변할 수 있도록 도와주는 게 자신이라는 생각에 우민은 말로 표현할 수 없는 벅찬 감정에 속으로 활짝 웃었다.

자신의 새침데기 공주님은 아마 그 웃음이 자신을 비웃는 거라고 생각할 테니 그저 몰래 웃는 게 상책이다. 우민은 웃음소리가 새어나지 않도록 조심하며 터져 나오는 웃음을 밥을 꾸역꾸역 집어넣는 걸로 겨우 달랬다.

"어라, 여기 어디다가 둔 것 같은데... 그럼, 그렇지!!"

우민은 파일 틈 사이에 껴 있는 서류를 경쾌하게 집어 들었다.
"어휴, 이걸 깜빡하다니."
타깃조사에 관한 서류를 집어 들고 우민은 빠른 걸음으로 회의실을 향해 걸어갔다. 깜빡 잊고 두고 간 서류를 챙기느라 신영 홀로 그곳으로 보낸 게 마음에 걸린다. 왠지 주눅들은 표정으로 천천히 회의실로 걸음을 옮기던 신영의 모습이 떠올랐다. 하지만 한 목소리가 그의 바쁜 발걸음을 멈추게 했다.
"김우민 씨. 우리 잠깐 얘기 좀 할 수 있을까요?"
회의실로 이어지는 복도에 자리 잡은 작은 휴게실 앞에 다소 긴장된 표정으로 지현이 서 있다. 솔직히 지현이 불편한 우민은 그녀의 부름이 달갑지 않았다. 하지만 그녀의 눈빛을 그냥 무시하기란 쉽지 않았다.
"뭐, 커피라도 마실래요?"
우민이 휴게실 쪽으로 걸어오자 지현은 자판기에 동전을 넣고 그의 의사를 물었다. 우민은 가볍게 고개를 끄덕일 뿐이었다. 마주선 두 사람은 서로의 눈길을 피하며 머뭇거렸다. 우민은 일초라도 빨리 지현이 용건을 말해주기 바랬지만 그렇다고 해서 그녀를 재촉하지는 않았다. 잠시 침묵이 흐르고 지현이 불쑥 말했다.
"좋아해요."
우민은 대답하지 않았다. 아니 할 말이 없었다.
"뭐라고 한 마디쯤 해야 하는 거 아니에요?"
"... 나는 박신영 팀장을 좋아합니다."
"역시..."
거절을 당했는데 지현의 표정이 어둡지 않았다.
"왠지 그럴 것 같았어요. 두 사람 함께 있는 모습 굉장히 잘 어울려요. 우습죠? 손 팀장님이랑 우민 씨랑 똑같이 생겼는데도 손 팀장님이랑 우리 팀장님이랑 같이 있는 모습은 무척 이질적이거든요."

지현의 경쾌한 목소리에 우민도 멍하니 되뇐다.

"이질…"

"그냥 한 때 우민 씨에게 호감을 느꼈었다는 것만 말하고 싶었어요. 그 덕에 본의 아니게 우리 팀장님에게 더 날카롭게 굴었는지도 모르겠어요. 뭐 그 대가는 톡톡히 받았지만요."

지현은 생긋 웃으며 자신의 왼뺨을 톡톡 두드렸다. 프로젝트 첫날 지현의 뺨을 때렸던 때가 떠올라 우민의 얼굴에 홍조가 피었다. 그의 생애 통 털어 여자에게 손찌검을 한 건 그 때가 처음이었다. 사랑하는 여자의 일이라 해도 여자에게 손을 댔다는 사실이 부끄럽게 느껴졌다. 그런 우민의 마음을 읽었는지 지현은 손사래를 치며 웃음을 뱉어냈다.

"하하하. 너무 그렇게 자책하지 말아요. 내가 잘못했는데요, 뭐."

"늦었지만 미…"

"아! 사과하지 말아요. 우민 씨 잘못한 거 없으니까. 지금 우민 씨가 사과하면 박 팀장님이 잘못한 게 되어버리잖아요. 더불어 내가 잘못을 깨우친 게 도루묵이 되어 버려요."

호탕한 지현의 말에 우민의 얼굴에 미소가 감돈다.

"이번 일로 내 편협한 시각을 알게 됐어요. 광고란 일을 하면서, 이 좁은 바닥이 없었던 일도 만들어지는 곳이라는 것을 잊었어요. 어떤 사건에 일방적이라는 것은 없다는 것, 지난 직장 생활동안 톡톡히 알게 됐으면서, 내 주변에도 그런 일이 일어날 수 있다는 것을, 그렇게 생각해야 한다는 것을 몰랐어요."

낮게 읊조리는 지현의 눈동자에 쓸쓸함이 묻어났다.

이제, 지현은 알았다. MGAD의 사람들을 통해 자신이 듣지 못했던 다른 소문이 하나 더 있다는 것을. 그리고 그 소문이 사실이라면 정말 지탄을 받아야 할 사람은 신영이 아니었음을.

　자신의 똑 부러지는 상사에게도 철없던, 아무 것도 모르던 사회초년생 시절이 있었다. 깨끗했던, 그래서 단 하나의 오점이 더욱 크게 남는 사회초년생.

　지현은 스스로가 너무나 어리석게 느껴졌다.

　우민은 계속 이어지는 지현의 말을 말없이 들었다.

　"에고, 말이 너무 길어졌네요. 우민 씨 대답은 들은 거나 마찬가지고. 그렇다고 우리 어색해지지는 말아요. 어차피 프로젝트 끝날 때까진 동고동락할 사이니까요."

　환하게 웃는 지현을 보며 우민은 자신도 어쩌면 편견이라는 눈빛으로 그녀를 보고 있었을 지도 모른다고 생각했다. 어떻게 보면 지현은 자신의 눈에 보이는 것을 믿은 것뿐이지 않은가.

　우민의 마음속에 접혀있던 주름 하나가 펴지는 기분이었다. 오랜만에 우민의 얼굴도 활짝 피었다.

　"네. 앞으로 잘 부탁드립니다. 선배님!!"

　우민은 커다란 손을 지현 앞으로 내밀었다. 지현은 이내 그의 손을 붙잡고 힘차게 흔들었다.

　"네. 우리 잘 해봐요. 김우민 씨. 참! 그리고 박 팀장님께는 대신 죄송하다는 말 좀 전해주세요. 아직까지 박 팀장님 뵐 낯이 없네요."

　우민과 지현은 서로를 바라보며 말없이 웃었다. 그것은 상대방이 말하지 않아도 그 사람의 마음을 알 수 있을 때, 내가 먼저 말하지 않았는데도 상대방이 나의 진심을 알아줬을 때 나오는 웃음이었다.

　두 사람의 얼굴은 구름 한 점 없는 파란 가을하늘처럼 개운했다.

　하지만 두 사람의 개운한 표정과 달리 세상이 무너진 것 같은 표정으로 서 있는 한 여자가 있었다. 아무리 기다려도 우민이 서류를 가져올 기미가 없자 직접 사무실로 향하던 신영은 모퉁이를 돌다 그 두 사람의 모습을 보고 자신도 모르게 걸음을 멈추고 몸을 숨겼다. 차가운 벽에 기대 방금 멈췄던 숨을 작게 몰아쉬었다.

"아..."

그녀의 입에서는 알 수 없는 신음이 흘러나왔다. 갑자기 머릿속으로 손이 쑥 들어와 신경을 엉켜놓은 것 같은 기분이다. 우민의 웃는 얼굴이 낯설다. 저 사람이 저렇게 웃었는가 싶다. 분명 여러 번 보았던 웃는 얼굴인데도 어색하게 느껴진다. 심장이 두근거려서 숨을 쉬기가 어렵다.

예고치 않은 두 사람의 모습에 신영은 혼란스러웠다. 복잡한 시장바닥에서 엄마의 손을 놓친 어린아이의 심정이다. 신영은 두 손을 깍지 끼고 꽉 움켜쥐었다. 손이 떨려서 가만히 둘 수 없었다.

'말도 안 돼. 내가 왜 이렇게 동요하는 거야. 김우민이 누굴 만나던 나랑 무슨 상관이야.'

다부지게 생각했지만 역시 배신감 비슷한 게 느껴진다. 지현은... 지현은... 자신을 모욕하고 괴롭힌 사람이 아닌가. 그런데 그녀와 함께 웃고 있다니. 우민이 참을 수 없을 만큼 미워진다.

'내가 왜 숨어? 두 사람이 사이가 좋던 말든. 쳇. 잘 어울리는 찌질이 한 쌍이군!!'

신영은 우민에 대한 배신감을 털어내려 마음에도 없는 말을 지껄인다. 그리고는 도도하게 고개를 획 치켜들고 모퉁이를 벗어나 걷기 시작했다.

'두 사람이 보건 말건 상관 안 해. 나는 지금 서류를 가지러 가는 것뿐이니까.'

신영은 빠른 속도로 그들을 지나쳤다. 우민이 자신을 발견하지 못하길 바라면서. 왠지 지현의 옆에 서 있는 우민의 모습을 보면 눈물이 날 것 같았다. 하지만 신영의 일이라면 100m가 아니라 1Km 밖에서도 그녀를 알아볼 우민이었다.

"박 팀장님!!"

우민은 금세 신영의 기척을 알아채곤 소리 내어 신영을 불렀다. 하지만 신영은 고개도 돌리지 않고 걸어갔다.

"어, 못 들었나? 아, 지현 씨 그럼 먼저 가보겠습니다."

우민은 서둘러 말하고 신영을 향해 뛰어갔다.

"아... 예..."

완벽하게 우민의 눈밖에서 나가는 순간이다. 지현은 쓴웃음을 지으며 신영에게로 뛰어가는 우민의 뒷모습을 바라볼 뿐이었다.

"박 팀장님! 박신영 팀장님. 이봐요, 박신영 씨!!"

텅 빈 복도에 우민의 목소리가 홀로 울린다. 분명 못 들었을 리가 없는데도 신영은 우민에게 시선도 주지 않는다. 우민은 손을 내밀어 신영의 가냘픈 손목을 낚았다.

"뭐예요!"

신영이 날카롭게 소리쳤다. 신영의 새된 목소리에 우민은 순간 할 말을 잃었다.

"이것 놔요."

신영은 매몰차게 우민의 손을 쳐냈다. 그리고는 다시 몸을 돌려 사무실로 향했다.

지금 자신의 행동이 유치하다는 것쯤은 신영 스스로도 잘 알았다. 하지만 이성보다 먼저 감성이 행동하도록 시켰다.

'바보! 김우민이 누구랑 얘기하든 나랑 무슨 상관이야!'

하지만 신영의 속마음은 왠지 울고 싶은 마음뿐이었다.

갑자기 차갑게 구는 신영을 도통 이해할 수가 없어서 우민은 어떻게 행동해야 할 지 알 수가 없었다.

지금 신영은 누가 톡하고 건들면 산산이 부서질 것만 같았다. 그는 신영의 신경을 건들지 않기 위해 현명하게도 입을 꾹 다물었다.

텅 빈 사무실에 들어간 신영은 프로젝트 자료가 쌓여 있는 회의 탁자로 가 종이 뭉치를 뒤적거리기 시작했다. 멀뚱히 신영의 뒤통수만 바라보던 우민은 그녀가 찾는 서류가 바로 자신이 들고 있는 서류임을 깨닫고 그녀의 눈앞에 슬며시 서류파일을 내밀었다. 가늘게 뜬 눈으로 우민의 서류를 확인한 신영은 몸을 일으켜 빼앗듯 낚아채고는 회의실을 향해 걸어갔다.

우민은 회의실로 가는 동안 계속 되는 침묵을 견디지 못하고 입을 뗐다. 겨우 신영과 가까워졌나 생각했는데 다시 멀어지는 걸 용납하기 어려웠다. 특히 이렇게 이유도 모르고 그녀의 냉랭한 신경질을 받아들이는 건 힘들었다.

"왜 그래?"

"…"

"갑자기 왜 그러는 거야?"

"내가 뭘?"

"지금 심통 부리고 있잖아. 나 없는 사이에 회의실에서 무슨 일이라도 있었어?"

"아무 일도 없었어. 그리고 나 심통 부리는 거 아니야."

"아니긴. 점심 먹을 때랑 완전히 다르잖아."

"…"

"신영아."

"이봐요. 김우민 씨. 지금은 회사니까 호칭은 제대로 해줬으면 좋겠네요."

어느덧 회의실 문 앞에 도착한 신영이 차갑게 말하고 회의실로 쑥 들어가 버렸다. 잠시 혼자 남은 우민은 머리를 죄다 쥐어뜯고 싶은 심정이었다. 회의실에서는 다른 사람들 때문에 제대로 얘기하기가 어려웠다. 그리고 무엇보다 손진호 앞에서 신영과 불편한 모습을 보이고 싶지 않았다.

"휴우~. 연애 한번 하기 참 어렵구만."

우민은 마냥 문밖에 서있을 수도 없어 큰 한숨을 내쉬고 회의실로 들어갔다.

회의실에는 세 그룹으로 나눠진 팀원들이 각자의 업무에 정신이 없었다. 그래픽 작업팀에 지현과 재훈이 포함된 4명, 광고 및 기획팀엔 진호와 정한. 그리고 3명이 더 머리를 맞대고 있었고, 시장조사 및 브랜드 콘셉트 팀엔 신영 홀로 앉아있었다. 시장조사를 하느라 대부분의 직원이 리서치 회사에 외근을 나가 있는 상태였기 때문이다.

우민은 쭈뼛거리며 신영의 곁으로 다가갔다. 그리고 엉거주춤 의자를 끌어다가 엉덩이를 걸쳤다.

'어휴, 숨 막혀.'

신영에게서 업무 외의 일로 말 걸지 말라는 오라가 팍팍 풍겨져 왔다. 우민은 그런 오라 따윈 무시해버리고 갑자기 변한 태도에 대해 따져 묻고 싶었지만 꾹 참았다. 진호 앞에서 좋지 않은 모습을 보이기 싫었기 때문이었다. 남자의 자존심이 라이벌 앞에서는 죽어도 고개를 숙이지 못하게 만든다.

하지만 남자의 자존심도 얼마 못 갔다. 왜냐하면 우민이 질문을 할 때마다 얼음이 뚝뚝 떨어질 것 같은 어조로 짧게 대답하는 신영을 점점 견디기 어려웠기 때문이다. 그래프를 그릴까요? 하는 물음에도 네. 시장조사팀은 잘 하고 있을까요? 하는 물음에도 네. 리서치 팀에 연락해서 자료를 받을까요? 하는 물음에도 네. 온통 '네'로만 일관하는 신영을 보는 건 고문이었다.

결국 우민은 신영에게 최후의 통첩을 내리고야 말았다. 남자의 자존심

따위 개나 먹으라지.

"이봐요. 박신영 씨. 지금 당장 화내는 이유를 말하지 않으면 회사 사람들 앞에서 뜨거운 키스를 당하게 될 테니 알아서 해."

우민은 아무도 듣지 못하게 낮은 소리로 말했다. 하지만 그의 으르렁거리는 소리를 똑똑히 들은 신영은 깜짝 놀라 동그래진 눈으로 그를 바라봤다. 자신이 들은 게 맞은 소리인가 어안이 벙벙한 표정이다.

"뭐라고요?"

"화가 난 이유를 말하지 않으면 지금 당장 키스한다고 말했어."

"미쳤어."

"그래, 난 널 처음 볼 때부터 미쳤으니까. 너의 목소리에, 너의 부드러운 가슴에, 너의 그 따뜻한 느낌에 나는 지금도 완전히 미쳐있어. 지금 당장이라도 널 안고 싶은 생각이니까."

노골적인 우민의 말에 신영은 온몸이 불타는 것 같았다. 하지만 당황하지 않으려 안간힘을 썼다.

"화나지 않았어."

신영은 고집스레 말했다.

"흐응. 결국 기어코 키스를 해야겠다는 말이군."

우민이 그녀를 향해 살짝 몸을 숙였다. 신영은 그의 행동에 소스라치게 놀라 반사적으로 몸을 뒤로 뺐다.

"미쳤어, 미쳤어."

신영은 사람들이 자신들의 대화를 눈치챌까봐 재빠르게 사람들을 훑어보았다. 하지만 다들 바쁜 업무 덕에 다른 곳에는 신경을 쓰지 않는 눈치였다.

"아무도 안 봐. 게다가 아마 남들이 보기엔 열심히 일하는 걸로 보일 걸? 뭐, 아직까지는."

우민이 짓궂게 웃으며 그녀를 놀렸다. 하지만 그의 말은 사실이었다. 꽤 가깝게 앉아있기는 하지만 두 사람은 한 컴퓨터 화면을 보며 의견을 나누는 걸로 밖에 보이지 않는다. 우민의 한 쪽 손에 들려있는 종이가 그런 모습에 더 신빙성을 실어주고 있었다.

"자, 결정해. 이유를 말해서 지금 이 선에서 끝내던지, 아니면 아예 끝까지 가던지."

이건 순전히 협박이다. 신영은 옴짝달싹 못하는 자신의 처지에 분통을 터뜨렸다.

"도대체 뭘? 참나. 정말 화나지 않았어."

누가 들을세라 낮게 말했지만 신영의 눈동자가 자신도 모르게 지현에게 날아가 꽂혔다. 이 와중에도 신영은 엉뚱하게 우민과 자신이 이렇게 가까이 앉아 있는 걸 보고 지현이 어떨까 라고 생각했다.

그리고 예리한 우민의 눈동자는 잠시 다른 곳에 가는 신영의 시선을 놓치지 않았다.

'어라, 이것 봐라?'

신영의 날카로운 눈빛이 지현을 바라보고 있다는 것을 깨닫고 슬쩍 웃음이 새어나왔다.

'설마 아까 복도에서 한 얘기를 들은 건가?'

오버라고 생각했지만 지현을 바라보며 살짝 입술을 깨무는 모습이 아무래도 새침데기 박신영공주님이 지현의 고백을 들은 모양이다. 그래서 이렇게 심통이 난 건가보다. 우민의 얼굴에서 점점 웃음이 커져간다.

"박신영. 지금 질투하는 거야?"

"뭐?"

신영은 어이없다는 듯이 답했지만 그녀의 볼이 갑자기 달아오르기 시작했다.

"뭐... 뭐야, 저... 정말이야?"

생각지도 못했던 신영의 반응에 도리어 우민이 당황했다.

"이봐요. 김우민 씨. 헛소리 하지 말고 일이나 열심히 하세요."

신영은 자신의 속마음을 들킨 것이 창피해 도리어 톡 쏘아붙였다. 하지만 어쩌랴. 우민의 마음은 이미 희망으로 커다랗게 부풀어 오르기 시작했다.

"넵!! 열심히 해야죠."

우민은 장난스레 거수경례를 하고 바쁘게 손을 놀려 타이핑을 시작했다. 신영이 간략하게 자료를 정리해서 건네주면 그걸 도표와 그래프로 만들고, 타깃 포지셔닝에 대해 의논하며 다시 고치기를 반복하는 작업이었다.

우민은 손가락을 바쁘게 놀리면서도 종종 농담을 건네는 것을 잊지 않았다. 신영은 그의 농담에 거의 응하지 않으려 했지만 끈질긴 그의 농담에 자신도 모르게 웃음을 터뜨리기도 했다. 참으려다가 터져 나오고만 신영의 부드러운 웃음소리에 우민은 솜털이 곤두설 만큼 짜릿했다. 그녀의 자연스러운 웃음을 본 게 처음 만났을 때 이후로 처음이기 때문이었다. 우민은 더욱더 그녀를 웃게 만들고 싶었다. 신영의 이 예쁜 웃음을 지켜주고 싶었다. 자신의 여자가 자기 품안에서 보호받고 사랑스럽게 피어나기를 바랬다. 제비꽃처럼 은은한 신영의 웃음과 그런 그녀를 바라보는 우민의 따뜻한 눈빛은 두 사람 사이를 부드럽고 따뜻하게 만들었다.

그리고 두 사람의 친밀한 분위기는 공기를 타고 진호가 있는 반대편 테이블까지 흘러갔다.

회사 사람들은 처음 듣다시피 한 신영의 웃음소리에 넋을 잃고 그녀를 바라보았다. 신영이 예쁘다는 사실은 누구나 다 알고 있었지만 그녀의 표정이 저렇게 풍부하다는 것은 아무도 모르는 일이었다. 적어도 2년 전 그 사건 이후에 입사한 사람들은 처음 보는 것이었다.

　신영의 부드러운 눈매와 벌어지는 붉은 입술을 가리는 가느다란 손가락, 그리고 그 사이로 살짝 살짝 드러나는 가지런한 치열. 큰 소리 내지 않으려 숨죽여 웃는, 그래서 아련하게 들리는 웃음소리.

　회의실의 모든 사람들이 자신도 모르게 다감한 눈빛으로 바라보게 만드는 미소의 힘. 하지만 딱 한 사람. 진호의 표정은 반대로 딱딱하게 굳어갔다. 신영에게 미소를 짓게 만드는 것은 자신이어야 했다. 자신만 알고 있는 미소를 빼앗기는 듯한 느낌에 진호의 기분이 엉망이 되어갔다.

　회사 시계가 여섯시를 알렸지만 아무도 퇴근을 준비하는 사람은 없었다. 워낙 빡빡한 프로젝트라 회사에서 밤을 새는 게 부기지수다. 그래도 텅 빈 위장에는 뭣 좀 넣어줘야 힘을 내서 일을 한다. 삼삼오오 무리를 지어 저녁을 먹으러 일어섰다.

　신영과 우민도 자연스럽게 자리에서 일어났다. 둘이서만 먹었던 점심 때처럼 저녁식사도 마찬가지다. 종종 정한이나 재훈과 함께 하기도 했지만 아무래도 그룹이 나누어져 있어 점심이면 모를까 저녁을 같이하는 것은 드물었다.

　우민은 저녁을 먹으러 가면서 아까 회의실에서 벌게졌던 신영을 놀려댔다. 신영은 그런 그에게 반박하고 싶었지만 그럴수록 자꾸 얼굴이 빨개져 뽀루퉁하게 입을 다물고 말없이 걸었다. 하지만 그녀의 눈동자는 미소로 은은하게 빛나고 있었다.

　"박신영 씨."

　넓은 로비를 울리는 목소리가 신영의 걸음을 멈추게 했다. 누구지? 신영은 반사적으로 목소리가 들리는 쪽으로 몸을 돌리다가 그대로 굳고 말았다.

"잠깐 얘기 좀 해요."

악몽 속에서도 잊을 수 없었던 그 얼굴이 다시 나타났다. 유선의 출현은 신영을 순식간에 2년 전으로 되돌아가게 만들었다. 2년 전의 그 비참함에, 다시 벌어지는 상처에서 달아나고자 신영은 본능적으로 뒤로 주춤거렸다. 유선이 내뱉었던 악귀 같은 말이 신영의 몸을 타고 올라와 심장을 들쑤셔 놓는다. 다시금 비수가 되어 아물어가던 상처를 헤쳐 놓아 빨간 피를 울컥울컥 내뱉는다.

"아…"

신영은 사자 앞에 선 어린 얼룩말처럼 겁을 먹었다. 신영의 눈엔 유선의 안타까운 표정 같은 건 들어오지 않았다. 아니 그녀의 표정이 점점 일그러져 지옥과도 같아 보였다.

'달아나, 도망가.'

신영은 있는 힘을 다해 외쳤지만 그녀의 외침은 무성의 외침이 되어 허공에 흩어질 뿐이었다. 신영이 할 수 있는 것이라곤 고작 뒤로 몇 발자국 움직이는 게 다였다. 신영은 필사적으로 뒷걸음질 쳤다. 하지만 그녀의 몸부림은 얼마 못가 단단한 벽에 부딪히고 말았다. 굳게 선 벽이 그녀를 도망치지 못하게 만들었다.

'싫어!'

유선이 점점 다가오는 게 보였다. 신영은 발작을 일으키기 일보직전이었다. 유선이 한 발자국 다가올 때마다 숨이 차올랐다.

'싫어, 누가 좀…'

"뭐야? 왜 그래?"

따뜻한 목소리가 신영의 귓가에 흘러들어왔다. 그리고 따뜻한 손이 그녀의 딱딱하게 굳은 어깨를 감싸 쥐었다.

"헉-."

갑자기 막힌 숨이 터져 나왔다. 신영은 자신의 어깨를 따뜻하게 잡은 사람을 올려다보았다.

'아. 진호 선배.'

자신을 따뜻하게 잡아준 손이 진호 선배라니.

"싫어, 이것 놔요!!"

신영은 소리 지르기 시작했다. 진호가 자신의 옆에 서 있는 것이 두려웠다. 유선이 무서웠다. 또다시 사람들에게 손가락질 당하는 게 싫었다. 2년간의 악몽, 2년간의 고독. 생각만으로도 끔찍하다.

"이거 놓으세요. 놔요. 싫단 말야. 흑."

신영은 그에게서 벗어나려고 필사적으로 몸부림쳤다. 신영의 히스테릭한 모습을 보며 우민은 당황했다. 조금 전까지만 해도 웃으며 걸어오던 신영이 조금 떨어진 곳에 황망히 서서 서 있는 여자를 보더니 갑자기 미친 사람처럼 변했다. 신영이 왜 이러는지는 모르겠지만 지금 그녀는 어린아이처럼 울며 자신의 손에서 벗어나려 했다. 하지만 우민은 신영을 놓을 수 없었다. 불안정한 신영이 금방이라도 쓰러질 것 같았기 때문이었다.

무기력한 기분을 느끼며 우민은 신영을 가슴팍으로 끌어당겼다. 신영의 눈물을 가슴으로 받아내는 것밖엔 우민이 할 수 있는 거라곤 아무것도 없었다.

"괜찮아, 신영아. 진정해. 괜찮아."

우민은 가만히 그녀의 머리를 쓰다듬으며 신영을 진정시키기 위해 노력했다. 그 순간 우민의 눈엔 아무것도 보이지 않았다. 놀란 눈으로 자신들을 쳐다보는 지현도. 그녀의 옆에 서서 더 동그래진 눈으로 바라보고 있는 정한도.

우민에게 중요한 건 오직 신영이 진정하는 일뿐이었다.

"괜찮아, 괜찮아."

나지막한 그의 목소리가 꽁꽁 얼어붙은 신영의 심장을 녹인다. 꽉 닫아놓았던 마음의 문을 비집고 따뜻한 빛이 스며든다.

'아, 진호 선배의 손이, 가슴이 이렇게 따뜻했던가?'

꼭 감은 신영의 눈앞에 차가웠던, 소름끼치도록 차갑게 돌아섰던 진호의 뒷모습 너머로 환하게 웃으며 손을 내미는 우민의 모습이 보였다.

그래, 이 사람이다. 눈물 나도록 따뜻하게 그녀를 안아주는 사람.

"우민 씨…"

작고 여린 신영의 목소리가 우민의 품에 막혀 더 작게 울렸지만 우민은 그녀의 목소리를 놓치지 않았다. 우민은 조심스레 그녀를 품에서 떼고 시선을 맞췄다.

"괜찮아?"

'괜찮아? 힘들지 않아? 다시 기댈래? 아니면 아무도 없는 데로 데려가 줄까?'

짧게 한마디 물었을 뿐이지만 걱정스런 우민의 눈동자는 다른 말을 한다. 그의 눈빛에 신영은 곤두섰던 신경이 일순 가라앉는 것을 느꼈다. 거기다 크게 심호흡을 하고 나니 그제야 주변의 모습이 눈에 들어왔다.

많은 사람들이 돌아다니는 로비 한복판. 유선과 우민, 그리고 자신을 구경하는 사람들. 그 중엔 자신이 알고 있는 얼굴들도 있다.

"이런…"

낭패감에 신영은 쓴 신음소리를 냈다. 하지만 자신을 바라보는 수백 개의 눈보다 무서운 한 쌍의 눈이 자기 곁에 있다.

정유선.

유선과 신영의 눈동자가 마주쳤다. 유선의 눈동자는 흔들림이 없다. 진호와 꼭 닮은 우민을 보고 한번쯤 시선을 줄만도 한데, 고집스럽게 신영만 바라본다. 유선에겐 진호를 닮은 사람 따윈 필요 없었다. 오직 진호뿐이다. 아니, 진호에게 쌍둥이 동생이 있더라도 단번에 진호를 찾아낼 수 있었다. 유선에게 진호를 향한 사랑은 그런 거다. 그의 모든 것을 알고 있어야 한다.

"잠깐 어디 가서 얘기 좀 했으면 좋겠어요."

2년 만에 본 유선은 신영의 기억과 달리 굉장히 여리고, 뭔가... 불안해 보였다. 유선에게 꿀릴 것은 아무 것도 없다. 문득 유선에 대한 죄책감은 2년으로 충분하다는 생각이 들었다. 아파할 만큼 아파했고, 미안해할 만큼 미안해했다. 지금이 홀홀 털어버려야 할 때인지도 모른다. 신영이 유선을 만날 기회는 없다. 지금이 과거의 모든 앙금을 털어버릴 기회. 생각 같아선 도망쳐 나가고 싶었지만 신영안의 또 다른 신영이 굳세게 맞으라고 말한다. 그리고 우민이 있어준 탓일까? 유선 앞에 섰는데도 예전처럼 떨리지 않았다.

"할 말이 있으시면 여기서 하세요. 회사가 좀 바빠 빨리 밥 먹고 들어가서 일해야 하거든요."

똑 부러지는 말투. 하지만 차갑거나 쌀쌀하지는 않다. 하지만 유선은 신영의 말에 채찍으로 맞은 듯 움찔거렸다.

"아... 저기..."

유선이 불안한 눈으로 좌우를 바라보더니 성큼 신영에게 다가와 그녀의 손을 붙잡았다. 예기치 못한 유선의 행동에 신영은 자지러지기 일보 직전이었지만 가까스로 신경을 다잡았다. 유선의 떨림이 손을 통해 신영에게도 전해졌다.

"왜... 왜 이러세요."

신영은 붙잡힌 손을 빼내려고 했지만 의외로 유선의 손힘은 강했다.

"저기, 우리 진호 씨 놓아주세요. 죄송해요. 2년 전엔 정말 죄송했어요.

"하지만 어떻게 해요. 나 진호 씨 없으면 못 살아요. 제발, 제발, 진호 씨에게 가정으로 돌아가라고 전해주세요. 네? 그 사람 신영 씨 말이라면 잘 들을 거예요. 신영 씨가 그래주면 진호 씨 다시 저 사랑할거예요. 네? 제발, 제발..."

유선의 맑은 눈동자에서 눈물이 뚝뚝 떨어진다. 하지만 신영의 심장에선 피 눈물이 뚝뚝 떨어졌다. 왜 이 사람은 이렇게 말하는 걸까? 자신이 도대체 뭘 했다고 여기까지 찾아와서 이런 말을 할까? 왜 사람들이 의심할 수밖에 없는 말을 하는 걸까? 왜 하필 김우민이라는 사람 앞에서 이런 말을 하는 걸까...

이건 묵었던 앙금을 털어내는 게 아니라 상처를 덮은 딱지를 다시 떼어내는 꼴이다. 눈물을 흘리는 유선이 가식적으로 보였다. 약한 척 흘리는 눈물 한 방울로 또 다시 사람을 나락으로 떨어뜨린다. 신영은 잠시 벗어두었던 무표정의 가면을 뒤집어썼다. 사람들 앞에서, 아니 우민 앞에서 무너지고 싶지 않았다.

모든 사람이 숨죽이고 지켜보는 사이 건조한 신영의 목소리가 조용한 로비를 울린다.

"돌아가세요. 손진호 씨와 저 그런 사이 아닙니다."

"제발, 제발... 신영 씨..."

"남편 분한테 가서 말하세요. 저는 그 사람 2년 전부터 한순간도 마음에 담아둔 적 없습니다. 그 사람 내 소관 아닙니다. 해결할 일이 있으면 당사자끼리 해결하세요. 엄한 사람 중간에 끼워서 바보 만들지 말고요."

더 이상 반론의 여지도 없이 냉정하게 잘라낸 신영은 몸을 휙 돌려 로비를 가로지르기 시작했다. 끈끈한 사람들의 시선을 피할 수 있는 곳으로 한시라도 빨리 도망가야 했다. 신영은 고개를 빳빳이 들고 사람들과 시선을 맞추지 않기 위해 앞만 바라보며 걸었다.

가만히 서서 두 여자의 얘기를 듣던 우민은 조용히 신영의 뒤를 따랐다. 자신이 나설 자리는 아니었다. 목에 힘줄이 도드라지도록 애를 쓰고 있는 신영을 다시 품에 안고 위로해 주고 싶었지만 당당하게 나가는 그녀를 붙잡아서는 안 된다는 것쯤은 우민도 안다. 우민은 고개를 푹 숙이고 가만히 눈물을 떨어뜨리는 유선을 힐끗 쳐다보았다. 약하게 떨리는 그녀의 어깨를 보며 안됐다는 생각이 들었지만 그렇다고 해서 이렇게 막무가내로 신영을 찾아온 것은 그녀의 잘못이다. 우민은 안쓰러운 눈빛으로 다시 한 번 유선을 바라보고 신영에게 걸음을 재촉했다.

하지만 유선이 고개를 숙이고 울고 있다는 것은 우민의 오산이었다.

"너... 너!! 거기 안서!!"

불면 날아갈 것처럼 여리게만 보이던 여자가 갑자기 큰소리를 쳤다. 그 소리에 신영과 우민 모두 놀라 멈춰 서서 유선을 바라보았다.

"이게 사람이 좋게 말했으면 알아들어야 할 것 아니야!!"

유선이 미친 사람처럼 소리를 고래고래 지르며 신영에게 달려들었다. 신영은 너무 놀라 오히려 움직일 수가 없었다. 2년 전 일이 반복된다는 두려움에 움직이지도 못하고 달려드는 유선을 떨리는 눈동자로 바라볼 뿐이었다.

'아, 싫어.'

신영은 유선의 손이 자신의 뺨으로 날아오는 것을 보고 눈을 질끈 감으며 생각했다. 그리고 곧이어 다가올 아픔을 예상하며 몸을 움츠렸다. 하지만 아무 일도 벌어지지 않았다. 유선의 매서운 손길이 미처 신영에게 닿지 않았다. 신영은 슬며시 눈을 떴다. 그녀의 눈앞에 우민의 커다란 등이 보였다.

"이게 뭐하는 짓입니까?"

우민은 지독히도 낮은 목소리로 유선을 향해 말했다. 유선은 우민에게 잡힌 손목을 풀어내려 했지만 남자의 힘을 쉽게 이길 수 없었다. 자신의 힘으로 우민을 이길 수 없자 유선의 입에서 걸쭉한 욕설이 터져 나왔다.
"너 이 새끼, 안 비켜? 니가 뭐라고 날 막아? 어? 남의 남편 유혹한 년 내가 혼내겠다는데 무슨 상관이야? 니가 저년 서방이라도 돼?"
"말 함부로 하지 마십시오. 못 들었어요? 두 사람 아무 사이도 아닙니다. 불만이 있으면 남편한테 가서 따져야지 왜 엉뚱한 데다 화풀입니까?"
우민은 유선의 팔을 거칠게 흔들어댔다. 신영을 모욕하는 것은 참을 수 없다.
"뭐?? 너 이... 개..."
유선의 폭언은 끝을 맺지 못했다. 뒤에서 불쑥 튀어나온 손이 그녀의 입을 막아버렸기 때문이었다.
"이러지 마십시오. 제수씨."
"정한 선배..."
사람들 틈바구니에 끼어 세 사람의 대화를 듣던 정한이 유선의 상태가 이상해지자 재빨리 진호에게 전화를 걸고 세 사람 곁으로 다가온 것이다. 유선이 신영에게 한 첫 번째 폭언은 막아내지 못했지만 두 번째는 막아냈다. 아니 정한은 막아야만 했다. 2년 전 그 때, 죽도록 후회했던 일을 되풀이 할 수는 없었다.
정한은 다소 난폭하게 유선을 붙들었다.
"제수씨, 그만 하세요. 아니란 거 제수씨도 아시잖습니까."
"정한 씨 이거 놔요. 아니긴 뭐가 아니에요. 그 사람 저한테 이혼장 내밀었다고요. 저 여자가 아니고선 진호 씨가 왜 이혼하자고 해요?"
유선은 악에 받쳐 소리를 고래고래 질렀다. 정한이 다른 사람의 이목을 피하고자 자리를 옮기려 해도 그 자리에 우뚝 서서 꿈쩍도 안 했다. 아니 움직이게 하려면 발광을 해댔다. 정한이 할 수 있는 거라곤 고작 유선이 신영이게 덤비지 못하도록 꽉 잡고 있는 것뿐이었다. 정한은 한시바삐 진호가 와주길 바랬다. 그리고 정한의 간절한 기다림에 응하는 듯 진호의 모습이 보였다. 유선이 정한에게 소리를 지르며 악다구니를 칠 때 진호가 황급히 로비를 가로질러 다가왔다. 진호의 얼굴은 일그러질 대로 일그러져 있었다.
"이게 뭐하는 짓이야?"
진호의 목소리는 한여름 태양도 얼려버릴 만큼 냉랭했다. 진호의 목소리가 들리자 유선의 몸부림이 거짓말처럼 딱 멈췄다. 유선의 움직임에 정한이 의아할 정도였다. 진호의 목소리에 유선은 몸을 떨기 시작했다. 얼마나 크게 떨었는지 그 움직임이 그녀를 붙잡고 있는 정한에게까지 전해질 정도였다. 하지만 정한은 경기를 일으키며 몸을 떠는 유선에게서 손을 떼지 못했다. 이번에는 신영을 보호하기 위해서가 아니라 유선이 쓰러질까 봐서였다. 진호 앞에서 보이는 유선의 반응은 아이러니할 정도였다.
유선은 진호의 얼굴에 자신에 대한 경멸이 있을까 두려워 차마 그의 얼굴을 바라보지 못했다.
진호는 절망스런 눈빛으로 유선과 신영을 번갈아 바라보았다. 유선은 정한에게 붙잡혀 있었고, 신영은 겁먹은 토끼 같은 눈망울로 우민의 뒤에 서서 우민의 팔을 꼭 붙잡고 유선을 바라보고 있었다.
"흐흐흐."
진호의 입에서 헛헛한 웃음소리가 황망히 새어나왔다. 최악의 상황이다. 모든 것이 진호를 도와주지 않는다. 2년 전 사랑을 가득 담아 자신을 바라보던 신영의 눈동자엔 지금 두려움만 가득했다. 저 두려움을 빨리 지워줘야 하는데, 놀란 그녀를 가슴에 품고 달래줘야 하는데 지금 진호는 아무 것도 하지 못하고 허망이 웃을 뿐이었다.
"신영아..."

진호는 허망한 웃음 끝에 신영의 이름을 불렀다. 이건 내 뜻이 아니야. 나는 지난 2년 동안 너에게 돌아오기 위해 미친 듯이 노력했어. 그 노력을 이렇게 한순간 물거품으로 만든 건 내가 아니야. 너 그거 알아줘야 해. 진호는 신영에게 필사적으로 전하고 싶었지만 이제 진호의 진심은 신영에게 쉽게 전해지지 않았다.

한편의 코미디 같다. 이 모든 것이. 그렇게 벗어나고 싶었는데 결국 제자리다. 아니 한 사람을 더 끌어들였으니 그때만도 못한 상황이다. 신영은 모든 사람이 자신을 주시하고 있다는 것을 느꼈다. 모든 사람이 지켜보는 무대 위의 꼭두각시 인형이 된 것 같다.

발작적인 웃음이 터져 나올 것 같았지만 이를 꽉 깨물고 참아냈다. 머리가 점점 아파온다. 신영은 지끈거리는 머리 위에 손을 얹고 우민의 뒤에서 걸어 나왔다.

하소연하는 듯한 진호의 눈빛을 신영은 이해할 수 없었다. 도대체 나한테 뭘 바라는 것인가? 정말 사랑한다는 그의 고백을 받아들이고 그를 기다려주길 바라나? 그거야말로 정말 말도 안 되는 일이다.

"이런 상황 불쾌합니다. 다... 다시는... 이런 일 없도록 해주세요."

겨우 짜낸 말이지만 나쁘지 않았다. 신영은 여전히 이마 위에 손을 얹은 상태로 뒤돌아섰다. 신영은 스스로 야무지게 말했다고 생각했지만 사실은 그렇지 않았다. 뒤돌아서서 몇 걸음 걷지도 못하고 쓰러질 뻔한 것을 우민이 잡아주었다.

"집에 가자."

우민은 다른 사람은 쳐다보지 않고 신영의 눈동자만 바라보며 말했다. 그 초콜릿색 눈동자가 주는 든든함에 고마워하며 신영은 고개를 끄덕였다.

"응. 집으로 가자. 우민 씨."

겨우 그 말을 하고 신영은 우민의 품에서 정신을 잃었다.

충동적으로 처녀를 버린 날 다시는 만나지 않을 줄 알았던 우민이 눈앞에 나타났던 것, 그리고 정말 다시는 볼 일이 없을 거라 생각했던 진호가 다시 사랑을 말했던 것. 적대적인 사람들 앞에서 신경을 곤두세우고 일을 해야 했던 것. 그리고 유선이 그녀를 찾아온 게 결정적이었다.

신영의 가느다랗게 유지되던 신경이 계속되는 스트레스를 이기지 못하고 끊어져 버린 것이었다.

우민은 신영을 더욱 가까이 안았다. 다시는 그 누구도 신영에게 상처 주지 못하게 하겠다는 결심만이 우민의 눈동자를 빛나게 했다.

7

"신영아, 신영아?"

우민은 차에 올라타자마자 쓰러지듯 잠든 신영을 가볍게 흔들어 깨웠다. 그녀가 죽은 듯이 잠든 동안 차는 금세 그녀의 집 앞에 도착했다. 곤히 잠든 그녀를 깨우긴 싫었지만 좁은 차안은 그녀가 편히 쉴 장소는 못 되었다.

"신영아! 일어나. 집에 도착했어."

"으음…"

우민은 일어나 앉고서도 정신을 못 차리는 신영에게 생수병을 건넸다.

"마셔, 목 탈거야."

그러고는 손수건을 꺼내 신영의 이마에 흐르는 땀을 조심스레 닦아주었다. 다른 때 같으면 꼼꼼히 챙겨주는 우민의 손길이 부담스러워 마다했을 테지만 지금은 우민의 손에서 전해지는 온기를 놓치고 싶지 않았다.

"무슨 꿈을 꿨는지 몰라도 오는 동안 계속 땀 흘리더라."

따뜻한 우민의 눈빛에 참았던 눈물이 나올 것 같았다. 이상하게도 우민의 눈을 바라보고 있으면 왠지 안심이 되어 눈물을 흘리고 만다.

"아, 데려다 줘서 고마워."

"응. 얼른 올라가서 편히 자도록 해."

우민은 신영보다 빠르게 내려 문을 열어주었다.

'따뜻해.'

우민의 행동 하나하나에서 온기가 전해져 신영의 지친 마음이 조금은 편안해지는 것 같았다.

"얼른 들어가. 우유 한 잔 데워 마시고 푹 자도록 해."

"으응..."

신영은 머뭇거렸다. 왠지 우민을 보내고 싶지 않았다. 홀로 잠드는 게 무서웠다. 계속 머뭇거리는 신영이 이상하게 보였는지 우민은 그녀를 보고 묻는다.

"왜? 할 말 있어?"

"아니..."

"싱겁기는... 얼른 들어가라니까. 날씨가 꽤 춥다."

우민은 신영의 옷깃을 세워주고는 돌아섰다. 사실 발걸음이 떨어지지 않는 것은 우민도 마찬가지였다. 놀란 신영을 안고 잠이 들 때까지 안아주고 싶었지만 섣부른 행동으로 그녀를 놀라게 할까봐 돌아서는 소심한 남자가 우민이었다.

우민이 가까스로 발걸음을 떼는데 신영의 손이 그의 옷자락을 잡는다. 그 행동에 우민도 놀라고 신영 본인도 놀란다.

"!"

"!!"

"아, 저기... 신영아..."

그녀의 가냘픈 손에 옷자락을 잡히고 우민은 앞으로도 뒤로도 움직이지 못한 채 엉거주춤 서 있었다.

"아, 미안. 미안."

신영은 소스라치게 놀라며 잡았던 옷자락을 황급히 놓았다. 그리고 잠시 머뭇대는 두 남녀. 누구하나 먼저 입을 떼지 못하고, 서로 시선도 마주치지 못했다.

"아, 그럼... 나는 이만 갈게."

매서운 밤바람에 새파랗게 질리는 신영의 입술을 바라보다가 우민이 먼저 말을 꺼냈다.

"으응. 조심해서 가."

신영은 마지못해 배웅을 했다. 그리고 우민이 돌아서서 걸음을 떼는 찰나, 신영의 손이 우민의 옷자락을 또 붙잡는다. 그 행동에 우민은 새삼스레 놀랐다.

"!"

"저기... 저기..."

신영은 안절부절못하며 말을 떼지 못했다. 우민은 계속 머뭇거리며 할 말을 찾으려고 노력하는 신영을 가만히 바라보다가 옷자락에서 그녀의 손을 떼어냈다. 그리고는 차를 향해 걸어갔다. 신영은 우민이 그대로 차로 가버리자 버림받은 것 같은 표정을 지었다. 오늘 밤, 혼자는 무서웠는데... 바보처럼 같이 있어달라는 말을 하지 못했다. 그의 마음을 받아줄 것도 아니면서 그에게 자꾸만 기대는 게 미안해서 말을 할 수가 없었다.

신영은 우민이 차에 올라타 시동을 거는 모습을 바라보다 작게 한숨을 내쉬고 뒤돌아섰다. 자꾸 한숨이 삐져나오는 것을 막을 수 없었다.

"바보, 박신영. 못됐어. 자꾸 이렇게 약하게 굴래?"

신영이 혼잣말을 중얼거리며 천천히 계단을 오를 때 따뜻한 손이 다가와 그녀의 손을 잡았다.

"어?"

"3층이랬지?"

어느새 나타난 우민이 신영을 바라보며 웃고 있었다.

"체, 잠시 주차하는 시간도 못 기다리고 그새 혼자서 올라가냐?"

"난 우민 씨가 간 줄 알고."

"흐응. 가지 말라는 눈빛을 팍팍 보낼 땐 언제고."

"내.. 내가 언제..."

신영은 말끝을 흐렸다. 말하지 않아도 그녀의 마음을 알아주는 우민이 고마웠다.

"아무려면 어때."

우민 몰래 살짝 미소를 짓는 신영과 그런 신영을 곁눈질하며 웃는 우민. 두 사람은 두 손을 꼭 잡고 신영의 집으로 향했다.

17평정도 되는 신영의 원룸은 그녀의 향기로 가득 차 있었다. 그리고 아기자기한 소품들과 파스텔 톤 인테리어가 신영과 잘 어울렸다.

"흠. 드디어 이곳에 들어와 보는 군."

우민은 괜히 소란스럽게 주변을 둘러본다. 남자라곤 한 번도 들인 적 없는 집에 훌쩍 큰 우민이 들어서자 집이 작아 보였다. 신영은 그런 풍경들이 싫지 않았다.

"커피라도 줄까?"

"아니. 우유."

우민은 대답하며 신영이 있는 주방 쪽으로 성큼성큼 걸어갔다.

"가서 앉아 있어. 내가 데워다 줄게."

"아니, 괜찮은데... 또 우리 집이고..."

"가서 앉아 있어봐. 내가 또 우유 데우는 데는 달인이거든."

우민은 빙긋 웃으며 신영을 주방에서 몰아냈다. 그리고는 물어보지 않고도 척척 잘도 알아서 우유를 데우기 시작했다. 오 분 정도 시간이 흐르고 땡하는 경쾌한 전자렌지음과 함께 곧 따뜻이 데워진 우유를 쟁반에 받쳐 들고 나타난 우민은 신영의 옆에 앉아 그녀에게 잔을 내밀었다.

"조심히 들어. 잔이 꽤 뜨겁다."

"응. 잘 마실게."

신영은 뜨겁게 데워진 우유에 살짝 입을 댔다. 고소한 우유향이 허공을 둥둥 떠다녔다. 두 사람은 말없이 각자 잔에 담겨진 우유를 비웠다. 마지막 한 방울까지 다 마신 신영은 우유의 온기가 심장까지 전해지는 느낌이었다.

"자, 이제 자야지."

"응."

어미 새처럼 신영을 침대에 눕히고 목까지 꼼꼼히 이불을 덮어주는 우민 앞에서 신영은 자꾸만 더 어리광을 피우고 싶어진다. 신영은 오늘 밤 왠지 혼자 있고 싶지 않았다. 누군가의 온기가 절실히 필요했고, 그런 자신의 옆에서 손을 잡아주고 온기를 나누어줄 수 있는 사람은 우민뿐이었다. 아니 신영에게 필요한 것은 우민의 온기였다.

신영은 이부자리를 정리해주고 일어서는 우민의 옷자락을 슬그머니 잡았다. 팽팽하게 잡아지는 옷자락 때문에 일어서던 우민은 다시 무릎을 굽히고 신영과 눈이 마주쳤다. 언제나 그렇듯 우민의 정직한 눈빛이 신영의 들뜬 기분을 진정시켜 준다. 하지만 쉽게 말하기는 어려웠다. 남자한테 그런 말을 하는 것은 처음이다. 맨 처음 뻔뻔스럽게 우민을 유혹한 것이 자신이라는 것을 잊었는지 신영은 몇 번의 잔기침 끝에 겨우 말할 수 있었다.

"저기... 오늘 자고 가지 않을래?"

우민의 옷자락을 붙잡고 어렵사리 말하는 그녀의 볼이 분홍빛으로 달아올랐다. 우민은 신영의 기습적인 말에 깜짝 놀랐다. 신영의 입에서 자고 가라는 말이 나올 줄은 꿈에서도 짐작하지 못했다.

"어... 엉?"

"무서운 꿈을 꿀 것만 같아서 그래."

"..."

"오늘, 혼자 있고 싶지 않아. 그냥 옆에만 있어줘. 그래 줄 수 있지?"

처음만 어려웠지 그 다음은 말이 술술 나왔다. 신영은 부끄러운 줄도 모르고 우민에게 매달렸다. 정말이지 오늘 같은 날 혼자 있고 싶지 않았다. 진호에게 버림받았을 때부터 계속 밤마다 악몽에 시달렸다. 벗어나려고 하면 할수록 점점 더 깊숙이 빠지는 수렁처럼 끔찍한 악몽은 신영을 붙잡고 놓아주지 않았다. 그런 악몽에서 이제 겨우 벗어나는가 싶었는데 악몽은 그녀를 쉽게 놓아주지 않는다.

우민은 두려움에 어깨를 떠는 신영을 절대 혼자 둘 수 없는 남자다. 그녀가 원하면 언제 어느 때건 그녀의 곁에 있어주는 게 지금 자신의 역할이라는 것을 우민은 너무나 잘 알았다. 우민은 신영의 체온으로 따뜻하게 데워진 침대 속으로 들어가 그녀에게 팔베개를 해주었다. 신영은 엄마 품에 안긴 아기처럼 우민에게 바짝 다가왔다.

우민의 심장소리와 신영의 심장소리가 천천히 공명을 이루며 깜깜한 밤을 채워가기 시작했다. 그리고 한참이 지난 후 어둠을 뚫고 작은 속삭임이 들려왔다.

"나... 안지 않아?"

그 속삭임에 우민의 심장이 덜컹거린다. 바보! 안고 싶지 않냐니. 그걸 질문이라고 하냐? 하지만 우민은 그런 신영이 너무 사랑스러워 꼭 껴안았다.

"솔직히 무진장 안고 싶지만 참는 거야. 체-. 이러다가 몸에 사리 생기지 싶다."

"하하하하하."

우민의 품안에서 신영이 까르르 웃는다. 신영의 웃음소리와 입김이 우민의 가슴을 따뜻하게 데운다.

"박신영, 운 좋은 거야. 이렇게 배려하는 남자를 만나는 거 쉽지 않다. 나는 성욕에 따라 움직이는 짐승은 아니니까 니가 날 사랑할 때까지 금욕이다."

이어지는 우민의 말에 신영은 더 크게 웃었다. 그리고 우민의 품으로 깊게 파고들었다. 따뜻한 그의 체온이 좋았다. 그의 단단한 손이 신영의 머리를 꼭 안아주는 게 좋았다. 그의 품에 있으면 굉장히 보호받는다는 느낌이 들어 좋았다.

그러다 장난기가 발동한 신영은 슬슬 그의 몸에 자신의 몸을 비벼댔다. 살짝살짝, 눈치 챌 듯 말 듯, 처음엔 그저 두 손을 가슴팍에 주먹 쥐고 있다가 조금조금 그의 옆구리를 만져댔다. 슬슬 그의 등 쪽을 쓸었다가 다시 옆구리로 돌아와 그의 몸이 주는 단단한 감촉을 즐겼다.

처음엔 신영이 잠결에 움직이나 싶었던 우민은 신영의 손이 엉덩이 쪽으로 가자 깜짝 놀라며 그녀의 손을 덥석 잡았다.

"뭐하는 거야?"

"..."

"이거 설마 잡아 먹어달라는 신혼거야?"

"뭐? 뭐... 그런 거 아니다. 뭐..."

"이봐요, 박신영 씨. 제발 나 좀 살려달라고요."

우민은 신영의 꽉 껴안았다.

"우리 키스할까?"

신영이 우민의 가슴에 대고 뜨거운 숨과 함께 뱉어낸 말. 그와 동시에 자신의 입에서 그런 말이 튀어나왔다는 사실에 신영은 경악했다.

"아... 아니다. 실언한 거야..."

하지만 우민은 신영의 뒷말을 듣지 않았다. 품에 안긴 신영의 고개를 들어 부드럽게 입술을 맞췄다. 따뜻한 우민이 신영의 입가를 다정하게 쓸었다. 살짝살짝 짧게 이어지던 키스가 깊어지기 시작했다. 우민은 신영의 입술을 가르고 거침없이 다가왔다. 가지런한 그녀의 치열과 부드러운 입안을 하나도 빼놓지 않고 맛보았다. 그가 주는 느낌에 신영은 자기도 모르게 신음을 흘렸고, 그 신음은 우민을 자극했다. 우민은 신영을 더 가까이 끌어안으며 그녀의 정신을 빼놓았다. 입술에서 시작한 키스는 천천히 그리고 부드럽게 그녀의 눈 위로 옮겨갔다가 다시 섬세하고 예민한 귓가에 머물렀다. 우민의 입김이 신영의 귀를 간질이자 신영은 머리부터 발끝까지 이어지는 짜릿한 느낌에 몸을 떨었다.

신영의 고개를 붙잡고 있던 우민의 손이 천천히 그녀의 몸을 쓸었다. 부드러운 어깨부터 관능적인 라인으로 구부러진 등과 가느다란 허리, 둥그스름한 엉덩이 그리고 다시 그녀의 옆구리까지. 그녀의 모든 것을 새겨놓을 것처럼 정신없이 그녀의 몸 위를 배회했다. 그리고 마침내 신영의 봉긋한 가슴 위에 손을 두었다. 부드러운 그 감촉에 우민은 정신을 잃을 것만 같았다. 이대로 그녀의 따뜻한 중심부까지 파고들고 싶었다. 우민의 남성은 줄달음치는 욕구에 반응을 보이고 있었다.

"이만."

우민은 어렵사리 신영의 입술에서 자신의 입술을 떼었다. 채워지지 않은 갈증에 신영은 작게 칭얼거렸지만 우민은 그녀를 꼭 끌어안을 뿐이었다. 흥분한 남성을 진정시키기 위해 천천히 숨을 골랐다.

"여기서 더 하면 못 멈출 것 같아. 못 멈추면 니가 싫다고 해도 억지로 안을 것 같아."

"저기... 나..."

"안 돼. 니가 약해져 있는 틈을 타서 안는 남자는 되고 싶지 않아."

신영은 우민의 말에 잠자코 그의 턱에 시선을 두었다. 그의 눈은 왠지 부끄러워서 바라볼 수 없었다. 우민은 말없이 가만히 있는 신영을 가슴으로 끌어당겼다. 우민의 심장소리가 신영의 귓가에 커다랗게 울렸다. 두근두근 막 질주하는 우민의 심장소리에 신영은 작게 미소를 지었다. 그의 심장도 자신과 다를 게 없다는 사실이 신영을 기쁘게 했다.

잠시 그의 품에서 뒤척이던 신영은 이내 깊은 잠에 빠져들었다. 우민은 잠든 신영의 얼굴을 내려다보았다. 피곤함이 얼굴에 역력했다. 이 작은 여자는 자는 동안에도 고단함을 안고 잔다. 미간이 찌푸려져 있는 것이 보기 싫어 엄지손가락으로 살짝 만지니 작게 움직이며 그의 품으로 파고들었다.

"으-. 이거 정말 사리 생기겠군."

우민은 웅얼거렸지만 품안에서 그녀를 놓지 않았다. 신영의 따뜻한 몸을 더 느끼고 싶었다.

이 여자는 언제쯤 날 사랑하게 될까? 다시 나타난 그 사람에게 돌아가지 않을까? 이혼장을 던지고 그녀의 곁으로 돌아온 남자. 2년이 지난 지금도 그녀의 마음속에서 제일 크게 자리 잡은 남자.

진호의 존재가 우민을 자꾸 우울하게 만든다. 손진호라는 남자 앞에 서면 자신이 너무나 초라하게 느껴져 우민은 참을 수가 없었다.

한숨이 저절로 나왔다. 자신의 사랑은 왜 이다지도 험난한 것인지.

회사에 입사하고 다시 신영을 만났을 때, 그녀에게 사랑한다고 고백했던 것은 어쩌면 조금은 허풍 비슷하게 섞여 있었는지도 모른다. 한순간이나마 자신의 정신을 모조리 빼앗았던 여자가 말없이 사라진 것으로도 모자라 다시 만나게 됐을 때 관심 없다는 눈빛으로 자신을 바라보는 것이 남자의 자존심을 건드렸기 때문이었는지도 모른다.

하지만 그녀에게서 점차 시선을 떼기가 어려웠고, 그녀를 바라보면 바라볼수록 자기의 성(城)안에서 나오려 하지 않는 그녀를 밖으로 끌어오고 싶었다. 상처받은 남자의 자존심이 그녀의 성 주위의 가시밭을 아름다운 꽃밭으로 바꿔주고 싶은 마음으로 점점 변해갔다.

처음 그녀의 가시에 찔렸을 때 도망가야 했지만 잠시 머뭇거리는 사이 그 가시는 더욱더 깊게 파고들어 우민의 심장 한 가운데 박히고 말았다. 깊게 박힌 가시를 빼내기엔 너무 아파 그대로 둘 수밖에 없었다. 그래서 우민은 잠든 신영이 듣지 못하게 작게 중얼거릴 수밖에 없었다.

'사랑한다.'

잠든 그녀가 행여 들을까봐 들릴 듯 말 듯 웅얼거리는 건 조금의 부담도 주고 싶지 않은 우민의 마음이었다. 오늘 유난히 힘들고 고단했던 이 여자의 하루가 자신 때문에 더 힘들어지는 일은 없길 바라는 우민의 기도였다. 그리고 그와 동시에 우민의 심장이 따끔거렸다. 크게 소리치지 못하는 자신의 사랑이 가여워 눈물이 날 것만 같았다.

우민은 신영의 이마 위에 눈물을 떨어뜨리지 않기 위해 고개를 돌렸다. 그리고 이를 악물었다. 아직 눈물을 흘리는 건 이르다. 지금도 우민의 사랑은 현재진행형이다.

천천히 시간이 흐르고 우민의 눈도 감기기 시작했다. 망각의 샘에 빠져들며 우민은 신영을 가까이 끌어당겼다. 따뜻한 신영의 체온을 온 몸으로 느끼며 그의 입꼬리가 살짝 올라갔다. 아직까진 신영의 체온으로 만족할 수 있을 것 같았다.

진호와 유선이 함께 올라탄 차안에는 무거운 침묵이 자리 잡았다.

진호는 누군가를 죽이고 싶은 살기를 간신히 참아내며 집을 향해 운전을 했다. 장 회장과 유선에게 이혼서류를 던진 날 당장 짐을 싸들고 나와 버렸다. 그때는 다시는 돌아갈 일이 없을 거라고 생각했다. 진호의 얼굴이 엉망으로 찡그려졌다.

입을 꾹 다물고 있던 유선은 칠흑 같은 침묵이 길어지자 점점 숨이 막혀오는 것 같았다. 뭐라고 말하지 않으면 미칠 것만 같았다. 진호의 표정을 살피던 유선은 마침 차가 신호에 걸려 멈춰 서자 조심스레 입을 뗐다.

"여... 여보."

"닥쳐. 지금 당신 목소리 듣고 싶지 않아."

"진호 씨!!"

"한 마디만 더 해봐. 가드레일에 확 갖다 박아 버릴 테니까!!"

유선은 진호의 으르렁거림에 더 이상 대화하는 것을 포기하고 입을 꾹 다물었다. 진호를 알아온 3년 간 저렇게 사나운 진호의 모습을 보는 건 처음이었다.

신영이라는 여자가 나타났을 때부터 진호는 차츰차츰 차가워져 갔다. 그리고 2년 전 이혼하고 싶다는 그의 말을 거절했을 때부터 진호에게서 받을 수 있는 건 무시와 냉랭한 분위기뿐이었다. 시부모님들을 돈으로 엮어 이혼할 수 없도록 만들었을 때도 진호가 보인 것은 차가운 경멸뿐이었다.

차안은 달궈진 엔진 열기로 훈훈했지만 소름이 돋았다. 유선은 자기도 모르게 양팔을 감쌌다.

그래도 진호를 놓칠 순 없었다. 진호는 자신을 보고 집착이라고 하지만 그게 자신에겐 사랑이 맞다. 진호와 다른 모습의 사랑을 하는 것뿐이지 그를 집착하고 옭아매는 게 아니다. 거부당하고 무시당해도 진호를 곁에 두는 게 좋았다.

지나간 사랑은 새로운 사랑으로 잊는다 179

처음엔, 아니 신영이 나타나기 전의 진호는 자신을 보고 웃어주었다. 유선의 머리를 쓰다듬어주고, 같이 손을 붙잡고 걸어 다녔었다. 그때의 온기가 지금도 유선의 손안에 고스란히 남아있었다. 그 온기가 아직도 너무나 선명하게 느껴지기 때문에 유선은 자신들의 인생에서 박신영이라는 여자만 사라지면 다시 예전으로 돌아갈 수 있다고 믿었다.

유선은 생각했다. 자신의 인생에서 진호를 떼어놓는 것은 상상도 할 수 없으니 신영만 떼어놓으면 모든 것이 제자리로 돌아갈 것이다.

유선이 깊은 생각에 빠져 있는 동안 아파트에 도착한 진호는 유선의 손목을 붙잡고 차안에서 내리게 했다. 진호는 여전히 아무 말도 하지 않았지만 성큼성큼 집으로 향하는 그의 커다란 발소리가 아직 화가 나 있음을 알려주었다. 아무도 없어 깜깜했던 집은 현관 비밀번호를 누르자 자동원격 시스템을 가동시키며 집 안 곳곳을 환하게 밝혔다.

진호는 유선을 소파 위에 던지듯 앉게 했다. 그리고 잠시 화를 가라앉히려고 노력했지만 뜻대로 되지 않았다.

"너 미쳤어? 거기가 어디라고 가?"

"당신이 이혼장만 안 내밀었으면 안 갔어."

"불만이 있으면 나한테 하지 왜 아무 죄도 없는 신영이한테 그래?"

"뭐? 아무 죄가 없어? 멀쩡히 잘 있는 남의 남편 훔쳐간 게 죄가 아니란 말야?"

유선의 외침에 진호는 가슴이 답답했다. 유선은 아직도 진실이 뭔지 모른다. 아니 받아드리려고 하지 않는다. 미칠 듯한 화가 가라앉는다. 아무것도 인정하지 않으려는 유선의 태도에 진호가 제 풀에 꺾이고 만다.

"유선아. 우리 아니야. 이대로는 안 돼. 서로 지치고 말거야. 서로에게 더욱더 심해질 거라고. 그 전에 좋게 끝내자. 응?"

진호는 마치 막내 동생을 달래듯 말해보았지만 유선은 들은 척도 하지 않았다.

"아니, 우리 잘하고 있어. 이대로 지내면 돼."

"이대로? 말만 부부인 채로? 지난 2년 동안 우린 완전히 남남이었어. 나는 더 이상 그러고 싶지 않아."

"이혼이 진호 씨 마음대로 될 것 같아?"

"유선아!!"

진호는 좌절감에 소리쳤다. 파경의 원인을 엄밀히 따지자면 진호 본인에게 있었기에 그로선 원만하게 이혼을 하고 싶었다. 딸이 원하는 것은 뭐든 들어주는 장 회장에게 그 서류들을 보여준 것은 자신의 뜻이 단호한 것을 알리기 위한 것이지 결코 협박의 목적은 아니었다. 물론, 원만한 이혼이 어렵다는 것을 알기 때문에 기를 쓰고 장 회장의 비리를 모아왔지만 실제로 쓸 생각은 아니었다.

하지만 유선이 이렇게 나오게 된다면 이혼이 쉽지 않다. 소송까지 걸고 싶진 않았는데... 진호는 제발 장 회장이 딸을 잘 설득하기를 바랄 뿐이었다. 진호는 만약 그들의 이혼이 법정까지 가게 된다면, 그 전에 유선을 보는 것은 이게 마지막이라고 생각했다. 그는 제발 자신의 마지막 말이 유선의 마음을 돌리기를 바랬다.

"유선아. 너의 모든 것들이 나를 지치게 해. 숨이 막혀. 점점 더 괴로워진다."

"아니야, 아니야!!"

유선은 진호의 마지막 고해를 듣지 않으려 귀를 막았지만 소용없었다. 듣고 싶지 않았지만 진호의 입을 막을 수 없었다.

"미안, 난 너를 사랑하지 않아."

"아니야! 당신. 분명히 나 사랑해. 사랑했어. 사랑하지 않았으면 왜 나랑 결혼을 했어!"

유선은 어린아이처럼 울부짖으며 소리쳤다.
"…"
유선의 외침에 진호는 묵묵히 고개를 숙였다. 사랑하지 않았다. 언젠가 사랑하게 될 거라고 결혼을 했다. 진호가 유선을 볼 때마다 사라지지 않는 죄책감. 진호의 침묵이 유선을 더욱더 괴롭게 만들었다.
"당신이 날 사랑하지 않는다 해도 나는 당신을 사랑해. 그러니까 이혼은 못해."
"미안하다, 유선아. 날 좀 놓아줘."
"절대 그렇게 못해. 바람? 좋아. 피워. 언제든지 그년한테 가도 좋아. 그렇지만 이혼은 안 돼!"
유선의 말에 진호의 입이 떡 벌어졌다. 이게 말이 되는 상황이란 말인가? 유선을 바라보는 진호의 안쓰러운 눈빛이 점점 차가워져 갔다.
"그렇겐 안 돼. 나 신영이 옆에 당당하게 있고 싶다. 너 때문에 2년 동안 바라보기만 해야 했어. 아니 바라보는 것도 누군가에게 들킬까봐 눈길 한 번 제대로 못줬어. 그런데 그걸 또 하라고? 말도 안 돼. 난 신영이를 사랑해. 신영이 옆에 떳떳하게 서고 싶다. 그러기 위해선 이혼해야 해."
차가운 진호의 말에 유선은 벌떡 일어나 주방으로 달려갔다. 와장창 그릇이 부서지는 소리와 함께 유선이 다시 뛰어나왔다. 그녀의 손엔 날이 선 과도가 들려 있었다. 진호의 눈이 둥그레졌다.
"이게 무슨 짓이야?"
"이렇게 해서 당신이 돌아온다면 수백 번도 더 할 수 있어!"
"당신이 어린애야? 이성적으로 생각해. 이렇게 해서 해결될 문제가 아니잖아!"
"얼마나 더 양보하라고!! 만나라고 했잖아. 바람피우는 상대 그냥 만나면 됐지 뭘 더 바래?"

유선의 찢어지는 비명소리가 거실을 채웠다. 하지만 신영을, 자신이 사랑하는 사람을 모욕하는 말은 참을 수가 없었다. 욱하는 마음이었지만 정말 이대로 콱 죽어줬으면 좋겠다는 생각이 들 정도로 진호는 분노하고 있었다.

"신영이에 대해 함부로 말하지 마."

지독히도 낮은 목소리로 말한 진호는 현관을 향해 걸어갔다.

"내 얘기 아직 안 끝났어."

매몰차게 등을 보이는 진호에게 화가난 유선은 더 길길이 날뛰었다.

"난 할 말 없어."

뒤도 돌아보지 않고 말하는 진호의 모습에 유선은 한달음에 현관으로 달려가 그의 앞을 막아섰다. 날카로운 과도를 들어 손목 위에 갖다 대었다. 순간 진호의 눈썹이 꿈틀거렸지만 진호는 더 이상 유선에게 할 말이 없었다. 묵묵히 그녀를 밀치고 구두에 발을 넣었다. 유선은 그런 진호의 팔을 잡아 돌려세우고 자신을 똑바로 쳐다보도록 했다.

"당신 못가!! 나한테서 못 벗어나!!"

"너, 정말 미쳤어!!"

"당신 그렇게 가버리면 나 죽어버릴 거야."

유선의 손목 위에서 서슬 퍼렇게 빛나는 칼이 금방이라도 그녀의 여린 손목을 잘라버릴 것 같다. 하지만 그녀의 위협도 진호에겐 소용없었다.

"차라리 죽어버려! 언제까지 상처 안에서 못 벗어나고 그렇게 살 거야! 너 나 사랑하는 거 아니야! 니 아버지를 대신해 널 지켜줄 사람을 놓지 않는 거야. 모르겠어? 세상에 상처받지 않는 사람은 아무도 없어. 하지만 상처받을 것을 알면서도 사는 것, 그 상처를 극복하는 것이 산다고 말할 수 있는 거야. 언제 적 얘기야? 벌써 십오 년도 넘은 일이야. 상처를 이겨내지 못할 바에는 차라리 죽어버려. 지금 니가 제 정신으로 사는 것 같아?"

사람답게 살지 못할 바에야 죽어버리라고!! 그래야 나도 편해!!"

진호는 유선의 광적인 행동에 기가 질려 미친 듯 고함을 지르고 밖으로 나가버렸다. 온 몸에 장유선이란 여자의 집착이 덕지덕지 묻어있는 것 같아 불쾌했다. 한시라도 빨리 유선에게서 벗어나야 했다.

진호가 나가버리고 난장판이 된 거실에서 유선은 꼼짝도 하지 않고 서 있었다. 칼은 그녀의 손을 벗어나 바닥으로 떨어진 지 오래다. 덩그러니 버려진 칼이 마치 유선처럼 을씨년스럽게 보였.

그리고 여명이 어둠을 몰아낼 동안 유선은 미동도 하지 않고 생각에 골몰했다. 모든 진이 다 빠져버린 듯 고요해 보이는 그녀였지만 실상 그녀 안에선 토네이도 같은 분노가 몰아치고 있었다.

진호가 뭐라고 했든 자신은 정상이다. 자신의 사랑을 지키는 게 뭐가 나쁜가? 사랑에는 정답도, 오답도 없다. 어떤 방법으로 지키는가는 중요하지 않다. 어쨌거나 마지막에 웃는 자가 승자라고 했다. 욕심내고 또 욕심을 내도 부족한 것이 사랑이다.

유선은 피가 나도록 입술을 깨물었다. 자신의 사랑을 지킬 것이다. 무슨 수를 써서라도. 유선은 그 어떠한 대가를 치른다 해도 진호만, 진호만 잡아둘 수 있으면 모든 것을 감수할 각오가 되어 있었다.

이윽고 뭔가를 결심한 듯 자리에서 일어난 유선은 핸드폰을 꺼내 단축번호 3번을 눌렀다. 신호가 채 세 번을 넘기기도 전에 전화기 반대편에서 나지막한 목소리가 들려왔다.

"네, 아가씨."

유선과의 통화를 끝내고 남규는 곤란한 표정을 감출 수 없었다. 유선이 부탁하는 일은 남규의 재량 밖의 일이었다. 하라고 닦달을 하면 못할 일은 아니지만 그것은 엄연한 범죄행위다.

괴로운 듯 머리를 마구 헝클이던 남규는 의자에 깊숙이 기대어 앉아 생각에 잠겼다. 십여 년을 넘게 보살피고 있는 아가씨가 범죄자가 되는 것만은 그냥 두고 볼 수 없었다. 자신이 거절을 하면 유선이 정말 위험한 녀석들과 연락을 취해 일을 의뢰할 것은 불 보듯 뻔한 일이다.

남규는 몸을 일으켜 인터폰을 눌렀다.

"잠깐 들어와 봐."

"네. 실장님."

대답이 끝나기가 무섭게 가벼운 노크 소리와 함께 검은 양복을 차려 입은 사내가 들어왔다.

"부르셨습니까? 실장님."

"그래. 지금 당장 회장님 비서실로 전화 넣어서 회장님 스케줄 알아보고 내가 만나 뵙기를 청한다고 전해. 아가씨 일이니까 되도록 빨리 뵈었으면 좋겠다는 말도 잊지 말고."

"아가씨한테 무슨 일이라도..."

되묻는 사내의 얼굴엔 궁금증이 가득하다. 지금이야 아가씨가 결혼을 해서 얌전해졌다고는 하지만 예전에는 못 말리는 말썽장이라는 것을 잘 알고 있었기에 더욱 호기심이 일었다. 사내의 그런 생각을 읽기라도 했는지 남규의 이마에 내 천(川)자가 새겨진다.

"그건 몰라도 되고, 얼른 연락이나 넣어. 될 수 있으면 빨리라고."

"네!! 알겠습니다."

상관에게서 큰 소리가 터져 나오자 사내는 움찔해서 밖으로 달려 나갔다.

다시 혼자 남은 사무실에서 남규는 손가락으로 책상을 톡톡 치며 장 회장에게 어떻게 얘기를 전해야 할지 고민에 빠졌다.

2년 전, 유선이 남규를 불러 한 장의 사진을 줬을 때가 떠올랐다.

양가 부모님과 함께 찍은 유선의 결혼사진을 보고 남규는 의아한 생각이 들었지만 섣불리 묻지 않고 묵묵히 입을 다물고 있었다. 워낙에 천방지축 아가씨라 생각도 천방지축으로 튀었다. 사진을 보며 이번엔 또 무슨 희한안 일을 꾸미나 생각할 뿐이었다. 하지만 유선의 입에서 나온 얘기는 웬만한 일에도 내색을 안 하는 남규조차 놀라 입을 벌렸을 정도였다.

시댁 부모들을 알거지로 만들라니... 유선은 이제 막 정년퇴직한 시아버지께 좋은 건수가 있다고 접근을 해 파산지경에 이르게 만들라고 주문을 했다. 몇 천 만원 단위가 아니라 억 단위의 채무를 만들라고 했다.

이미 그 때 남규는 유선의 이혼소식을 듣고 있었다. 남자 쪽에서 바람을 피워 이혼을 요구하는 거라고 했었다. 유선의 자존심에 남자의 바람이라니 있을 수 없는 일이었다. 그래서 아예 재기할 수 없을 정도로 복수를 하는 거라고 생각했다.

너무 심한 게 아닌가 하는 생각이 절로 들 정도였다. 그래서 유선의 지시를 받고 남규는 침묵했다. 바로 그 즉시 움직이지 않고, 회장의 지시를 기다렸다. 언제나 도가 넘치는 유선의 행동에 장 회장이 남몰래 브레이크를 걸어왔기에 이번에도 당연히 그럴 거라고 생각하고 잠시 행동을 멈춰있었는데 이상하게도 장 회장에게선 아무런 기별도 들리지 않았.

넌지시 회장 비서실을 찔러보고 나서야 일이 어떻게 돌아가는지를 알 수가 있었다.

유선은 이혼을 하고 싶지 않았던 것이다. 어떻게 해서든, 무슨 수를 써서든 진호를 붙잡고 싶었던 것이다. 그래서 진호의 가장 약한 부분을 찔렀던 것이다. 평범한 가족의 장남. 믿음직한 아들, 의지할 수 있는 형이었던 진호의 위치를 이용해 진호네 가족을 줄줄이 엮어버렸다. 부모님은 일확천금할 수 있다는 헛된 망상으로, 동생들에게 의도된 사고들로 정신을 빼놓았다. 한 화목한 가정이 박살나는 건 시간문제였고, 진호는 비참하게도 장인어른이 내미는 통장을 받을 수밖에 없었던 것이다.
 그리고 정확히 2년 후, 이번에 또 그런 상황이 오고 말았다.
 처음 진호를 봤을 때 받은 느낌이 틀리지 않았다. 진호에겐 강단과 고집이 있었다. 2년 동안 억에 달하는 빚을 갚고, 유선에게서 벗어나려고 하고 있었다. 처음 마음먹은 대로.
 남규는 실망스런 표정을 숨기지 않았다. 물론 유선은 쉽지 않은 여자다. 하지만 진호라면 더 버틸 수 있을 거라 생각했다. 부부생활에 버틴다는 말을 쓴다는 것 자체가 모순이지만 진호의 강단이 조금 더 지속되기를 바랬다.
 '그래, 사랑이다. 이거지.'
 남규는 맨 마지막 서랍에서 서류철 하나를 꺼냈다. 그 서류를 책상의 마지막 서랍에서도 다른 서류들 밑, 맨 바닥에 숨겨져 있었다. 하늘색의 서류엔 이름 하나가 정갈하게 쓰여 있었다. 박신영.
 남규의 입에서 한숨이 절로 터져 나왔다. 다시는 펼쳐볼 일이 없기를 바랬지만 그렇다고 해서 버릴 수도 없었던 서류였다. 서류의 첫 장을 열자 한 여자의 모습이 보였다. 긴 머리를 대충 틀어 올린 채 환하게 웃고 있는 여자. 그의 곁에 진호와 조정한이라는 진호의 친구가 같이 웃고 있다. 유선이 들으면 통탄할 일이지만 남규의 눈에도 진호와 신영은 굉장히 잘 어울렸다. 진호와 유선처럼 아슬아슬하고도 위태한 분위기는 없었다. 사진 속의 두 남녀는 익숙하고 여유로운 분위기였다. 아마 진호도 이런 분위기에 끌렸으리라. 매일 매일 신경이 곤두선 유선과 그녀를 감싸고만 도는 장 회장 사이에서 정상적인 결혼생활은 어려웠을 것이다. 유선은 진호를 유혹한 것은 신영이라고 길길이 날뛰었지만 그렇지 않다는 것은 모두가 알고 있었다.
 남규는 씁쓸히 웃었다. 또 다시 이 죄 없는 아가씨한테 고통을 줄 수는 없는 일이었다.

　유선은 하루종일 잠만 잤다. 진호가 나가버리고, 아침이 올 때까지 생각에 골몰한 후, 남규에게 전화를 건 다음 쓰러지듯 잠이 들어 만 하루를 그대로 침대에 누워있었다. 지금 자신이 처한 상황을 현실로 인정하고 싶지 않았기 때문에 계속 잠들어 있는 것일지도 몰랐다. 아무튼 유선은 자고, 자고 또 자다가 아버지인 장 회장의 전화를 받고나서야 자리에서 일어났다.
　유선은 침대에서 벗어나 샤워를 하면서 콧노래를 흥얼거렸다. 밖에서 만나자는 아버지의 목소리에 신이 났다. 아버지가 분명 뭔가 대책을 만들어 주신 거라고 생각했기 때문에 유선의 기분은 날아갈 것 같았다. 이럴 줄 알았으면 굳이 남규에게 전화를 하지 않아도 될 뻔했다.
　퍼프에 거품을 만들어 몸을 닦던 유선의 이마가 이내 찡그려졌다. 아니다. 그런 여자는 한번 당해봐야 한다. 어디서 남의 것을 빼앗아? 박신영이라는 여자를 진호의 눈앞에서 없애지 않으면 계속해서 유혹해 댈 것이다. 그런 위험요소를 두고 볼 수는 없다.
　샤워를 마친 유선은 외출준비를 하기 시작했다. 네일 스타일리스트를 불러 손톱을 손질 받고 싶었지만 그러기엔 시간이 부족했기에 화장과 옷차림에 정성스레 신경을 썼다. 잠을 푹 자서 그런지 기분이 상쾌했다.
　유선은 동그란 눈매에 하늘색 아이새도를 듬뿍 바르고 눈매는 펄이 들어간 하얀색 아이새도로 마무리했다. 그리고는 아이라인을 깊게 그리고 서랍에서 부분 속눈썹을 꺼내 조심스레 붙이고 마스카라를 꼼꼼히 발랐다. 분홍빛 블러셔로 얼굴을 매만져 주고, 핫핑크색 립스틱을 골라 입술에 발랐다. 거울 속의 여자는 사랑으로 볼이 달아오른 것처럼 보였다.
　자신의 모습에 만족한 유선은 자리에서 일어나 화사한 원피스를 꺼내 입었다. 하이웨스트 원피스는 진한 남색, 하늘색, 하얀색 쉬폰이 겹쳐 있어 하늘하늘한 느낌을 살려주었고, 가슴은 깊게 파여져 있고, 넓은 남색 공단 띠로 마무리가 되어 있어 섹시한 느낌과 여성스러운 느낌을 동시에 잘 살려주었다. 마지막으로 화장대에서 다이아몬드 목걸이와 한 세트인 귀고리를 착용하고, 결혼반지를 낀 유선은 만족에 찬 웃음을 지었다.

지금 그녀의 머릿속엔 장 회장과의 지루한 만남을 일찌감치 끝내버리고 진호를 만날 생각뿐이었다. 두 사람의 이혼이 불가능하다는 것을 자신의 입으로 그에게 말해주고 싶었다. 그리고 마음 넓은 당신의 와이프는 잠깐의 바람 같은 건 너그럽게 눈 감아 줄 수 있다고도 말할 것이다. 그 후 진호와 근사한 레스토랑에 가서 저녁을 먹을 계획이다. 그런 멋진 자리에는 이렇게 아름답게 꾸민 자신이 어울린다. 멍청한 소처럼 커다란 눈만 깜빡이는 그런 여자는 어림없지.

"후후후후... 하하하하하..."

혼자만의 세계에 빠진 유선의 소름끼치는 웃음소리가 적막한 집안을 가득 채웠다.

이른 아침, 여섯시에 맞춰놓은 알람시계가 울리기도 전에 신영의 눈이 떠졌다. 그리고 그와 동시에 자신이 우민의 품에 안겨 있다는 사실도 깨달았다.

'왜 이 사람이 여기 있지?'

의문도 잠깐, 곧 지난밤의 기억이 고스란히 떠올랐다. 어젯밤 뜨거웠던 키스가 생각나자 자신도 모르게 볼이 달아올랐다. 신영은 우민이 깰까봐 허리에 얹힌 그의 팔을 조심스레 풀고 일어나 앉았다. 남자를 집에 데려 온 것도 처음이지만 남자의 잠든 얼굴을 보는 것도 처음이다. 그제야 신영은 우민의 얼굴을 찬찬히 살펴볼 수 있었다.

머리카락 몇 가닥이 붙어 있는 반듯한 이마, 그리고 이마와 이어진 날렵한 콧날과 단정하게 감긴 눈. 속눈썹은 남자 것 치곤 길다. 살짝 벌어진 입술과 보기 좋은 모양의 턱선. 선량한 눈동자가 보이지 않아서 그런지 잠들어 있는 우민의 얼굴은 조금 날카로워 보인다.

'틀려, 이 사람... 그 사람이랑은 너무나 틀려!'

하나하나 살펴본 후에야 신영은 우민과 진호가 너무나 다르다는 것을 깨닫는다. 심장을 와르르 깨뜨려 버리는 깨달음. 신영의 숨이 살짝 빨라진다.

'왜 몰랐을까? 두 사람이 이렇게나 다른 것을'

우민과 첫날밤을 보낸 호텔에선 황급히 도망쳐 나오느라 그의 얼굴을 꼼꼼히 쳐다볼 겨를 같은 건 없었다. 그리고 연이은 사건들 때문에 우민과 진호가 다르다는 사실을 깨달을 시간이 없었다. 하지만 그와 진호를 닮게 보는 것은 신영만이 아니다. 회사 사람 모두, 진호과 가장 친한 정한까지도 우민과 진호가 닮은 것을 인정했다. 아니, 당사자들도 서로의 얼굴을 보고 깜짝 놀라지 않았던가?

그런데 지금 신영에게 우민의 얼굴이 너무나 낯설게 보였다. 마치 처음 보는 사람 같았다.

'왜지? 왜야'

스스로 물어보지 않아도 신영은 그 답을 알 것 같았다.

신영의 마음속에서, 그녀의 가슴이, 그녀의 심장이 느끼는 우민이 달라진 것이다.

가볍게 그녀의 입술을 훔치고 장난스럽게 웃는 모습이라던가, 힘든 하루라고 느낄 때 말없이 가슴으로 끌어당겨 숨이 막히도록 끌어안아 준다던가, 밥을 먹다가 눈이 마주치면 멋쩍어 하며 베시시 웃는다던가. 신영만이 알고 있는 우민의 모습들이 하나하나 그녀의 가슴에 아로새겨져 버렸다.

'말도 안 돼!'

신영은 스스로 내린 대답을 거부했다. 자신의 마음속에서 우민의 존재가 점점 커져간다는 것은 받아들이기 힘든 일이었다. 우민을 볼 때 이렇게 심장이 뛰어서는 안 되는 거다. 우민을 볼 때 이런 안타까운 감정이 들어서는 안 되는 거다.

신영은 와락 울고 싶었다. 잠결에 자신의 손을 찾아 꼭 쥐는 우민의 손이 너무 따뜻했기 때문이다.

8

장 회장은 삼성동에 위치한 단골 레스토랑의 VIP룸에서 초조하게 유선을 기다렸다. 그의 곁엔 남규도 같이 앉아 있었다. 아침나절 남규의 보고를 듣고 장 회장은 벌어진 입을 다물 수가 없었다. 자신의 딸이 그런 부탁을 할 줄이야.

"정말 유선이가 그런 부탁을 했단 말야?"

장 회장은 몇 번이나 듣고서도 믿을 수 없어 재차 확인을 한다. 장 회장의 그런 마음을 누구보다 더 잘 이해하는 남규는 조금도 귀찮아하는 기색 없이 그의 확인에 답을 해주었다.

"네. 아침 아홉시를 넘기자마자 전화를 하셔서 박신영 씨에게 사람을 좀 붙여달라는 말씀을 하셨습니다. 그것도 거친 사내들을 둘 정도 붙여 해코지를 했으면 좋겠다고... 자세하게는 말씀하시지 않으셨지만 신체적으로 위협을 가해서 박신영 씨의 부모님이 계신 미국으로 돌려보내라고 하셨습니다. 될 수 있으면 빨리라고..."

남규는 처음 그의 보고를 들었을 때처럼 일그러지는 장 회장의 얼굴을 볼 수가 없어서 말을 마칠 수가 없었다.
"쯧쯧쯧."
장 회장은 딸의 위험한 생각에 혀를 찼다. 유선의 집착이 정상이 아니라는 진호의 말이 맞는 것 같았다. 아침나절 장 회장에게 진호의 전화가 걸려왔다. 진호는 딱딱하게 굳은 목소리로 지난 저녁에 있었던 유선의 돌발행동을 말하며 병원에 데리고 가는 게 좋을 것 같다는 말을 했다. 그때는 남규의 보고를 듣기 전이라 원하는 이혼이면 됐지 전 부인을 정신병자로 만드는 건 또 무슨 해괴망측한 일이냐고 소리를 고래고래 질렀었다. 그리고 진호에게 일갈한 지 한 시간도 되지 않아 남규의 보고를 받게 되었던 것이다.

여리디 여린 딸이 그런 끔찍한 부탁을 했다는 게 도저히 믿어지지 않았다. 동시에 자신이 너무 감싸고만 돌아서 딸이 잘못된 건가 싶은 게 장 회장의 마음이 답답해져 왔다.

참다 참다 못해 오늘 약속을 잡기 전 장 회장은 대학병원장으로 있는 지인을 통해 정신과의사를 하나 소개받았다. 또랑또랑한 목소리의 의사에게 몇 가지 유선의 행동을 말하고 상담을 받았다. 의사는 환자의 상태를 직접 보지 못한 상태에서 진단을 내리는 것은 굉장히 위험한 일이지만 어릴 적의 트라우마가 지금까지도 남아 있어서 버림받는 상황에 대해 공격적인 성향을 띄게 만든 것 같다는 소견을 내 놓았다. 그리고 자기 폭력적인 성향까지 나타나는 걸 보니 꽤 위험한 상황 같으니 될 수 있는 한 빨리 병원에 와 진단을 받아봐야 한다고 했다.

의사의 말에 장 회장은 벌렁거리는 심장을 진정시킬 수가 없었다. 자신의 딸이 정신병자라니... 당장 유선이 아니라 장 회장이 쓰러질 것만 같았다. 같이 의사의 얘기를 듣고 있던 남규가 요즘은 스트레스로도 정신과를 찾아다니고, 외국에서는 정신과의사와의 상담은 일반적인 거라고 말해 장 회장을 겨우 진정시켰다.

하지만 장 회장은 아직도 벌렁거리는 심장으로 유선을 기다리고 있었다. 장 회장이 초조한 심정으로 시계를 바라보고 있을 때 유선이 화사한 웃음을 지으며 VIP룸으로 들어왔다.

"늦지 않았죠? 어, 이 실장님도 계셨네요? 잘됐다. 안 그래도 몇 가지 더 자세한 말씀을 드리고 싶었는데…"

남규를 반기는 유선을 보고 장 회장의 심장이 몇 배로 더 빨리 뛰기 시작했다. 너무나도 멀쩡한 딸이 정신과라니… 장 회장은 아직도 믿어지지 않는다는 눈길로 유선을 살폈다. 봄꽃처럼 화사하게 차려입고 예쁘게 웃는 유선이 이질적으로 보였다.

"음식은 시키셨어요? 어제 저녁부터 밥을 안 먹었더니 배고파요."

배가 고프다며 귀엽게 투정을 부리는 딸은 천생 어린아이처럼 보였다. 장 회장은 진호의 말이 잘못됐을 거라 생각했다. 지금 유선의 모습을 보라. 멀쩡하지 않은가? 장 회장은 속으로 한숨을 쉬었다. 스트레스를 받아 일시적인 것뿐이다. 스스로를 위안하며 장 회장은 남규에게 손짓을 했다. 남규는 가방에서 서류를 꺼내 장 회장에게 건넸다.

진호와 유선의 이혼 서류를 보며 장 회장은 잠시 생각에 빠졌다. 어젯밤 진호는 유선의 히스테릭했던 행동뿐만 아니라 조속한 이혼을 바란다는 말도 잊지 않았다. 지난번 장 회장에게 건넨 서류는 빙산을 일각이라고 했다. 그 자료를 소각해버린다고 해도 장 회장을 옭아맬 서류는 얼마든지 더 있으니 빨리 이혼을 마무리 짓는 게 서로에게 좋을 거라고 말했다.

장 회장으로선 소름끼치는 일이 아닐 수 없었다. 도대체 영악한 사위가 자신의 비리를 어느 정도 알고 있는지 묻는 것이 두려울 정도였다.

젊은 시절부터 지금까지 빠르게 사업을 확장시킨 것까진 좋았지만 그의 부작용이라고 할까? 지름길에는 언제나 대가가 필요한 법이었다. 그리고 지금 그 대가들이 도로 장 회장의 목을 조르는 형편이 되고 만 것이다.

장 회장의 인상이 심하게 찌푸려졌다. 바람난 사위를 다시 제자리로 돌리기는 이미 늦었다. 그렇다면 그의 사업이라도 구하는 게 옳으리라. 아니 그의 사업체를 망칠 수는 없다. 다 늙어서 거리로 내몰릴 수는 없는 일 아닌가? 그리고 그의 밑에 수천 명의 직원들이 있다. 딸 하나 살리자고 그들을 자신과 다 똑같은 꼴이 되게 할 수는 없다.

이윽고 결심을 내린 장 회장은 유선에게 이혼 서류를 내밀었다.

장 회장이 말없이 내민 서류를 물끄러미 쳐다보며 유선의 얼굴에 공포가 서서히 피어나기 시작했다.

"아빠, 이건?"

"싸인해라."

"아빠!!"

유선은 믿을 수 없다는 눈빛으로 장 회장을 바라보았다. 딸의 눈길을 이길 수 없었던 장 회장은 시선을 피했지만 어쩔 수 없는 일이었다. 한시라도 빨리 이혼을 매듭짓는 게 장 회장에겐 그 어떤 일보다 중요했다.

"싸인하거라. 손 서방은 돌아오지 않아."

"싫어요! 고작 이거 싸인하게 하려고 오늘 부르셨어요?"

"유선아!"

"저, 죽어도 이혼 안 해요!!"

유선은 자리에서 일어나 이혼서류를 짝짝 찢고, 장회장 앞으로 던져 버렸다. 그녀의 눈빛은 상처로 얼룩져 있었다.

"아빠가 저한테 이러실 줄은 몰랐어요."

유선은 장 회장을 한껏 쏘아본 후 몸을 돌렸다. 그녀가 밖으로 나가려 하자 장 회장은 남규에게 눈빛을 보냈다. 장 회장의 말없는 지시를 알아들은 남규는 유선보다 한발 더 문 앞으로 다가가 유선을 잡았다.
"아가씨."
"이거 못 놔요? 배신자! 언제나 항상 아빠한테 쪼르르 달려가서 일러바쳤나요? 비겁자!!"
유선은 표독스럽게 남규를 쩨려보았지만 그는 유선의 어깨를 잡은 손에서 힘을 풀지 않았다. 장 회장의 지시가 떨어지지 않는 이상 남규는 유선을 놓을 생각이 없었다.
"이 실장한테 그게 무슨 말버릇이냐!"
"날 지키라고 붙여줬으면 내 사람 아니에요? 내가 뭐라 말하던 아빠가 무슨 상관이에요!!"
"저, 저..."
"아가씨, 진정하시고 앉으시죠."
"진정? 지금 진정하게 생겼어요? 이거 놔, 이거 놓으라고!!"
남규에게 어깨를 붙잡혀 활동에 제한이 오자 신경질이 난 유선은 미친 듯 몸을 흔들기 시작했다.
"놔! 놔! 놔아!!"
곱게 손질했던 머리가 미친 사람처럼 산발이 되도록 온 몸을 흔들어대도 남규가 꿈쩍도 하지 않자 이번엔 그에게 달려들어 그의 가슴과 어깨를 치다 무방비의 뺨에 손톱을 세웠다.
"윽."
유선의 손톱에 깊게 패인 볼에서 피가 나기 시작했다. 피는 남규의 얼굴을 타고 흘러 턱에 맺혔지만 남규는 유선을 놓치지 않았다. 순간적인 아픔으로 그녀를 놓쳤다간 밖으로 달려 나가 어떤 행동을 할지 몰라 놓을 수가 없었다. 정신과 의사는 자기 폭력적인 현상이 무엇보다 위험하다고 했다. 지금 나가 운전을 하게 되면 필시 사고를 일으키게 될 것이다.

남규는 이를 악물고 유선을 붙잡았다.

유선과 남규의 실랑이를 보며 장 회장은 자리에서 벌떡 일어났다. 유선의 행패와 폭력에 더 충격을 받은 건 남규가 아니라 장 회장이었다. 한번도 유선의 이런 모습을 보지 못한 장 회장은 혈압으로 숨이 넘어갈 것만 같았지만 정신을 바짝 차렸다. 이럴 때 일수록 정신을 차려 유선을 돌봐줘야 한다.

"이보게, 이 실장. 사람 좀 불러."

장 회장의 지시에 남규는 한손으로 유선을 꽉 잡고 한손으로 핸드폰을 꺼내 부하들을 불러들였다. 밖에서 대기하고 있던 부하들은 10초도 되지 않아 모습을 드러냈다. 부하들은 눈앞에 펼쳐진 모습에 입을 다물지 못하고 선뜻 행동도 하지 못하고 있었다.

"다들 멀뚱히 서 있지만 말고, 유선이 좀 붙잡아. 이 실장 상처를 치료해야 하지 않나."

"아... 넷!!"

건장한 사내 둘이 달려들어 유선을 붙잡아도 유선의 비명은 그치지 않았다.

"놔, 놔. 이 새끼들아!! 이거 안 놔? 너희들 다 죽고 싶어?"

"조용하지 못해!!"

결국 장 회장의 커다란 고함소리가 터져 나왔다. 그의 일갈에 유선이 비명을 그치고 그를 바라보았다. 장 회장의 노기 띤 얼굴이 유선을 노려보고 있었다.

"조용히 하고 앉도록 해."

"아빠!"

"앉아! 앉아서 내 얘기 들어!!"

좀처럼 내지 않는 장 회장을 큰소리에 유선이 주눅이 들어 힘없이 의자에 앉았다. 남규는 입모양으로 사내들에게 밖에서 기다리라는 지시를 내렸다. 룸 안에는 도로 세 사람만 자리했다.

"손서방하고의 이혼은 불가피 하다."

"아빠!"

"내 얘기 들으랬지!"

"잘 들어라, 유선아. 손 서방이 이 애비 약점을 가지고 있다. 너희 둘 이혼을 방해하면 우리 삼선물산이 쓰러져."

"네?"

"손 서방이 그럴만한 힘을 가지고 있단 말야."

"말도 안돼요. 그 사람이 어떻게 그렇게 해요?"

"지난번에 이혼 서류랑 다른 큰 봉투를 준거 너도 기억할 꺼다."

"네... 하지만..."

"그게 치부책이야. 이 아비 잘못이 거기에 다 까발려져 있어."

"..."

"이번엔... 네가 양보해 다오, 유선아."

"아버지..."

유선은 말문이 닫혀버렸다. 자신의 문제 때문에 아버지의 사업체를 망칠 수는 없는 일이지만 그렇다고 해서 진호와 이혼하기는 죽기보다 싫었다. 유선은 대답하지 않고 묵묵히 입을 다물었다. 지금 이 상황에선 어떤 대답도 나오지 않았다.

풀이 죽어 말없이 앉아 있는 딸의 모습에 장 회장의 가슴이 아파왔다. 마음 같아선 당장 진호를 끌고 와 무릎이라고 꿇게 하고 싶었지만 지금은 진호의 자비심에 덜덜 떨어야 하는 입장이 돼 버린 것이다. 장 회장의 입에서 무거운 한숨이 터져 나왔다. 그러다 장 회장의 시선이 남규와 마주쳤다. 남규의 말없는 눈빛이 장 회장이 해야 할 또 다른 일을 일깨웠다.

"그리고, 유선이…"

장 회장은 쉽게 말을 이을 수 없었는지 차가운 물을 벌컥벌컥 마셨다. 그리고 남규와 시선을 교환하고 힘겹게 말을 이었다.

"유선이 내일… 강 원장네 병원에 좀 가봐."

"네? 병원이요? 지금 이 상황에 병원은 왜 가요?"

이혼이야기를 하다말고 난데없이 끼어든 병원 얘기에 유선은 의아한 눈길을 장 회장에게 던졌다.

"가봐. 강 원장이 의사 한 명 소개시켜줄 거야. 요즘 이래저래 스트레스도 많이 받았을 테니 상담 좀 받고 오너라."

"상담은 무슨…"

도통 이해할 수 없는 장 회장의 말에 반문하던 유선의 눈매가 가늘어졌다. 머뭇거리는 장 회장의 표정이 심상치 않다.

"정확히 무슨 병원이에요?"

눈치 빠른 유선은 장 회장의 머뭇거림을 놓치지 않았다.

"네가 요즘 너무 피곤해보여서…"

"피곤한데 왜 상담을 받아요?"

유선의 목소리가 다시 올라가기 시작했다. 딸이 흥분하는 기색이 보이자 불안한 장 회장은 남규에게 시선을 던졌다.

"아빠!! 이 실장님 보지 말고 저 보세요! 무슨 병원이에요?"

"…"

"정신과죠? 맞죠?"

"유선아…"

"내가 미쳤어요? 정신과를 가게!"

"애야, 요즘엔 스트레스 때문에 다들 간다고 하는구나. 미쳐서 정신과에 가는 게 아니야."

"그이가 전화했어요? 전화해서 나 미쳤으니까 병원에 데려가라고 그랬어요?"

진호의 목소리가 유선의 머릿속에 빙글빙글 돌았다. 미쳤다고 단호하게 말하는 진호의 목소리가 점점 더 귓가에서 크게 울리기 시작했다.

"그래서 아빠는 하나 밖에 없는 딸을 정신병원에 보내시려고요? 아빠야 말로 미치신 거 아니에요?"

유선의 거센 반발에 장 회장은 어찌할 바를 몰랐다. 딸의 상태에 대해 듣기만 했을 때는 몰랐는데 직접 눈으로 흥분상태의 딸을 보니 두려움이 점점 더 커졌다. 이러다가 딸이 정말 미치는 게 아닌가 싶은 두려움이 장 회장을 더 겁나게 했다.

남규가 다시 밖에 있는 사내들을 부를 기색을 보이자 유선은 한순간에 차분해졌다. 아니 차분해지려 노력했다. 머릿속은 불 속에 뛰어든 것처럼 활활 타올랐지만 억지로 진정하려고 심호흡을 했다. 자신을 두려운 눈으로 바라보는 장 회장의 시선이 얼음처럼 차분해지는 데 도움을 줬다. 장 회장의 눈빛은 어젯밤 진호가 자신을 바라보는 눈빛과 똑같다.

말도 안 돼. 난 미치지 않았어.

유선은 자리에서 벌떡 일어났다. 숨이 막혀왔기 때문에 이 자리를 벗어나야 했다. 진호와 똑같이 동정어린 눈빛으로 바라보는 사람들의 틈에서 벗어나야 했다. 유선은 기계적으로 손을 움직여 핸드백을 쥐었다.

장 회장이 애타게 유선을 불렀다.

"유선아!"

"됐어요. 이제 진정했으니까. 왜요? 지금 당장 정신병원에라도 끌고 갈건가요?"

유선은 장 회장을 표독스럽게 쳐다보았다. 딸의 눈빛과 얼음장 같은 목소리에 장 회장은 움찔했다.

"걱정 마세요. 아버지 딸. 남자 하나 때문에 미치지 않으니까."

말을 마친 유선은 휑하니 밖으로 나갔다. 장 회장의 옆에 있는 남규에게 시선도 주지 않았다. 그게 남규를 더 불안하게 만들었다.

활활 타오르는 불에 물을 끼얹은 것처럼 순간 냉정하게 변해버린 유선의 모습이 남규의 본능에 불안함을 전했다. 평생을 위험 속에서 살아온 남규의 본능이 아직 끝나지 않았다고 속삭이고 있었다.

혼자 출근하게 된 신영은 어색함과 껄끄러움에 자꾸 멀쩡한 손을 괴롭혔다. 선뜻 회사 안으로 들어갈 용기가 나지 않았다. 아침에 일어난 우민은 옷을 갈아입는다고 일찍 집으로 갔다. 우민의 뒷모습을 보며 그를 붙잡고 싶었지만 신영은 소심하게 머뭇거렸다. 혼자 출근하는 것은 죽기보다 싫었지만 또 한편으로는 똑같은 옷차림의 우민이 사람들에게 불러일으킬 상상이 두려웠기 때문이었다. 그래서 지금 신영은 한숨을 쉬며 회사 밖에 서 있는 것이다.

언제까지나 이곳에 서 있을 수는 없는 일이기 때문에 신영은 마음을 굳게 먹고 회사를 향해 걸었다. 좀 이른 시간인지 로비엔 사람들이 거의 없었다. 신영의 입에서 안도의 한숨이 터져 나왔다. 웬만해선 사람들을 피하고 싶은 게 신영의 솔직한 심정이었다.

하지만 안도의 한숨도 잠깐이었다.

"어이."

무겁게 어깨를 치는 손.

"아, 선배."

"좋은 아침! 근데 너 얼굴이 왜 그래?"

"내 얼굴이 왜?"

"아주 까칠하다. 쯧. 내가 요즘 너만 보면 한숨이 나온다."

"한숨은…"

"인마, 피죽도 못 먹은 사람처럼 꽉 죽어가지고 돌아다니는데 선배가 한숨이 안 나오냐?"

"피…"

신영은 지금 옆에 정한이라도 있어서 다행이라고 생각했다. 어쭙잖은 농담 따먹기라도 해서 어색한 분위기를 잊을 수 있어서 좋았다.

"선배… 어제 내가 간 뒤로 회사 사람들은 어땠어?"

엘리베이터에 오르며 신영은 작은 소리로 물었다. 회사가 있는 11층 버튼을 누르는 게 너무도 힘들었다. 머뭇거리는 신영 대신에 정한은 11층 버튼을 눌렀다.

"뭐, 그렇지. 너도 없고, 진호도 없고, 일을 진행시킬 분위기가 아니어서 그대로 흩어졌어."

그리고 두 사람은 선뜻 말을 건네지 못하고 있었다. 신영은 회사 사람들을 대할 생각에 착잡했고, 정한은 그런 신영에게 꼬치꼬치 캐묻고 싶지 않았기 때문에 그냥 입을 다물고 있었다. 그리고 엘리베이터가 11층에 도착한 후에도 두 사람 모두 내리려는 기색을 보이지 않았다.

"선배, 잠깐 얘기 좀 할래?"

신영의 물음에 정한은 고개를 끄덕였고 그녀는 맨 꼭대기층 버튼을 눌렀다. 아직 출근 시간이 되지 않아 옥상에는 아무도 없었다. 두 사람은 난간으로 다가가 출근길로 복잡한 시내를 내려다보며 이야기를 시작했다.

"2년 동안 노력 많이 했다고 생각했어. 쓰러지지 않으려면 일밖에 없다고 생각했고. 그래서 미친 듯이 일만 했어. 그런데 우습지? 순식간에 2년 전으로 돌아가 버렸어."

신영이 조용한 목소리로 이야기를 풀어내는 동안 정한은 묵묵히 그녀의 이야기를 들었다.

"뭐가 잘못된 걸까? 내가 뭘 그렇게 잘못한 거야?"

신영은 정한에게 물었지만 정말로 그에게 묻는 것이 아님은 두 사람 다 알고 있었다. 신영은 자신의 속마음을 이야기할 상대가 필요했던 거고, 정한은 그걸 알고 있었다. 지금 정한이 할 일은 신영의 이야기를 들어주는 일이었다. 그리고 설사 정말 신영이 정한에게 물었다 해도 정한은 아무런 대답도 해줄 수 없었다. 신영은 잘못하지 않았다. 2년 전이나 지금이나. 잘못은 온전히 진호와 자신의 몫이었는데 신영 혼자 엄청난 일을 감당하고 있는 것이다. 항상 정한의 양심을 찔러왔던 사실이 지금 다시 한 번 그의 양심을 찌른다.

"선배 우민 씨 보고 놀라지 않았어?"

신영은 스트레이트로 물어왔다. 사실 정한은 우민의 피같은 고백을 듣고 난 후 내내 두 사람의 관계가 궁금했다. 그리고 어제, 아무리 힘들어도 자신에게는 기대지 않았던 신영이 거침없이 우민에게 손을 내밀고 그에게 기댔다. 그게 의미하는 바는 엄청나다. 지금 신영에게 가장 가까운 사람은 자신도, 진호도 아닌 우민이란 얘기였다.

"솔직히 말해서 굉장히 놀랐다. 그것보다 더 놀란 건 김우민 씨 옆에 니가 있다는 거야. 나는 아직 너에게 그 얘기는 듣지 못했어. 그래서 궁금해."

"우민 씨는... 내가 먼저 그 사람을 선택했어. 그 사람이면 될 줄 알았어."

"그게 무슨 말이야."

신영과 우민이 만나게 된 이야기는 우민을 통해 알고 있었지만 신영의 선문답 같은 대답에 정한은 더욱 궁금한 표정을 지었다.

"선배, 나 정말 진호 선배한테서 벗어나지 못한 걸까? 그래서 우민 씨를 선택했던 걸까? 나 혼란스러워. 우민 씨를 선택하면서 손진호란 사람을 내 안에서 다 털어버릴 수 있을 거라 생각했어. 그런데 이상해... 자꾸만 꼬여가. 내가 의도하지 않는 일들이 생겨. 선배 그거 알아? 내가 사건의 중심이긴 한데, 나는 아무것도 할 수가 없는 거야. 분명 나 때문에 생기는 일들인데 나는 해결할 힘이 조금도 없어."

신영이 짓는 흐릿한 미소에 정한의 가슴이 아파왔다. 신영의 답답한 마음을 이해할 순 없지만 그녀의 절절한 심정이 손끝에서 느껴지는 듯했다.

"나 맨 처음에 진호 선배랑 우민 씨랑 참 닮았다고 생각했어. 그런데 그게 아니야. 요즘 문득문득 우민 씨를 볼 때마다 내가 왜 두 사람이 닮았다고 생각했는지 모르겠어. 두 사람, 너무나 달라. 그 사실이 너무 겁이 나. 한 사람 밀어내자고 찾은 사람인데 그 사람의 자리가 내 마음 속에 어느 샌가 생겨버렸어."

신영의 눈가에 눈물이 맺히는 것 같았지만 그녀는 결코 울지 않았다. 남에게 우는 모습을 보이는 것은 참을 수가 없다. 왠지 우민의 앞이 아니라면 눈물을 흘릴 수가 없다.

정한은 눈물을 참는 신영을 가만히 쳐다보았다. 언젠가 우민이 말한 것처럼 신영의 눈동자를 통해 모든 것이 보였다. 영악하지 못한 후배는 제 마음을 숨기는 일엔 정말 소질이 없었다. 눈물을 참느라 빨게 진 눈동자에 우민의 모습이 훤하게 비쳤다. 정한은 답답한 마음에 괜한 하늘만 쏘아보았다.

뒤늦게 사랑에 매달리는 친구나, 제대로 된 사랑을 시작도 못하는 우민이나, 과거와 현재 사이에서 갈피를 못 잡고 힘들어하는 후배나 모두가 안타까웠다.

"잠깐 얘기 좀 할래?"

정한과 신영이 옥상에서 내려와 회의실로 향하고 있을 때 두 사람 앞에 진호가 나타났다.

"잠깐 얘기 좀 하자."

"…"

신영은 진호의 말을 외면했다. 지금은 정말 진호나 우민을 보고 싶지 않았다. 신영의 그런 기분을 눈치 챈 정한이 진호와 신영 사이를 가로 막아섰다.

"무슨 얘기?"

"신영이랑 할 얘기야."

"나는 들으면 안 되는 얘기야?"

"꼭 그런 건 아니지만 될 수 있으면 단 둘이 이야기 하고 싶어."

"이제 곧 업무시간이야. 나중에 하지?"

"안 돼. 너 왜 그래? 난 지금 신영이한테 묻고 있어. 그런데 왜 네가 답을 해?"

"누가 대답하느냐가 뭐가 중요해?"

"너…"

진호와 정한의 대화를 듣고 있던 신영은 포기의 한숨을 쉬었다. 진호나 정한이나 한 고집들 하는 성격이고 정한이 괜히 신영의 편을 들어주다가 친구끼리 싸우게 될 것 같았기 때문이었다. 신영은 정한의 소매부리를 가볍게 잡았다. 신영의 신호를 눈치 채고 돌아보는 정한의 눈동자가 괜찮냐고 묻고 있었다. 신영은 고개를 살짝 끄덕였다.

"무슨 얘기를 하고 싶다는 거예요?"

가만히 있던 신영이 물어오자 진호는 긴장된 표정으로 입을 뗐다.

"어제는…"

하지만 진호는 그 이상 더 말할 수 없었다. 신영이 손을 들어 그의 말을 막았기 때문이었다.

"그 얘기는 하지 말아요. 손진호 씨. 우리 앞으로 일 얘기만 해요. 공식적인 업무얘기 외엔 당신하곤 아무 얘기도 하고 싶지 않아요."

"하지만 내가 사과할 기회는 줘야지."

"아니. 괜찮아요. 손 선배나 정유선 씨나... 누구의 사과도 받고 싶지 않아요. 우리 모두 불완전한 사람들이니까요. 누가 사과를 하고 누가 용서를 하는 거 우스워요."

진호에게 딱 잘라 말하는 신영의 눈에 우민의 모습이 밟혔다. 순간 보았지만 우민의 모습이 선명하게 눈에 들어왔다. 축축이 젖은 채로 헝클어진 머리카락과 하늘색 넥타이, 약간 숨가빠하는 표정으로 머리를 쓸어올리는 손짓까지, 모든 것이 선명하게.

'내가 미쳤어. 정말.'

신영은 고개를 가로저었다. 우민이 점점 강하게 인식되는 지금 우민의 모습을 보는 게 두려웠다.

"내 할 말은 끝났으니까 난 들어가 보겠어요."

"신..."

진호의 말이 끝나기도 전에 신영은 서둘러 그 자리에서 도망쳤다. 우민은 신영의 뒷모습밖에 볼 수 없었다. 하지만 남아 있는 진호와 정한 사이의 긴장감이 우민에게까지 전해져 왔다. 복도에 남아 있는 세 남자는 선뜻 회의실로 들어가지 못하고 서로의 눈치를 살폈다. 서로에게서 시선을 떼지 않았지만 누구도 입을 열진 않았다.

신영의 속마음을 들어버린 정한은 진호를 위로해 줄 수도 없었고, 그렇다고 해서 친구 대신 신영의 마음을 차지한 우민에게 해줄 수 있는 이야기도 없었다. 아직 유선과의 이혼을 마무리 짓지 못한 진호는 우민에게 신영의 곁에서 꺼지라는 말을 할 자격이 되지 못한다고 생각했기에 입을 꾹 다물었고, 아직 신영에게 그 어떤 말도 듣지 못한 우민은 왠지 진호 앞에서 당당할 수가 없었다.

　세 남자는 복잡한 생각이 얽히고설킨 채 회의실로 들어가는 수밖에 없었다.

"가자, 바래다줄게."
"아니, 괜찮아."
　하루종이 우민을 피했던 신영은 퇴근시간 우민이 그녀 앞에 서자 서둘러 짐을 챙기고 나가려 했다. 하지만 우민은 그녀 앞에 떡 버티고 서서 비켜주지 않았다.
"택시타고 가면 돼."
"왜? 사람들이 우리 사이를 의심할까봐 두려워?"
　그런 거라면 나았다. 사람들의 시선이 두려우면 그 까짓것 가면을 쓰고 그들을 바라보면 그만이다. 무표정의 얼굴로 얼마든지 사람들의 시선을 피하면 그만이다. 하지만 지금 가장 두려운 게 우민이라는 말을 어떻게 한단 말인가.
　신영의 침묵이 그 대답이라고 받아들인 우민은 살짝 기분이 상했다. 아직도 신영의 마음속에서 자신의 자리가 그것밖에 안된다고 생각하니 좌절감에 울고 싶었다. 하지만 이대로 포기하지는 않을 것이다. 우민은 사람들의 시선에도 아랑곳 하지 않고 신영의 손목을 붙잡고 밖으로 끌고 나갔다.
"왜 그래?"
"너 제대로 집에 들어가는 걸 봐야지 나도 편히 잘 수 있을 것 같아서 그래."
　기어코 신영을 차에 태운 우민은 그녀의 집을 향해 차를 몰기 시작했다.
　신영은 우민의 얼굴을 똑바로 바라볼 수가 없었다. 그의 눈빛, 손짓에 자꾸만 심장이 두근거렸다. 그래서 집에 도착하는 20분 동안 신영은 한마디도 할 수 없었다. 그리고 말을 걸지 않는 우민이 고마웠다. 아마 우민이 말을 걸었다면 신영의 심장은 두근거림으로 터져버렸을 지도 몰랐다.

"자, 도착했다."

"으응... 고마워."

"집까지 같이 올라가 줄까?"

"아니!!"

신영은 놀라 큰소리로 거절했다. 아마 지난밤의 여운이 고스란히 남아 있는 집에 우민을 다시 들인다면 오늘 밤도 그를 보내지 못하리라.

"에고, 깜짝이야. 아니면 아니지, 그렇게 크게 거절하는 건 뭐냐?"

우민의 장난 섞인 핀잔에 신영은 우물거렸다.

"아니, 그게 아니라..."

"그래. 알았으니까 얼른 들어가. 피곤하겠다."

"응."

신영의 대답이 떨어지기가 무섭게 우민은 차에서 내려 신영의 문을 열어주었다.

"왜, 왜 차에서 내리는 거야?"

신영의 의심스럽다는 눈초리에 우민은 그녀의 이마에 작은 알밤을 주었다.

"걱정 마, 어제처럼 안 덮치니까. 담배나 한 대 피울까 해서. 그러니까 얼른 올라가서 온 집안에 환하게 불 켜. 그거 보고 돌아갈 테니까."

신영은 우민의 이런 따뜻한 마음이 고마웠다.

"응. 조심해서 들어가."

"그래. 춥다. 얼른 가."

이상했다. 따뜻하게 인사를 해주는 우민을 두고 가기가 너무나 싫었다.

하지만 신영은 떨어지지 않는 발을 억지로 뗐다. 언제까지나 우민에게 기댈 수는 없는 일이었다. 세상 그 어떤 것보다 따뜻했던 진호의 손도 그녀가 가장 필요로 할 때는 너무나 차가웠다. 누군가에게 기대는 것은 그래서 위험하다. 우민과 진호가 다르다는 것을 알면서도 신영은 억지로 마음을 돌리려 했다. 누군가에게 익숙해졌다가 또 버림을 받는 것은 두 번 다시 하고 싶지 않은 경험이었다.

하지만 정말 이상했다. 홀로 올라가는 이 계단이 너무나 을씨년스럽다. 확실히 어제와 달리 너무나 차갑고, 너무나 어둡고... 너무나 끔찍하다.

계단을 올라가는 동안 불길한 예감은 계속 신영의 몸을 훑고 지나갔다. 살갗이 따끔따끔 거렸다. 무슨 일이 벌어지고 있는 것 같았다. 신영은 계단에 멈춰 서서 뒤를 돌아봤다. 우민의 모습은 보이지 않았고, 다른 사람들의 모습도 보이지 않았다. 주변은 아무 것도 달라지지 않았다.

'왜 그러지?'

신영은 슬금슬금 목을 타고 도는 불안한 예감을 지우려고 했지만 그러면 그럴수록 께름칙한 기분이 그녀를 붙잡고 놓아주지 않았다. 집 앞에 도착했을 땐 불길한 예감이 최고조에 달한 상황이었다. 억지로 열쇠 구멍에 열쇠를 집어넣고 돌리려했지만 그 전에 스르르 현관문이 열렸다. 열린 현관문 사이로 검은 기가 빠져나와 신영을 감싸는 듯 했다. 신영은 떨리는 손으로 문을 열었다. 그리고 그녀는 엉망이 된 집안을 보고 놀라 벌어진 입을 다물 수가 없었다. 집안의 모든 물건이 부서지고 깨져 있었다. 허리케인이 휩쓸고 지나간 것 같은 모습 속에서 온전한 것을 찾기가 불가능해 보일 정도였다. 침대 매트리스는 이곳저곳 칼에 찔려 솜과 스프링이 튀어나와 있었고, 쓰러져 침대에 겨우 기대 있는 옷장엔 섬뜩한 칼자국이 도처에 나 있었다. 선반 위의 책들은 발기발기 찢어져 있고, 거울은 산산조각 나 신영의 모습을 조각조각 비추고 있었다.

소름이 끼쳤다. 등골이 오싹했다. 온몸의 솜털이 솟구쳐 위험하다는 신호를 보냈다.

신영은 현관에 발이 붙은 듯 한발자국도 움직일 수 없었다. 공포가 신영의 신경세포들을 하나씩 죽이는 느낌이었다.

엉망진창이 된 집도, 우뚝 서서 움직이지 않는 신영도 빛바랜 사진처럼 정지되어 있었다. 그리고 그 사진 위로 똑똑 한 방울씩 떨어지는 물방울 소리와 즐거운 듯 작게 흥얼거리는 노래 소리에 신영은 정신을 번쩍 차렸다.

몸이 움츠려들게 하는 느낌. 이 폐허 속에 혼자가 아니라는 깨달음이 목덜미를 오싹하게 만들었다. 신영은 떨어지지 않는 무거운 발을 힘겹게 움직였다. 피를 말리는 섬뜩한 느낌을 확인해야 했다. 신영의 발이 천천히 욕실을 향했다. 욕실문은 살짝 열려 있었지만 그 안을 엿보기엔 터무니없었다. 똑똑 떨어지는 물방울 소리는 그쳤지만 흥얼거리는 노래 소리는 계속 들려왔다.

신영은 움직이기를 거부하는 손을 들어 살짝 문에 댔다. 손끝에서 뿌리가 나와 문에 달라붙는 기분이었다. 손끝을 통해 전해지는 끈끈한 불쾌감이 팔을 타고 신영의 온 몸을 무기력하게 만들었다. 신영은 끈적거리는 액체에서 허우적거리는 기분이었다.

손가락 끝에 가볍게 힘을 주자 문이 천천히 열리기 시작했다. 문틈이 벌어질수록 점점 더 커져가는 공포감에 도로 문을 닫아버리고 싶은 생각이 들었지만 그 땐 이미 늦은 순간이었다. 욕실 문이 완전히 다 열리고 신영은 물이 가득 찬 욕조 가장자리에 다리를 꼬고 앉아 있는 유선과 눈이 마주쳤다.

신영의 시선과 마주친 유선의 눈이 반달모양으로 가늘어졌다. 유선은 콧노래를 멈추지 않았고, 신영을 바라보며 미소 짓는 것도 그만두지 않았다. 계속 신영의 시선을 잡아 둔 채로 유선의 오른손이 천천히 올라갔다. 서슬 퍼런 은빛 칼날이 위험하게 반짝였다.

그 모습이 마치 19세기 초 기계인형 같았다. 차가운 금속 관절에 마디마디 나사로 조여진 그로테스크한 인형. 부자연스러울 정도로 환한 미소를 지었지만 천천히 올라가는 유선의 오른손은 관절마다 삐걱거리는 금속 마찰음이 들리는 것 같았다.

신영은 그 자리에 못이 박힌 듯 꼼짝도 할 수 없었다. 어떤 불가사의한 힘이 그녀의 몸을 꽁꽁 묶어둔 것처럼 손과 발 어느 하나 자신의 의지대로 움직여지는 게 없었다. 신영이 할 수 있는 거라곤 점점 빨라져 질식할 것 같은 숨을 조금씩 밖으로 밀어내는 일뿐이었다. 신영의 온 몸이 돌처럼 딱딱하게 굳고, 움직이는 거라곤 오직 하나, 겨우 움찔거리는 폐뿐인 것 같았다.

'아... 안 돼...'

신영의 외침은 목소리가 되지 못했고, 말리는 사람 하나 없는 유선의 손은 거침없이 왼쪽 손목 대동맥을 향해 나아갔다. 순간 오른손에 쥔 칼에 신영의 얼굴이 비추고...

"안 돼!!"

쓱.

대동맥을 절단하는 소름끼치는 소리. 손목에서 뿜어져 나온 새빨간 피는 사방으로 튀었다.

신영은 그래도 움직일 수가 없었다. 유선의 새빨간 피가 신영을 물들이기 시작했다. 커다란 눈을 깜빡이지도 못하고 앞머리 끝을 타고 흐르는 유선의 피를, 얼굴에 뿌려진 유선의 피를, 앞가슴 섶을 흠뻑 적시는 그녀의 피를 바라보고만 있을 뿐이었다.

"후후후후후... 하하하하하... 하하하하하..."

공포와 경악에 차 움직이는 법을 잊어버린 신영의 앞에 유선의 웃음소리가 나비처럼 날아 다녔다. 새빨간 피를 신영처럼 뒤집어쓰고, 입을 크게 벌린 채 마음껏 웃는 유선을 신영은 두려움에 덜덜 떨리는 눈동자로 바라볼 뿐이었다.

"꺄아아아아아."

신영의 처절한 비명소리가 터져 나왔다.

3층의 왼쪽 집. 커다란 거실 창문으로 환한 빛이 들어오는 것을 기다리고 있던 우민은 신영이 안전하게 집 안으로 들어가자 피고 있던 담배를 끄고 차에 올랐다. 그리고 시동을 거는 순간 신영의 찢어지는 비명소리가 들려왔다. 틀림없는 신영의 목소리였다. 우민은 한달음에 3층으로 올라갔다.

"신영아!"

우민은 완전히 닫히지 않은 현관문을 벌떡 열고 집 안으로 뛰어 들어갔다. 산산조각이 난 가구들을 보고 놀라는 것도 잠시, 우민은 심장이 멈추는 줄 알았다. 욕실 앞에 신영이 피투성이로 서서 비명을 질러대고 있었다.

"신영아!! 다쳤어? 왜 그래?"

우민이 앞에 있어도 신영의 눈동자는 그를 보지 않고 있었다. 우민은 신영을 꽉 안았다. 우민의 품에서도 신영의 비명은 멈추지 않았다.

"정신 차려. 신영아!! 정신 차려!!"

우민이 어깨를 흔들어대자 신영의 흐릿한 눈동자에 겨우 초점이 돌아왔다.

"...우...민씨?"

"그래. 정신 들어? 나야. 무슨 일이야?"

"우민 씨... 흑흑흑..."

정신이 돌아온 신영은 필사적으로 우민의 품에 매달리며 하염없이 눈물을 흘렸다. 그리고 신영은 손가락을 들어 욕실을 가리켰다.

"헉!"

그제야 욕실 안을 바라본 우민은 놀라 숨을 들이마셨다. 유선이 손목에서 피를 철철 흘리며 방긋대고 있었다. 신영의 비명의 이유였다. 우민은 놀란 가슴을 가까스로 진정시키며 핸드폰을 꺼내 119에 전화를 걸었다.

"여기 청담역 부근 XX원룸 3층 2호입니다. 손목에 자상을 입었습니다. 출혈이 굉장합니다. 빨리 와주세요!! 한시가 급해요."

우민은 구급차를 부르고 신영을 품에서 떼어냈다. 신영은 필사적으로 그를 붙잡았지만 이대로 있다간 구급차가 오기도 전에 큰 일이 날 수도 있었다. 욕실 안에 혈흔이 굉장했다. 지혈하지 않으면 유선은 신영의 집에서 시체가 돼서 나갈 지도 모를 일이었다.

"신영아, 진정해. 잠깐 이거 놓자."

"싫어. 무서워!"

"이러다가 과다 출혈로 죽겠어! 내가 지혈할 동안 손진호 씨한테 연락해! 할 수 있지?"

우민의 물음에 신영은 고개를 끄덕였다. 우민의 말이 옳았다. 빨리 정신을 차려야 했다.

우민은 재킷을 벗고 욕실로 들어가 수건을 들고 유선에게 다가갔다. 가장 먼저 여전히 오른손에 들려 있는 칼을 빼앗아 쓰레기통에 버려 버리고, 수건으로 그녀의 왼쪽 손목을 강하게 감쌌다. 하얀 수건이 금세 피로 빨갛게 변했다. 우민은 빨리 피가 멈추길 바라며 압박하는 힘을 풀지 않았다.

두 손을 빨갛게 물들이고 어떻게 해서든 피를 멈추려고 노력하는 우민을 유선은 멀뚱멀뚱 쳐다보았다. 그 와중에도 유선의 콧노래는 멈추지 않은 상태였다. 바로 옆에서 흥얼거리는 노랫소리를 듣고 있자니 정말 자신도 미쳐가는 느낌이었다. 유선과 시선이 마주치자 우민은 그녀의 눈에서 시선을 뗄 수가 없었다. 유선의 눈동자가 너무 투명했다. 유선은 지금 그냥 녹음이 짙은 숲에서 한가롭게 산책하는 것처럼 너무나 평화로운 눈빛이었다. 조금도 아프지 않은 모양이었다. 유선도 우민에게서 시선을 떼지 않더니 갑자기 빙긋 웃었다. 유선의 작은 미소는 점점 커져 얼굴 한 가득 웃음이 가득했다. 황홀경에 빠져 신음을 내지르듯 너무나 밝고 예쁜 웃음이었다.

우민의 온 몸에 소름이 끼쳤다. 유선은 미친 게 틀림없었다. 우민의 시선이 자동적으로 신영에게 향했다. 계속해서 유선의 눈을 바라볼 용기가 나지 않았다. 신영은 벌벌 떨면서 핸드폰 버튼을 누르려고 애쓰고 있었다. 너무 떨어서 핸드폰이 자꾸 손에서 빠져나갔지만 신영은 다시 주워 기어코 번호를 눌렀다. 그런 신영을 안아주고 싶었지만 지금은 유선에게 손을 뗄 수가 없었다.

"아... 안 받아."

한참 신호가 가도 진호가 전화를 받지 않자 신영은 금방이라도 울음을 터뜨릴 것 같은 목소리로 말했다.

"다.. 다... 다시 해볼게."

신영은 어떻게 해서든 진정하고 이성을 찾으려 노력했지만 쉽지 않았다. 몸에서 나는 피비린내가 계속 신영을 자극하고 있었다. 피 냄새는 극도로 흥분한 정신 상태를 벼랑 끝으로 몰고 갔다. 그리고 멀리 앰뷸런스 소리가 들리는가 싶더니 풀썩. 신영은 정신을 잃고 말았다.

"신영아!"

과다 출혈로 점점 정신을 잃어가는 유선을 붙잡고 우민은 신영의 이름을 외쳤다. 소름끼치는 유선의 노래는 멈췄지만 그와 동시에 유선은 점점 죽음의 문턱으로 다가가고 있었고, 사랑하는 여자는 충격을 이기지 못해 결국 정신을 놓고 말았다. 이럴 때 그녀를 안지도 못하다니... 속수무책이었다. 우민은 지혈하는 손에 더욱 힘을 주며 점점 가까워지는 앰뷸런스만 기다릴 뿐이었다.

    소독약 냄새와 가습기에서 나오는 습기가 버무려져 있는 병실. 우민과 진호가 다투는 소리에 신영은 서서히 잠에서 깨어났다. 우민과 진호는 신영이 깨어났다는 것을 눈치 채지 못하고 이야기 중이었다. 바로 오늘 아침만 해도 서로에 대한 경계와 적대심으로 제대로 이야기조차 하지 않은 사람들이었지만 지금 우민은 일방적으로 진호를 몰아세우고 있었다. 재킷을 걸치긴 했지만 그 사이로 보이는 우민의 하얀 셔츠에는 여전히 유선의 피가 묻어있는 상태였다.
    우민은 지금 신영이 경험했던 끔찍한 일 때문에 화가 날 대로 난 상태였다. 정신적으로 문제가 있는 유선을 그대로 방치한 진호의 냉정함에 치를 떨고 있었다. 하지만 진호는 우민이 상관할 바가 아니란 듯 이야기를 하고 있었다.
    "당신과 신영이가 어떤 관계인지 모르지만 쓸데없는 참견은 하지 않았으면 좋겠어."
    "쓸데없는 참견이라고 하셨습니까? 상황을 이렇게 만들어 놓고요? 와이프 간수도 제대로 못하면서 어떻게 신영이를 지켜준다는 말이 나옵니까?"
    "이제 와이프 아니야. 이혼했어. 신영이를 사랑해서. 2년이나 걸렸지만 결국 이혼했어. 그 사람의 손아귀에서 벗어났다고. 당신만 아니었으면 신영이랑 다시 시작했어!!"
    "다시 돌아가기만 하면 되는 게 당신의 사랑입니까? 당신이 외면했던 2년간의 시간동안 신영이가 받은 상처는 어떻게 할 겁니까?"

"위로해 줄 거야. 그동안 못해준 것들 이제부터 다 해줄 거라고!"

진호는 크게 소리쳤다. 그의 큰 목소리는 조목조목 자신의 잘못을 찌르는 우민의 말을 견딜 수 없었던 양심을 가리는 소리였다. 어쩌면 진호도 짐작하고 있는 일이었다. 더 이상 신영에게 돌아가는 것은 불가능한 일일지도 모른다는 예감이 자꾸 진호를 괴롭혔다.

"참 어리석군요. 신영이를 그렇게 모르세요? 신영이가 저렇게 된 장유선 씨를 두고 사랑을 시작할 것 같습니까? 그 여린 성격에 그럴 수 있을 거라고 생각하십니까?"

"…"

진호는 아무 말도 하지 못했다. 이것만큼은 반박할 수 없을 만큼 우민의 말이 맞았기 때문이었다. 신영은 유선의 피를 손에 묻히고 돌아온 자신을 받아주지 않을 것이다. 바닥으로 떨어지는 좌절감에 진호는 소리 없이 몸부림쳤다.

"너무 늦었다고 생각하지 않습니까? 2년이나 지나서, 주위 사람들에게 상처를 주면서 다시 사랑을 시작한다는 게?"

"아니, 늦지 않았어. 나와 똑같이 생긴 널 신영이가 택했다는 걸 보면 알아!!"

하지만 아무리 생각해도 똑같은 결론이 내려진다. 진호는 신영을 포기할 수 없었다. 이미 유선에게 상처를 주었다. 다른 사람에게 또 상처를 줄지언정 신영을 곁에 둘 수 있다면 뭐든 할 수 있다.

진호의 말에 다시 눈을 감은 건 우민이 아니라 신영이었다. 우민의 상처받은 표정을 보고 싶지 않았다. 볼 자신이 없었다. 우민에겐 항상 미안한 마음뿐이었다. 하지만 우민은 그 말에 별로 상처받지 않은 듯 했다.

"신영이는 겉모습만 보고 판단하는 여자가 아닙니다. 좋아요. 처음에 신영이가 나를 선택한 이유가 당신을 닮아서라는 건 부정하지 않겠습니다.

하지만 그동안 우리끼리 쌓아온 것들이 있습니다. 그건 내가 당신을 닮았기 때문에 만들어지는 추억이 아닙니다. 나는 우리들의 추억과 신영이를 믿습니다."

단호하지만 따뜻한 우민의 말에 신영은 눈물이 터져 나올 것 같았다. 신영은 눈물을 꾹 참았다. 이제 더 이상 두 사람의 이야기를 듣고 싶지 않았다. 지난 사랑에 매달려 있는 진호의 모습도, 우민을 사랑하지도 않으면서 그에게 자꾸 기대는 나약한 자신의 모습도 보고 싶지 않았다.

신영이 말없이 일어나 앉자 우민이 그녀에게 다가왔다.

"누워있어. 안정을 취해야 한 대."

"괜찮아. 앉아있고 싶어."

신영의 말에 우민은 침대를 조절해 앉기 편하게 자리를 봐주었다. 신영은 물끄러미 우민의 행동을 보다가 시선을 진호에게 보냈다. 두 사람의 시선이 허공에서 마주쳤다. 복잡한 진호의 눈동자는 뭔가 하고 싶은 말이 가득해 보였다.

"그만 가주세요."

"신영아!"

"진호 선배한텐 추호의 미련도 없고, 다시 사랑할 자신도 없어요."

"아니 다시 생각해봐. 사랑해. 사랑해, 신영아! 시간을 두고 생각하자, 우리."

"아니요. 선배나 나나 과거에 얽매여 있었던 것뿐이에요. 난 선배 사랑하지 않아요."

강하지도 약하지도 않은 신영의 목소리는 진실을 그대로 말하고 있었다. 진호는 신영의 맑은 눈동자에 자신의 자리 같은 건 없다는 것을 깨달았지만 속수무책으로 그녀를 보낼 줄 수는 없었다. 신영 없이 보낸 2년은 사는 게 아니었다. 또다시 그런 끔찍한 생활 속으로 돌아가고 싶지

지나간 사랑은 새로운 사랑으로 잊는다 217

않았다.

"지... 지금은 니가 정신이 없어서 그래. 좀 더 안정을 취하고 나서 그때 생각해도 늦지 않아."

다시 거절하는 신영의 목소리가 두려워 진호는 서둘러 일어났다.

"선배..."

뒤도 돌아보지 않고 병실을 나서려 했지만 신영의 목소리에 진호는 문 앞에 우뚝 서고 말았다. 하지만 여전히 신영은 바라보지 않았다. 그녀의 눈빛에 설득 당할까봐 바라보기가 무서웠다.

"유선 씨... 장유선 씨 병실에 가보세요. 그녀를 다시 한 번 생각해봐요."

결국 안녕을 말하고야 마는 신영. 진호의 심장이 터질 것만 같았다. 저 밑에서부터 끓어오르는 좌절감에 무릎 꿇고 소리 내어 울고 싶었다. 하지만 이대로 무너질 수는 없었다. 신영이 외로웠던 시간이 2년이라면 그 이상을 기다려서라도 다시 되찾고 말리라.

진호는 어금니를 꽉 깨물며 밖으로 나갔다. 물론 신영이 한 말에 대해 대답 따위는 하지 않았다.

"신영아..."

진호가 나가고 나서야 비로소 우민은 신영의 이름을 부를 수 있었다.

이번에는 신영이 우민을 바로 볼 수가 없었다. 진호가 내뱉은 말에 상처 입은 우민, 자신과 진호, 그리고 유선의 위선적인 삼각관계에 그를 끌어들인 것은 다름 아닌 신영 자신이었다. 미안하다는 말도 나오지 않을 정도로 미안하고 또 미안했다.

그리고 가장 미안한 것은 그의 마음을, 그의 사랑을 분에 넘치도록 받고서도 그의 마음에 대답해 줄 수 없다는 것이다. 아직 신영은 사랑한다는 것이 두려웠다.

한참의 시간이 흐른 뒤, 신영은 천천히 고개를 들어 우민을 올려다보았다.

우민의 눈빛. 모든 것을 꿰뚫어 보는 듯한 그의 눈빛 앞에서 신영은 흐릿한 미소를 짓는 게 고작이었다.

9

 진호와 유선의 이혼. 그리고 신영의 집에서 벌어진 유선의 자살기도. 신영을 사이에 둔 우민과 진호의 싸움. 모든 것에 대한 이야기가 사내를 휩쓸고 지나갔다. 며칠 동안 사람들 사이에 흉흉거렸던 그 이야기는 당사자들이 입을 꾹 다물어 생각보다 빨리 잠잠해졌다.
 프로젝트 마감 일이 얼마 남지 않았다는 사실도 소문이 빨리 잠잠해지는 데 한 몫을 했다. 워낙에 방대한 프로젝트였던지라 사람들은 다른 곳에 신경 쓸 여를이 없었다.
 하지만 하루 24시간이 모자라도록 바쁜 회사 일에 사람들은 점점 사건을 잊어버려도 진호와 우민, 신영은 바쁜 와중에서도 저마다 가슴 속에 든 생각을 쉽게 잊을 수가 없었다. 진호와 우민의 마음속엔 신영이 있었고, 신영의 마음속엔... 사실 신영 자신도 누가 자신의 마음을 붙잡는지 알 수가 없었다. 아니 알려고 하지 않았다. 지금 당장은 모든 것을 잊고 일에만 집중하고 싶었다. 진호를 바라보는 것도, 우민을 바라보는 것도 모두 힘든 일이었다.

　신영은 프로젝트가 마감 될 때까지 누구에게도 시선을 주지 않았고, 누구의 접근도 허락하지 않았다. 진호나 우민 모두 그녀를 바라만 볼 뿐 다가서지 못했다. 그리고 세 사람 모두 제각기의 이유로 프로젝트가 끝나기만을 바라고 있었다.

　우민은 초조한 손길로 담배를 꺼내 물었다.
　지금 그는 처음 신영을 만났던 바에서 그녀를 기다리고 있는 중이었다. 도착한지 채 10분도 지나지 않았건만 재떨이 위엔 벌써 3개의 꽁초가 있었다. '딸랑'거리는 소리가 들릴 때마다 반사적으로 문을 향해 고개를 돌렸다.
　'아직 여섯시 45분.'
　우민은 손목시계를 바라보며 초조함에 다리를 떨었다. 약속시간까지는 15분이나 남았다. 프로젝트가 끝나던 날 신영이 그에게 다가와 이야기를 하고 싶다며 약속을 잡았다. 신영이 먼저 보자 했으니 분명 나타날 것이다. 우민은 신영을 떠올리자 자동적으로 나오는 한숨을 막을 수 없었다. 병원에서 퇴원한 이후부터 신영은 눈에 띄게 우민을 피했다. 물론 업무적인 일을 할 때 그런 일은 없었지만 감정적으로 자신을 밀어내는 게 우민의 눈에는 보였다. 답답한 노릇이었다. 가까워졌다 싶으면 멀어지는 게 신영이었다.
　병실에서 신영은 말했었다. 프로젝트가 끝나면 이야기 하자고. 모든 것은 그 이후로 밀어두고 싶다고. 지금 당장은 일에만 파묻혀 끔찍했던 기억을 잊고 싶다고 그랬다. 그래서 우민은 아무 말 하지않고 기다렸다. 언제나 우민은 신영이 원하는 것을 제일 먼저 들어주었다. 그녀에게 자신의 감정을 강요하기보다 그녀가 돌아봐주기를 기다리는 게 우민의 사랑이었다.

우민이 담배연기를 빨아들이며 이런저런 생각에 빠져 있을 때 신영이 다가와 그의 앞에 앉았다.

"오래 기다렸어?"

"아니. 나도 금방 왔어."

"에이, 담배꽁초 보니까 아닌 것 같은데?"

신영이 장난스럽게 우민을 쳐다보았다.

"뭐, 뭐 마셔야지."

우민은 장난을 거는 신영이 낯설어서 왠지 어색한 기분이 들었다. 우민은 손을 들어 주문을 하고 신영을 바라보았다. 신영의 반듯한 눈빛이 우민을 바라보고 있었다. 모든 것을 털어버린 신영은 눈부시게 아름다운 표정을 짓고 있었다.

"고마웠어. 덕분에 나 무너지지 않았어."

신영은 환하게 웃으며 말했다. 우민은 환한 미소가 눈부셔 그녀에게서 시선을 뗄 수가 없었다. 하지만 우민이 기다리고 있던 말은 고맙다는 말이 아니었다. 모든 것을 정리한 듯한 인사는 더더욱 아니었다. 우민은 본능적으로 신영의 말을 거절했다.

"니 인사 안 받을 거야."

"아니, 받아줘. 정말 고마웠어. 이렇게 말 많고, 문제투성이인 여자 옆에서 고생 많이 했어."

신영이 너무나 밝게 말하고 있었다. 지금 신영은 처음 만났을 때와 좀 달랐다. 그때는 도발적이고 충동적인 분위기가 풍겼다면 지금은 좀 더 밝고 경쾌한, 그래서 마치 처음 그녀를 만나는 것 같았다. 불길한 예감이 우민의 등을 타고 흘렀다. 위험신호가 잡혔다.

"됐어. 고마움의 인사 따위 받지 않겠어. 내가 원하는 대답은 그런 게 아니라는 거 알잖아. 나는 너에게 사랑한다고 말했고, 네가 프로젝트가 끝날 때까지 기다려 달라고 했기에 말없이 기다렸어. 나는 그 대답을 원한거지 고맙다는 인사 같은 걸 바란 게 아니야."

계속되는 불길한 예감에 우민도 모르게 말이 퉁명스럽게 나왔다. 사랑고백을 하는 게 아니라 빚을 받으러 온 독촉쟁이 같았다. 우민의 시니컬한 반응에도 신영은 빙그레 웃을 뿐이었다. 그 웃음이 우민에게 마치 목을 조르는 듯한 느낌이었다.

"니가 내 사생활이라고 말하니 너에게 말할게. 나 유학가기로 결심했어. 다 잊어버릴 거야."

"신영아!!"

놀란 우민의 외침에 신영은 쓸쓸한 미소를 지었다. 아련한 신영의 눈빛은 바라보는 것만으로도 가슴을 쓰라리게 한다.

"넌 그 사람이랑 너무 닮아서 가끔 날 아프게 해. 내가 그 사람을 떠올리지 않고 너를 볼 수 있을 때가 올까?"

"잊지 않아도 좋아."

"잊지 않고 사랑을 시작하는 게 말이 된다고 생각해?"

"내가! 내가 다 감쌀 수 있어. 너 아프지 않게 내가 다 막아 줄 수 있어."

"그건 안 돼. 그럼 네가 너무 힘들어져. 있지, 우민 씨. 나 사랑이 이렇게 아픈 거라면 다시 안 하면 된다고 생각했어. 그런데 우민씰 보면 다시 아픈 것도 괜찮겠다 싶은 마음이 자꾸만 들어. 그래서 눈물이 나."

"그럼 사랑하면 되잖아."

"아니, 지금은 안 돼. 아무리 생각해도 아직 누군가를 사랑하는 건 나에겐 너무 이른 일 같아."

"신영아!"

"다 잊어버릴 거야. 잊어버리고 원래의 나로 돌아오고 싶어. 우울하고 소심한 나를 잊고 스무 살 적의 나로 되돌아갈 때까지 한국에 돌아오지 않을 거야."

신영의 표정이 너무 홀가분해 보여 우민은 아무 말도 할 수가 없었다. 이건 반칙이다. 저렇게 모든 걸 다 털어버린 듯 개운한 표정인데, 거기다 대놓고 무슨 말을 할 수 있겠는가. 하지만 신영을 이렇게 놓칠 순 없다. 바보처럼 손안의 사랑을 놓치는 일은 하지 않는다. 우민은 사랑의 아픔에 미칠 것만 같았다.

"말도 안 돼!! 이해할 수 없어. 사랑하는데 이렇게 니가 떠나는 걸 바라봐야만 한다고? 그게 사랑이니? 나는 니가 어디로 사라지던지 꼭 찾아내고 말 거야."

"그러지 말아줘. 우민 씨."

"아니, 시작은 니가 했어, 박신영. 그냥 쉽게 떠나보낼 거라고 생각하지 마."

"날 생각한다면..."

"아니! 이제 네 생각 안 할 거야. 얼마나 더 네 생각을 해야 하지? 응? 참고, 참고, 또 참았는데 결국 떠나간다는 여자를 얼마나 더 배려해줘야 할까?"

우민의 외침에 신영은 말을 이을 수 없었다. 우민이 자신에게 얼마나 힘이 되어줬는지 신영도 잘 알고 있다. 우민이 있었기에 버틸 수 있었다. 힘이 들 때 그녀를 지켜주는 든든한 팔에, 사람들의 시선에도 아랑곳하지 않고 자신만 바라봐주는 그의 따뜻한 눈빛에, 가장 외로울 때 말없이 안아주는 그의 따뜻한 품에서 신영은 쓰러지지 않고 두 발로 서서 모든 것에 맞설 수 있었다.

그랬다. 우민은 항상 묵묵히 서서 신영의 버팀목이 되어 주었다. 그런 그가 이렇게 힘들 거라고 생각하지 못했다. 신영은 이기적인 자신에게 아무 말 하지 못하고 입술을 깨물었다.
"너 만나기 전에 내 생활은 완벽했어. 모든 게 내 생각대로 흘러갔다. 내가 세운 나의 미래는 이렇게 혼란스럽지 않았어. 그런데 불쑥 나타나 나의 마음의 휘저을 때는 언제고 이렇게 또 불쑥 가버린다고? 나. 나 김우민. 네가 책임져야 하지 않아? 너를 만난 후로 엉망이 되어버린 내 삶, 책임져야 하지 않냐고."
"우민 씨..."
"사랑해. 사랑해. 사랑해. 이 말 하는 것만으로도 심장이 죄어와. 널 힘들게 하는 말이라는 걸 뻔히 알고 있어서. 그래서 항상 숨죽여 말했어. 잠들어 있는 네 얼굴을 바라보면서도 혹시 잠결에 들을까 소리 내지 못하는 바보가 나였어. 참고, 기다리고, 숨죽이고, 그러다가 사랑하는 여자를 떠나보내는 바보 멍청이가 나라고!!"
우민은 신영의 어깨를 붙잡고 토해내듯 마음을 고백했다. 하지만 지금 우민의 가슴을 먹먹하게 만드는 이 감정은 토해내도 사라지지 않고 더욱 더 그의 가슴을 짓누른다.
"우민 씨..."
"신영아... 나..."
말해도 말해도 모자라는 우민의 고백이 덧없이 막혀버린다. 신영이 너무 야속하다. 우민은 결국 더 말하지 못했다. 신영을 놓칠 마음은 눈곱만치도 없지만 강요해서 그녀의 마음을 빼앗는 것도 우민이 원하는 일은 아니었다.
"다음에 얘기하자. 지금은 아니야."
우민도 진호처럼 두려움에 그 자리를 그냥 벗어나고 말았다. 신영에게서 진호가 어떻게 내쳐지는 지를 똑똑히 본 우민은 자신도 그렇게 될까 두려웠다.

신영을 집으로 바래다주는 차안에서 우민은 아무 말도 하지 않았다. 우민의 머리는 딱 멈춰서 돌아가기를 거부하고 있었다. 신영에게 어떤 말을 해야 할지, 어떤 말을 하면 그녀가 떠난다는 말을 하지 않을지 정말로 알 수가 없었다. 우민의 머릿속은 하얗게 바래버렸다.

우민의 차가 신영의 집 앞에 도착한지는 한참이 되었지만 두 사람 다 조금도 움직일 생각을 하지 못했다.

"나 이제 그만 내릴게."

"..."

"계속 그렇게 심통 난 얼굴만 보여 줄 거야?"

마지막이었다. 신영은 내일 영국행 비행기에 몸을 싣는다. 신영은 내일 떠난다는 말을 우민에게 하지 못했다. 그에게 이별을 말하는 것은 신영에게도 힘든 일이었다. 왜 그에게 안녕이라는 말을 하지 못하는지, 사랑하지 않는다는 말을 못하는 건지 그 이유를 신영 스스로도 알지 못했다. 알듯 모를 듯한 이 감정을 지금은 묻어두고 싶었다. 비겁하다고 해도 좋았다. 신영은 우민에게 상처 주는 말은 할 수 없었다.

신영의 말을 듣고 있던 우민은 차에서 내려 문을 열어주었다. 여전히 화가 났는지 심통난 표정을 풀지 않았다.

"...들어가. ...내일 보고..."

'내일 못 봐. 우민 씨. 나 내일 떠나...'

신영은 목구멍 끝까지 올라온 말을 도로 집어넣기 위해 안간힘을 썼다.

"우민 씨 한 번만 웃어볼래?"

"뭐?"

"한 번만 웃어달라고."

뜬금없는 신영의 말에 우민의 심통 난 표정은 없어졌지만 대신 어이없다는 표정이 자리 잡고 있었다.

"그냥 웃어봐. 나 우민 씨 아는 동안 웃는 모습을 잘 못 본 것 같아서 그래."

신영이 계속 웃기를 재촉하자 우민은 손을 들어 신영의 시선을 차단하려고 했지만 역부족이었다. 신영이 그의 팔을 내리며 매달렸기 때문이었다.

"이러지마. 어휴 참. 하핫. 이거면 됐어?"

겨우 우민의 표정이 풀리면서 작게 미소를 지었다. 그 미소를 보며 신영은 쓴웃음을 지었다. 우민의 마지막 얼굴이 웃는 얼굴이라서 다행이라고 생각했다.

"날씨가 춥다. 얼른 들어가."

우민은 여전히 웃음 띤 표정으로 신영을 재촉했다.

"응. 그럼 우민씨도 조심히 들어가."

"알았어."

우민은 손을 흔들고 뒤돌아섰다.

"우민 씨, 잠깐..."

이제 우민을 보는 게 마지막이라는 생각에 신영은 자기도 모르게 우민을 불러 세웠다. 돌아서는 우민을 붙잡고 신영은 까치발을 하고 입술을 갖다 댄다. 그를 보는 게 이번이 마지막이라는 말을 차마 하지 못하고 미안한 마음을 가벼운 입맞춤으로 대신하고 싶었다.

부드럽고 따뜻한 입술의 감촉에 우민은 신영을 깊숙이 껴안았다. 신영이 평생 잊지 못할 키스를 하고 싶었다. 신영의 기억에, 정신에, 온 몸에 자신의 흔적을 남겨놓아야 했다. 그래야 다시 신영을 찾을 수 있을 것만 같았다.

가볍게 시작한 신영의 키스와 달리 우민의 키스는 점점 더 깊어졌다. 우민은 이 키스가 신영의 마음을 되돌릴 수 있는 마지막 기회인 것만 같았다.

우민은 신영의 입술을 점령했다. 우민의 가슴에 대고 그를 밀어내려는 신영의 손을 잡아 목에 두르게 하고 신영을 깊숙이 끌어당겼다. 한 치의 틈도 없이 완벽하게 맞는 두 사람의 몸이 우민을 더 슬프게 했다. 잃어버린 반쪽처럼 나에게 꼭 필요한 사람인데 떠나보내야 한다는 사실을 믿을 수가 없었다. 그녀의 입술을 마시고 마셔도 부족했다. 우민은 눈물을 삼키는 대신 신영의 뜨거운 숨을 삼켰다. 키스가 끝나고 두 사람은 어렵사리 몸을 뗴었다.

우민은 말없이 신영에게 손을 내밀었다. 그의 입은 굳게 닫혀있었지만 눈동자는 사랑을 호소하고 있었다. 내민 손을, 자신이 주는 사랑을 신영이 붙잡아 주기를 간절히 바랬다.

길고 긴 키스에 신영의 얼굴은 빨갛게 달아올랐고 신영의 입술도 격렬한 키스로 붉게 부어올랐지만 신영은 우민이 내민 손을 잡지 않았다. 망설이긴 했지만 그의 손을 붙잡을 수는 없었다. 신영은 아직도 가끔 우민에게서 진호의 그림자를 발견하곤 했다. 진호의 그림자가 완전히 사라지지 않는 이상 우민의 손을 붙잡는 것은 바보 같은 일이라는 것을 누구보다 잘 알기에 그를 떠날 수밖에 없는 것이다.

"잊지 못할 거야. 당신."

신영은 이 한마디를 남기고 뒤돌아 집으로 들어갔다. 그녀의 뒷모습이 우민에겐 불안하기만 했다.

3개월 후, 런던.

기차에서 내리자 런던의 차가운 겨울바람이 살갗을 에일 것만 같았다. 신영은 아르바이트를 하는 카페로 가기 위해 기차에서 내려 튜브로 갈아타는 동안 찬바람이 코트 사이를 비집고 들어오자 목도리를 더 단단하게 고쳐 맸다. 아무리 해도 지독한 런던의 겨울 날씨엔 익숙해지지 않았다.

런던에서 기차로 20분 정도 떨어진 곳에 있는 킹스턴 대학교의 대학원 예비과정을 밟고 있는 신영은 영어가 빨리 늘었으면 하는 바람에 학교 근처가 아닌 런던에 집을 구했다. 그리고 파트타임으로 하루 네 시간씩 카페에서 일을 했다. 직접 사람들과 부딪히는 일이라서 맘에 들었다.

벌써 런던에 온 지도 석 달이 지났다.

처음 이곳에 도착했을 땐 한창 크리스마스 시즌이라 거리마다 따뜻한 불빛들로 넘쳐났고, 사람들도 너그러워져 동양에서 온 이방인을 쉽게 받아들여 줬다. 랭귀지 스쿨에서 만난 친구들은 너도 나도 크리스마스 파티에 신영을 초대해주었고 신영은 쉽게 사람들과 친해질 수 있었다. 런던으로 온 이유가 우울했던 자신을 지워버리고 활발하고 명랑했던 자신을 되찾는 일이었기 때문에 그들의 초대와 환영을 마다하지 않았다. 화려한 파티와 모임에서 한국을 잊어버리고 싶었다. 그리고 매일을 정신없이 보내고 나자 크리스마스와 신년은 어느새 끝나버렸지만 또 다른 시작이 신영을 기다리고 있었다.

랭귀지 스쿨 코스를 마치고 바로 킹스턴 대학교로 입학을 했다. 현장에서 일했던 경험과 모교 교수님이 추천해주신 덕에 학교에 들어오는 것은 어렵지 않았다.

오랜만에 학교를 다니는 거라 쉽진 않았지만 차라리 바쁜 것이 나았다. 눈이 돌아갈 정도로 바쁜 학과 수업과 쌓여있는 과제들이 힘에 부칠 때도 있지만 신영은 혼자 멍하니 있는 시간이 두려웠다. 그래서 학과 수업을 마치고 집까지 돌아오는 40분 정도의 시간은 항상 신영에게 가장 무서운 시간이나 다름없었다.

바쁘지 않을 때는 항상 한국이 생각났다. 정확히 말해 우민이 생각났다. 우민의 얼굴이 눈앞에 아른거렸다. 그를 생각하면 신영은 항상 눈물이 날 것만 같았다. 자신의 나약함을 탓해보기도 하지만 런던의 겨울바람을 혼자 이겨낼 때마다 우민의 따뜻한 품이 그리웠다. 따뜻한 그의 숨결도, 나지막한 그의 음성도...

신영은 신경질적으로 고개를 흔들며 우민의 생각을 털어냈다. 자신이 선택했다. 우민을 두고 이곳으로 오기로 한 것은 자신의 결정이었다. 선택과 결정에서 오는 결과는 자신의 책임이다. 이렇게 흔들리고, 약해지면 안 된다. 신영은 힘찬 걸음으로 아르바이트를 하는 카페로 향했다.

신영은 우민이 생각나서 마음이 약해질 때마다 열심히 일했다. 미친 듯이 과제에 매달렸고, 카페에 가서 말을 걸어오는 손님들을 향해 환하게 웃기도 하고, 또 그 누구보다 더 열심히 일했다. 그렇게 열심히 일하고 피로에 지치면 우민의 생각도 없어졌다. 쓰러지듯 잠이 들기 때문에 우민을 생각할 겨를이 없어졌다. 이 방법은 신영이 런던에 도착한 날부터 지금까지 언제나 효과가 좋았다.

금요일 밤이라서 그런지 유난히 손님이 많은 날이었다. 신영은 바쁘게 테이블과 테이블 사이를 돌아다니며 주문을 받고, 또 가끔 주방에 들어가 간단한 설거지를 도와주며 시간을 보냈다. 이미 그녀가 일하는 시간이 지났지만 워낙에 바빠 집에 돌아가 엄두도 못 내고 있었다. 손님에게 요리가 적힌 메모지를 받아 마스터에게 전해주며 시간외 수당은 톡톡히 받아낼 거라고 이야기하고 있을 때 같이 서빙을 보는 제시가 다가왔.

[헤이, 신. 손님이 왔는데?]

손님이 왔다는 제시의 말에 신영은 고개를 갸웃거렸다. 이곳으로 그녀를 찾아오는 친구는 거의 없다. 지난번에 한번 랭귀지 스쿨 때 친구를 데려온 적이 있었는데 그 친구인가 싶어 신영은 주문 메모판을 제시에게 건네주며 그녀가 가리킨 테이블 쪽으로 걸어갔다. 그리고 그 곳에 앉아 있는 사람을 보고 신영은 자신이 꿈을 꾸는 거라고 생각했다.

창가 테이블에 앉아 무심한 눈빛으로 창밖을 응시하고 있는 사람은 우민이었다. 약간 짧아진 머리에 버버리 머플러를 하고 무심히 런던의 겨울 풍경을 구경하고 있는 그의 옆모습에 신영은 눈물이 날 것만 같았다.

신영은 그 자리에 멈춰 더 다가갈 수가 없었다. 자신이 꿈을 꾸는 것 같았다. 섣불리 움직이면 깨버리는 꿈. 만약 이게 꿈이라면 깨지 않기를 바랐다. 하지만 천천히 우민의 고개가 신영이 있는 쪽으로 돌려지고 두 사람은 눈이 마주쳤다. 미소 짓는 우민. 신영은 자기도 그를 따라 방긋 웃었다. 우민은 일어나 신영에게 다가와 손을 내밀었다. 잡히는 그의 손이 따뜻한 것을 보니 이게 꿈은 아닌 모양이다.

"우..."

"오랜만이다. 신영아. 잘 지내지?"

"하-?"

눈앞에 가까이 와서야 신영은 깨달았다. 우민이 아니었다. 자신이 우민이라고 착각한 사람은 진호였다. 그 사실을 깨닫는 순간 신영의 입에서 웃음이 터져 나왔다.

"하하하하하하하."

신영의 낭랑한 웃음소리가 까페를 가득 메웠다.

"하하하하하하... 나도 참... 하하하하하."

"신영아?"

갑자기 신영이 미친 듯이 웃어대자 진호는 당황했다. 자신의 얼굴에 뭐가 묻었나 손으로 훑어보기도 했지만 아무래도 잘못된 것은 없는 것 같았다. 그럼에도 신영이 이렇게 웃어대는 이유를 알지 못해 점점 더 당황스러웠다. 까페 내의 모든 사람들이 신영을 바라보았지만 신영의 웃음은 좀처럼 그치지 않았다.

"하하하하... 미안, 미안해요. 그런데... 하하하하... 나 너무... 크크크크."

신영은 웃음을 멈추려고 했지만 그녀의 마음처럼 멈춰지지 않았다. 신영은 겨우 겨우 웃음소리를 줄이고 눈빛으로 제시에게 잠깐 나갔다오겠다는 신호를 보내고 진호의 팔을 붙잡고 밖으로 이끌었다. 그리고 까페에서 나오자마자 다시 신영의 웃음보가 터졌다.

"크크크크. 하하하하하..."

"이, 이봐, 뭐가 그렇게 재밌는지 모르겠지만. 사람을 앞에 두고 그렇게 웃으면 안 돼지."

장장 오 분 넘게 이어지는 신영의 파안대소에 결국 진호의 인상이 찌푸려졌다. 정색하는 진호의 얼굴에 신영은 안간힘을 써 웃음을 멈췄다. 여전히 얼굴에 웃음기가 계속 남아있었지만 웃음 때문에 말을 하지 못할 정도는 아니었다.

"미안해요. 내가 너무 바보 같다는 사실을 깨닫게 되서 말이에요. 크크크크. 그나저나 여긴 어떻게 알았어요? 정한 선배한테도 말하지 않았는데..."

"교수님... 교수님 통해서 네가 홈스테이 하고 있는 집을 알았어. 그곳에서 네가 여기에 있을 거라고 알려줬고."

"아..."

진호의 말에 신영은 짧게 고개를 끄덕였다. 지금 홈스테이 하고 있는 가족은 교수님 친구분 댁이었다.

"그런데... 설마 나 보려고 런던까지 온 건 아니죠?"

"맞아. 너 보려고 온 거야."

"선배..."

"끈질긴 놈이라고 해도 좋아. 전 마누라 정신병원에 있게 한 나쁜 놈이라고 해도 좋아. 그런데 내 마음이 달라지지 않는 걸 어떻게 하니? 내 마음이 니가 아니면 안 된대. 시간이 지나면 나아질 거라고 생각했는데 나아지기는커녕 점점 더 숨이 막혀온다. 그래서 여기에 올 수밖에 없었어."
 진호의 말에 신영은 가만히 있었다. 이미 런던에 오기 전에 진호에게 할 말은 다 하고 왔다. 더 이상 그에게 할 말이 없었다. 아직까지 진호가 이런 마음일 줄은 꿈에도 몰랐다. 그 때 병원에서 진호가 더 미련을 가지지 못하도록 딱 잘라 거절하지 않았던가?
 그와 동시에 신영은 또 하나의 사실을 깨달았다. 진호에게 그렇게 말한 후 신영은 한 번도 진호를 생각하지 않았다는 사실이었다. 그 때부터 내내 신영의 마음을 괴롭혔던 건 진호가 아니라 우민뿐이었다. 이곳 런던에 도착해서 크리스마스 불빛에 흥청망청하면서도 신영이 생각했던 건, 보고 싶었던 건 바로 우민이었다. 바보! 신영은 서울에서 8,817km나 떨어진 곳에서 3개월이나 걸려 그 사실을 깨닫게 된 것이다.
 신영은 진호의 눈을 들여다보았다. 또 한 번 거절당할까봐 그의 눈동자는 작게 떨리고 있었다. 하지만 동정으로 사람을 만날 수는 없는 일이고, 무엇보다 신영에게는 사랑하는 사람이 있었다.
 "선배, 내가 아까 왜 그렇게 웃어댔는지 알아요?"
 엉뚱한 신영의 물음에 진호는 당황한 표정을 지었다.
 "선배가 앉아있는 걸 보고 나 우민 씨라고 생각했어요. 그런데 그게 내 착각이었던 거죠."
 "!!"
 "미안해요, 선배. 예전에는 우민 씨가 선배를 닮은 사람이었지만 이제 제 마음 속에서 선배는 우민 씨를 닮은 사람일 뿐이에요."
 "신영아..."
 "우리에겐 사랑할 수 있는 시간이 2년 전 그때가 전부였던 거예요. 과거는 과거로 흘러가게 두어야 더 아름답다는 것, 선배도 저도 알잖아요."
 "..."

지나간 사랑은 새로운 사랑으로 잊는다 233

"난 지금 서울로 갈 거예요. 서울에 가서 현재의 사랑을 잡을래요. 아직 늦지 않았을 꺼라 생각해요. 하지만 조금 늦었으니까 최대한 빨리 그 사람한테 달려가려고요. 그 사람에게 내가 과거가 되기 전에."

말을 마친 신영은 진호를 기다리지 않고 카페 안으로 달려 들어갔다. 그러고는 부리나케 짐을 챙겨 다시 밖으로 튀어나왔다. 진호는 여전히 그 자리에 서 있었지만 신영의 눈엔 그가 보이지 않는 모양이었다. 신영은 거침없이 도로가로 나가 택시를 잡았다. 택시에 올라타며 신영과 진호의 눈빛이 마주쳤다. 신영을 바라보는 진호의 눈빛엔 미련이 남아있었다. 신영은 택시에 기대 크게 외쳤다.

"선배! 선배도 얼른 선배의 현재를 시작하세요. 아니 지금 만들어지고 있는 선배의 현재를 사랑하세요. 우리 다음엔 과거 따위 털어버리고 웃으면서 만났으면 해요!"

신영은 마지막으로 환하게 웃은 후 택시에 올라탔다. 진호라는 과거를 거리에 남겨두고 현재와 미래. 그리고 그녀의 사랑을 위해 앞으로 나아갔다.

모두들 바에 모였다. 지난번 모임도 우민 때문이었고, 이번에도 우민 때문이었다. 그때가 우민의 입사 축하였다면 이번에는 그의 배웅이라는 점이 달랐다. 네 남자 사이로 싸늘한 기운이 퍼져갔다. 누구하나 입을 여는 사람 없었고, 묵묵히 독한 양주를 물마시듯 들이마셨다.

"야! 인마, 너 정말 갈 거야?"

결국 침묵의 답답함을 이기지 못하고 승수가 믿지 못하겠다는 말투로 말했다. 회사 잘 다니는 줄 알았던 우민이 뜬금없이 회사를 그만두었다. 그러고서 한다는 말이... '나 영국 간다' 였다. 기가 막혀서.

우민은 대답 대신 입술을 굳게 다물었다. 그의 굳은 의지가 친구들에게 그대로 전해졌다.

"으아, 답답해!!"

"얌마! 너 그 여자가 어디에 있는 줄도 모른다며!"

"모르긴 왜 몰라? 영국에 있어."

"야! 영국이 무슨 동네 이름이냐? 그 넓은 런던 바닥을 어떻게 다 뒤지고 다닐꺼냐?"

친구들의 고함소리도 우민에겐 들리지 않았다.

신영은 유학을 떠나며 어디로 가는지 말도 하지 않았었다. 우민에게 이별을 말하던 그 다음날. 우민이 회사에 출근했을 때 들었던 청천벽력 같은 소식. 신영이 회사를 그만두었다는 이야기였다. 나쁜 여자. 그 다음날 비행기에 오를 거면서 그 때까지 우민에게는 한마디도 하지 않았다는 것이었다. 그때의 무너지는 심정은 지금 다시 생각해도 끔찍하다. 자신이 어떻게 정신을 차리고 신영을 뒤쫓아 갈 준비를 했는지 지금도 미스터리다.

우민이 회사 상관에게 덤비듯 달려들어 들을 수 있었던 단어가 겨우 영국이라는 말뿐이었다. 하지만 우민에겐 그것만으로도 충분했다. 우민은 신영이 우주로 나갔다고 해도 쫓아갈 준비가 되어 있었다. 영국이라는 단어는 이미 그녀를 찾은 거나 마찬가지였다. 그리고 준비하는 데 3개월이라는 긴 시간이 걸렸지만 아직 늦지 않았다고 자위했다. 남자는 여자를 쫓는다. 사랑하니까. 그녀를 다시 보기 위해서라면 영국이 아니라 전 세계, 온 우주를 다 뒤질 수도 있다.

하지만... 지금 당장 떠오르는 그녀의 모습은 약간 서글픈 듯한 미소를 짓고 있는 아련한 눈빛이다. 그의 영혼을 통째로 할퀴었던 첫날밤의 눈물뿐이다. 어린아이처럼 엉엉 울고, 우민에게 달라붙어 그의 온기를 갈구하던 엄마 품의 아이 같았던 여자.

지금 그 여자가 어디서 혼자 울고 있을 지도 모른다. 그녀의 눈동자가 유리조각처럼 깨져 그녀의 심장을 찌르고, 아물지 않는 상처에선 계속 피가 흐르고 있을 지도 모른다. 하지만 여자는 그 피를 닦을 생각도 못하고 그저 울고만 있겠지.

심장에 새겨진 그녀를 찾아 그의 품에 가두어야 한다. 그녀의 피를 닦아주고, 다시 벌어지지 않게 꽉 품어줘야 한다. 눈이 뻑뻑하다. 신영을 보기 전까지 한 방울의 눈물도 허용하지 않는 우민의 눈동자가 답답해져 온다. 하지만 우민의 심장은 그것보다 더, 박신영이라는 여자에 대한 그리움에 눌려 숨도 쉬지 못하고 있다.

우민이 괴로움으로 크게 숨 쉬지도 못하고 있을 때, 갑자기 주위가 웅성거리기 시작했다. 절친한 친구를 자처하던 세 사내들은 우민에게 시선조차 두지 않고 있다. 다만 자기들끼리 수군거리며 우민의 뒤쪽을 바라볼 뿐이었다.

주위의 웅성임이 더 커지고 소란스럽자 상념에 빠져있기 힘들었던 우민이 숙였던 고개를 들고 소란의 정체를 향해 고개를 돌렸다. 그리고 그때 그의 눈앞에 신영이 나타났다.

편안해 보이는 운동화에 타이트하게 달라붙은 청바지. 노란빛의 스웨터에 스코틀랜드의 체크 머플러를 두르고 머리는 하나로 질끈 동여매고 화장기 하나 없는 얼굴로 우민의 앞에 나타난 신영.

신영이 얼굴 한 가득 미소가 찬란하다.

그녀는 성큼성큼 우민의 앞으로 다가와 거침없이 그의 심장을 찌른다.

"난, 당신이 좋아요."

우민은 반가움에 어리둥절하다. 자신의 심장을 따스하게 찌르는 이 손가락은 꿈이 아니다. 환하게 웃는 그녀의 얼굴도, 달콤한 그녀의 향기도 모두가 생생하다. 우민의 심장 위에 얹혀져있던 그리움이 흔적도 없이 사라지고 그의 혈관 속으로 그리웠던 신영의 향기가 줄달음친다. 우민의 심장이 서서히 기지개를 피고 살아 날뛰기 시작했다.

"필요한 게 혹시 One night stand?"

신영은 활짝 웃었다. 그 미소는 우민도 덩달아 미소를 짓게 만든다. 우민은 신영을 향해 팔을 활짝 벌렸다. 두 사람이 처음 만났을 때부터 신영의 자리는 정해져 있었다. 진호 때문에 힘들었을 때도 우민의 품안에서 신영은 비로소 편안할 수 있었다.

"아니요. 미안하지만 그 보다 더 큰 게 필요해요. 난 당신을 사랑하게 됐거든요. 바보같이 그걸 런던에서야 깨달았어."

우민의 품에 안기며 신영은 똑똑히 깨달았다. 지난 사랑에서 받은 상처에 계속 아파하고 그 상처를 핥아봤자 상처는 더 낫지 않는다는 것. 지나간 사랑은 새로운 사랑으로 잊는다는 것을.

에필로그

"똑... 똑... 똑..."

지붕 끝을 타고 창문으로 일정하게 떨어지는 빗소리에 우민은 잠에서 깨어났다. 리드미컬하게 떨어지는 빗소리를 들으며 우민은 멍하니 시계를 쳐다보았다. 아직 새벽 여섯 시. 비 내리는 서울에서 깨어나기엔 조금 이른 시간이었다.

벌써 4월 중순인데도 서울의 날씨는 쌀쌀하다. 그래도 런던에 비하면 천지차이지만 추위에 유난히 약한 우민에겐 서울이나 런던이나 똑같이 느껴졌다.

오싹한 기운이 뒷목을 스친다.

아직 잠이 덜 깬 우민은 반사적으로 따뜻한 온기를 찾아 이불 속으로 더 파고들었다. 폭신폭신한 이불 속은 마치 천국 같았다. 따뜻하고 말랑말랑한 여자의 몸이 곁에 있으면 더욱더.

우민은 소유욕 넘치는 손길로 신영의 몸을 품속으로 끌어당겼다. 신영은 잠결에도 미소를 지으며 거부감 없이 그의 품에 안겼다. 우민은 신영을 품에 꼭 안고 그녀의 머리채에 얼굴을 묻었다. 희미한 비누 냄새와 그녀의 체취가 섞여 유혹적인 향으로 우민의 코를 간질였다. 여자의 체취를 맡는 것만으로도 슬그머니 그의 남성이 흥분을 한다. 익숙한 듯 하면서도 평생 익숙해지지 못할 것 같은 여자라서 매번, 매일 그녀를 볼 때마다, 그녀의 체취를 맡을 때마다 우민은 어김없이 흥분을 한다.

우민은 조심스레 손을 움직여 신영의 가녀린 몸을 더듬었다. 동그스름한 어깨, 우아하게 흘러내리는 척추선. 우민은 살살 얇은 잠옷 속으로 손을 넣었다. 매끄러운 등이 따뜻하다. 들춰진 잠옷 사이로 바람이 들어오자 신영이 움찔거렸다.

우민은 가만히 손을 멈추고 신영이 잠에서 깨길 기다렸지만 신영은 잠깐 움찔거린 것 이외에 다른 반응을 보이지 않았다. 장난기가 발동한 우민은 천천히, 느긋하지만 은밀하게 신영의 몸을 더듬기 시작했다.

매끄러운 척추를 따라 허리까지, 그러다가 살짝 부풀어 오른 배 위로 손을 움직이자 신영이 소리 없이 웃었다. 그리고 이윽고 우민의 손이 신영의 가슴을 덮고 에로틱하게 더듬었을 때 신영은 완전히 잠에서 깨어났다.

"어휴. 참. 뭐하는 거야? 나 아직 졸리단 말야."

타박하듯 말했지만 그 목소리엔 웃음기가 역력했다. 그 웃음기가 전염되 우민의 목소리에도 웃음기가 묻어났다.

"하하. 이보세요. 박신영 씨 나 당신 깨운 거 아닙니다. 우리 애기랑 놀려고 그런 거지."

"흥! 그렇단 말이지? 그럼, 그럼 당신 애기씨랑 신나게 놀아보시죠!"

신영은 삐친 척 뒤돌아 누우려고 했지만 우민은 신영을 가슴에 폭 안고 놓아주지 않았다.

"엄마가 애기를 질투하면 어떻게 하니!"

"피. 질투는 무슨!"

"질투 맞고만."

"헷. 아니야!"

"맞아!!"

어린아이처럼 말장난을 하며 두 사람은 서로의 입술에 쪽 소리 나게 뽀뽀했다.

말도 없이 훌쩍 떠나갔던 신영이 바람처럼 다시 나타나 우민에게 손을 내밀었을 때, 우민은 주저 없이 그녀의 손을 잡았다. 그리고 미련 없이 회사에 사표를 던지고 런던 행 비행기에 올랐다.

우민이 일에 대한 열정이 없었던 것은 아니었다. 다만 지금 자신에게 가장 필요한 것, 인생에서 놓치지 말아야 할 기회를 잡고 싶었다. 그 순간 우민에게 정말로 필요했던 것은 신영의 따뜻한 온기였다. 그리고 런던에서 공부한 3년 동안 두 사람은 마치 샴쌍둥이처럼 꼭 붙어 다녔다. 듣는 강의는 틀려서 수업시간까지 붙어 다닐 수는 없었지만 그래도 두 사람은 지금 함께 있을 수 있음에 감사하며 열심히 사랑했다.

더 길었던 그들의 유학 기간이 본의 아니게 짧아지게 된 건 서로 열심히 사랑해서일까? 신영의 임신으로 두 사람은 유학생활을 마치고 한국으로 돌아왔다. 그리고 여전히 꼭 붙어 다니며 사랑을 하고 있었다.

"우민 씨, 일어나 회사 가야지."

"으응. 일어나긴 해야 하는데.... 으아~ 오늘 회사 가기 너무 싫다."

우민은 기지개를 쭉 피며 으스러지게 하품을 했다. 신영은 그런 우민의 모습을 흐뭇하게 바라보다가 그의 머리를 헝클어트렸다.

"이제 그만 일어나시라구요, 서방님!! 후후. 그럼 나 먼저 씻는다."

신영은 우민의 품에서 빠져나와 욕실로 걸어갔다. 살짝살짝 흔들리는 그녀의 뒷모습을 보다가 우민은 자리를 박차고 일어나 그녀의 뒤를 따랐다.
"어이, 마누라! 같이 씻을까?"
"뭐?"
"내가 씻겨줄게."
"미쳤나봐."
"응. 나 박신영한테 미쳤잖아. 배가 빵빵하게 부풀어 오른 박신영이가 아직도 예뻐 보이는 거 보면 미친 거지."
"크크크크. 바보!"
"응. 바보 맞아. 그러니까 같이 들어가."
"안 돼. 싫단 말야."
"싫긴 뭐가 싫어."
우민은 끝까지 그를 떼어내려고 하는 신영을 억지로 욕실 안으로 밀어 넣고 자신도 기어코 따라 들어갔다. 욕실 안에서 두 사람의 웃음소리는 끊일 줄을 몰랐다. 하지만 그들의 부드럽고 달콤한 분위기는 회사에 도착한 순간 산산조각이 나고 말았다. 언제나 그렇듯 말이다.

"아니, 그게 아니라니까!! 우민 씨 바보니? 어떻게 여기서 그런 결론이 나와?"
"이봐요, 박신영 씨. 이 그래프 잘 보라고. 브랜드 타깃에 대해 잘 알고 하는 소리야?"
두 사람의 고함 아닌 고함소리가 사무실을 메운다. 두 사람의 싸움을 보면서 지현은 고개를 설레설레 저었다.
'으... 오늘도 역시군.'
6개월 전 동반유학을 마치고 온 두 사람은 각각 디자인실장과 기획실장이라는 직함을 달고 새롭게 디자인 회사를 오픈했다. 임신 3개월이었던 신영의 상태와 3년이란 유학기간 후 바로 회사를 열어 조금 위태한 감이 없지 않아 있지만 그래도 두 사람의 회사는 뛰어난 아이디어, 그리고 뛰어난 동업자들 덕택에 순탄하게 흘러가고 있었다.

우민은 처음 입사할 때 친구들에게 장난삼아 했던 말을 현실화했다. 6개월 전 친구들 앞에 사업계획서를 내놓았을 때 친구들 모두 흔쾌히 찬성을 했다.

대학에서 조교수를 하던 재중이 가장 먼저 두 팔을 벌리고 환영했다. 안 그래도 집안의 압박을 받던 재중은 우민이 만든 사업계획서를 고스란히 아버지에게 가져가 사업자금을 받아왔다. 모두들 동업의 형식이라 자금을 모으긴 했지만 재중의 자금은 굉장한 힘이 되었다. 미안해하는 친구들에게 재중은 화통하게 웃으며 이렇게 얘기했었다.

"어차피 우리 영감탱이가 나한테 줄라고 모아놓은 돈이었다. 지금 사업 잘 되겠다. 아들한테 투자 좀 하면 얼마나 좋아? 안 그래도 되먹지도 않는 조교 때려 치고 사업하라고 성화였다. 나야 뭐 니들 덕에 쉽게 사업 시작해서 좋지 뭐."

승수는 낯선 분야이긴 했지만 워낙 넓은 발과 친화력으로 금방 업계 사람들과 친해지기 시작했으며 옛날 인맥을 동원해 일을 잘도 끌어왔다. 태정은 워낙에 이쪽 방면에 있었던 지라 같이 시작하는데 어려움이 없었다. 물론 예술가 기질이 너무 농후해 자신의 스튜디오에서 일을 하면서 전속계약을 맺는 형식이었다. 그리고 회사를 오픈 할 즈음 미안하다는 말과 잘 부탁한다는 인사를 하며 지현 앞에 나타난 두 사람은 지현을 자기네 회사로 스카우트 해갔다. 지현이 자신들의 회사에 꼭 필요한 인재라며 청산유수처럼 말을 해대는 신영을 보며 지현은 혀를 내둘렀다. 이렇게 말을 잘 하는 사람이 그동안 어떻게 참았나 싶었다. 그렇게 자신도 모르는 사이에 지현은 그들 회사의 창립멤버가 되어 있었다.

그리고 두 사람은 사무실 내에서 아주 대놓고 시끌벅적하게 연애행각을 해 댔다. 그 시끌벅적한 행각이라는 게 꼭 일과 연관이 되어 일인지 연애인지 분간하기가 좀 어려웠지만 말이다. 출근할 때는 닭살 커플의 표본인 냥 둘에서 손을 꼭 붙잡고 나오지만 일단 일이 걸렸다하면 두 사람의 닭살 행각은 끝! 전쟁의 시작이었다.

"그러니까 그 부분은 우리 쪽에선 양보 못한다고 그러네."
"양보가 아니라 수긍해야 한다고. 여기 자료가 다 말하고 있는데 양보라니!"
"훙. 웃겨. 디자인은 자료를 따라가는 게 아니라 주도하는 거야. 트렌드를 주도해야 그 알량한 자료가 나오는 거라고!!"

두 사람의 싸움이 끊이지 않자 사무실 사람들은 모두 애처로운 눈빛으로 지현을 바라보기 시작했다. 디자인 팀 내 제1팀장을 맡고 있는 지현은 두 사람의 의견을 조절하는 아주 막중한 임무를 수행했다. 처음 두 사람이 대놓고 의견다툼을 보였을 때 그래도 신영의 밑에서 일한 지현이 나서서 그 두 사람을 중재한 것이 잘못이었다. 이젠 아예 사장도 두 사람의 목소리가 커지면 지현을 찾곤 했다.

'어휴, 이 박복한 인생'

지현은 한숨을 푹푹 내쉬며 신영과 우민이 설전을 벌이고 있는 테이블로 다가갔다.

"저기... 두 실장님."
"어, 지현 씨 잘 왔어요."

지현의 목소리가 들리자 신영이 냉큼 그녀를 자기 쪽으로 끌어들인다.

"디자인팀 팀장으로서 지현 씨 의견은 어때? 우리가 저렇게 고루한 자료를 따라가야겠어? 이렇게 끝내주는 디자인을 버리고 고리타분한 시안을 택해야겠냐고!"

"아니 실장님. 그건요..."

"지현 씨, 이것 좀 봐봐. 디자인하겠다고 무턱대고 모험을 걸 순 없잖아. 안 그래? 무엇보다 클라이언트가 지지하는 게 바로 자료가 바탕이 된 디자인이라고 했는데 이렇게 자료를 무시할 수 있는 거야?"

서로 엄마를 빼앗으려는 애들처럼 두 사람은 지현의 팔을 하나씩 잡고 자신의 옆으로 끌어당기려 애썼다. 둘 다 어찌나 힘이 세던지 이러다가 지현의 팔이 빠질지도 모를 일이었다.

"아야야야 어휴, 두 분 말씀하시는 건 좋은데 제 팔은 놓고 말씀해 주세요!!"

"아. 미안."

"어, 미안. 미안."

두 사람은 동시에 사과는 했지만 둘 다 팔은 놓지 않았다. 어휴~. 지현의 입에서 한숨이 절로 나왔다. 그 후로 두 사람은 10분이 넘도록 지현에게 자신의 의견을 피력했지만 시안은 좀처럼 정해지지 않았다. 어차피 두 사람 다 지현의 의견보다 자신의 고집대로 하는 게 중요했기 때문이었다.

'어휴, 어차피 둘이 결정할 거면서 나는 왜 가운데 껴놓는 거야?'

지현은 두 사람의 침 튀기는 설전을 기가 막힌 눈으로 쳐다보며 생각했다.

'그래도 얼추 결론이 날 때가 되가는데...'

"이번엔 죽어도 양보 못해! 우리 디자인팀은 이 시안으로 밀고 나갈 테니까 알아서 해!!"

"흥! 나중에 리디자인 들어가서 고생하지 말고 기획팀 의견에 따라. 이미 클라이언트가 결정한 거나 다름없다니까!!"

"아! 그러니까 우민 씨가 클라이언트를 설득... 아야...."
신영은 흥분해 벌떡 일어나다가 갑자기 배를 붙잡고 몸을 웅크렸다.
"신영아!! 괜찮아?"
우민이 벌떡 자리에서 일어났다. 우민의 눈이 놀라 커다랗게 동그래졌다. 신영은 산달이 다된 배를 붙잡고 신음을 흘리고 있었다. 우민은 신영의 옆에 가서 그녀를 안아주었지만 그의 정신은 패닉상태였다.
"아, 아 어떻게 해. 아파?"
"아무래도 애기가 나올 것 같아."
신영의 말에 우민은 점점 더 당황했다.
"뭐? 애기? 지금?"
"응. 지금. 아야! 아이고 나 죽네."
"잠깐. 벼... 병원에 가야지. 야~!! 재중아! 구급차 불러! 신영이 애 낳는데!!"
우민은 큰 목소리로 사장을 불렀다. 말이 사장이지 불과 6개월 전까지 공부하던 친구와 동업을 한 거라 사장대접이 거의 없었다.
"뭐? 제수씨가 애 낳는다고?"
회사에서만큼은 깍듯이 박신영 실장님이라고 부르던 사장 재중도 흥분해서 사장실에서 튀어나왔다.
"응. 빨리! 급해!!"
"알았어. 근데 119가 몇 번이었지? 112? 114?"
흥분해서 소리치는 우민이나 또 같이 흥분해서 112를 외쳐대는 재중이나 똑같았다. 지현은 이 한심한 두 사람을 상관을 모셔야 하는 심각한 딜레마에 빠지는 순간이었다. 어찌됐건 119를 눌러 구급차를 부르고 우민이 신영을 안고 일어서는 찰나 신영이 우민의 손길을 저지했다.
"안 돼. 지금 병원가면 최소 한 달은 회사 나오기 어려울 텐데 디자인은

지나간 사랑은 새로운 사랑으로 잊는다

정하고 가야해."

"바보야! 지금 그게 중요해?"

"그래도... 일은..."

신영이 곧 죽어도 일을 하고 가겠다고 고집을 피우자 애간장이 탄 우민은 지현을 돌아보았다.

"지현 씨, 신영이 일 좀 대신 진행해줘요."

"아... 네!!"

"그거보다 시안이... 디자인이..."

"어휴, 지현 씨 디자인팀 의견대로 진행해요. 이제 됐지? 애 낳으러 가자!!"

"으응..."

신영은 마지못해 대답하고 우민의 품에 얌전히 안겼다. 우민은 벌떡 일어나 구급차가 기다리고 있는 밖으로 향했다. 그러다가 지현은 신영과 눈이 마주쳤다. 우민의 어깨에 매달려 살짝 웃으며 V자를 그리는 신영을 보며 지현은 입을 떡 벌렸다. 아, 저 여자가 얼음공주 박신영이 맞는가 싶었다. 그리고 저 멍청한 사내가 한순간 자신이 반했던 그 쿨한 김우민이 맞는 건가?

회한이 밀려왔다. 지현은 고개를 가로저으며 디자인 시안을 집어 들었다. 자신이라도 멀쩡해야지 회사가 돌아가지 않겠는가. 자기 자리로 돌아가는 지현의 뒷모습은 굉장히 쓸쓸해 보였다.

-END-

작가의 말

어른들의 사랑이야기를 쓰고 싶었다. 눈물이 절절 나는, 가슴이 찢어지도록 아픈 사랑이야기를 쓰고 싶었다. 나는 해보지 못했고, 앞으로도 하지 못할 그런 사랑이야기.

그래서 이 이야기의 주인공인 신영이가 태어났고, 우민이가 태어났다.

사람들은 누구나 자신만의 사랑을 하게 된다. 보고 싶고, 만나고 싶고, 함께 있고 싶은 감정에서 부터 사랑이 시작된다. 상대방이 나를 거절해도 사랑하는 것을 멈출 수 없는 그런 사랑들을 하게 된다.

이 책 속의 사람들도 마찬가지이다. 신영과 우민, 진호 심지어 유선까지 그런 사랑들을 한다. 신영은 사랑의 상처에 방황하고, 우민은 자신을 밀어내는 신영을 사랑하게 되고, 진호는 2년 전 감정에 매달린다. 그리고 집착과 광기라는 말이 더 어울리지만 유선에게는 그게 사랑이다. 모두들 자신의 사랑에 빠져 허우적거린다.

그러면서 제자리를 찾아가는 것은 사랑의 힘 때문이지 않을까 싶다. 물론 그 과정은 힘들고 어려웠다. 한 사람이 행복하면 다른 한 사람은 눈물을 흘릴 수밖에 없다. 그럼에도 선택을 해야만 하는 게 사랑이다.
　신영과 우민. 두 사람이 아프게 사랑하고 선택한 만큼 여러분의 기억에 오랫동안 남았으면 좋겠다.

　두 번째 책을 내고 일 여년이 지나서야 세 번째 책이다. 흠. 게으른 작가로고. 하지만 짧다면 짧고, 길다면 긴 1년 동안 나는 나름대로의 성장과 변화를 겪었고, 그 모든 것들을 이 세 번째 책에 불어넣으려고 노력했다.
　그래서인지 이 세 번째 책은 나에겐 각별한 의미를 지닌다. 그런 만큼 독자 분들께 더 많은 사랑을 받았으면 하는 바람이다. 욕심을 내고 싶다. 한 분이라도 더 많은 독자분이 신영과 우민의 사랑 이야기에 공감하고, 자신의 사랑을 되돌아보기를.

　아, 차가운 겨울. 나도 이들과 같은 사랑을 한번 해보고 싶다.

　　　　　　　　　　　　　　　　　　　　　　　　　　　송혜련